# 흰 산 기슭

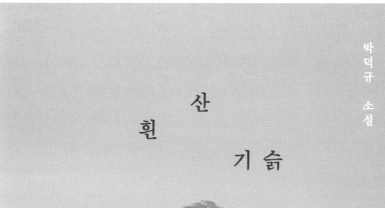

박덕규 소설

산

흰

기슭

곰곰나루

# 세계의 소멸을 몹시 경계하는 자리

일곱 편을 이 소설집에 싣는다. 멀리는 2000년, 가깝게는 2023년 발표작이니 21세기 들어 지금까지 거의 25년이라는 기간에 쓴 단편소설을 한 자리에 놓는 거나 다름없다. 변화무쌍한 세월, 결코 짧다 할 수 없는 시간이 이 소설집에 내재한다고 할 수 있다.

그 사이 우리나라도, 글로벌 환경도 크게 달라졌는데, 그렇다고 여기의 졸작들이 그런 변화를 거시적으로 반영했을 리는 만무하다. 다만 현실의 일에 고통스러워하는 인물을 내세워 시대 변화를 감지할 수는 있게 했다 싶다. 대체로는 손전화 시대가 거한 뒤 휴대폰을 상용하는 시대로, 스마트폰 시대로, 나아가 이제 인공지능이 일상에 깊이 파고드는 세상으로 전이되는 과정이 배경에 놓인 것 같다.

물론 그뿐일 리 있겠나. 세계사의 격류, 국내 정치사회의 격랑, 그 포말에 휘말린 개인의 부침이 당연히 주제나 소재로 잡혔고, 그걸 드러내는 서사기법의 변주나 실험도 단편소설답게 발현해 있을 거다. 무엇보다 내 나이 중년에서 노년으로 이르는 시기의 삶의 아픔을 지난날의 추억에 뒤섞는 체험적 상상으로 서사의 축을 세웠고, 후회와 회한에서 얻은 나름의 교훈으로 한 연대를 아우르거나 미래를 예감하는 기세도 가미했다.

25년 세월을 자꾸 강조할 건 없지만 그래도 창작 시기를 따져 작품을 읽는 관습이 없지 않으므로 여기에 전 7편의 발표 상황을 구체적으로 밝혀 독자의 이해를 돕고 싶다.

「지렁이, 지렁이떼」: 2000년 『21세기 문학』 겨울호

「싸락눈」: 2002년 『내일을 여는 작가』 봄호

「비밀의 방」: 6인 테마소설집 『공포』, 이룸, 2005.8.

「조선족 소녀」: 2014년 『한국문학』 봄호

「구부러진 물길」: 2014년 『문예바다』 가을호

「사람의 별」: 2015년 『대산문화』 여름호

「흰 산 기슭」: 2023년 『문학사상』 4월호

이들을 모아서 한 자리에 열거하니, 은둔·실종·사망한 인물들이 각 작품의 밑자리에 드러눕는다. 그걸 들추어 좇는 인물들은 비교적 표면에서 뚜렷한 형상을 보이는데 그 표정이 짐짓 처연하다. 인간이 만들어 오고 만들어 가는 세계에서 그 인물들은 먼저 가고 뒤따르면서 세계의 소멸을 몹시 경계하고 있는 듯하다.

　각 작품을 처음 창작하고 발표하는 과정에서 도움을 준 분들이 적지 않다(고 기억한다). 다행히 이 책을 준비하면서 내가 하는 소설 얘기를 귀 담아 들어준 몇 분은 아직 기억에 잘 남아 있어 특별히 감사의 뜻을 전한다.

2025년 3월
박덕규

# 차례

지렁이, 지렁이떼

온몸이 발가락뿐인 벌레
남자들은 그의 슬픔을 이해하노라.
새들은 아무것도 모르고
그저 쪼아먹을 궁리만 하지.
— 최승호, 「지렁이」 전문

## 1. 카메라맨

"헛" 하고 스스로 내뱉은 웃음소리가 뜻밖으로 인생살이의
비밀을 일시에 풀어 줄 것 같다는 느낌이 잠깐 들었다. 그 때
문에 영욱은, 초면으로 만나 인사도 다 나누기 전에 웬 코웃
음이냐는 듯 눈썹을 치켜 올린 여자에게 미안해하는 표정을
지을 기회를 놓쳤다.

"이것 참, 제가 실수를 한 것 같은데⋯."

겨우 말을 시작한 영욱이 디지털비디오카메라가 든 가방
에서 여전히 손을 못 떼고 있어서 여자도 '속았잖아, 이거' 하
는 식으로 판단하지는 않는 눈치였다.

"어떻게 하실 건데요?"

그래도 여자는 처음 받은 인상대로 만만찮은 강도로 찔러 왔다.

"어쨌든 오늘 촬영을 마쳐보고, 그러구 연락을 드리면 어떨까 싶은데….”

"그럴 거면 미리 메일로 알리거나 그랬어야죠."

어느 쪽에 더 미련을 두고 있는 건지, 영욱은 여자에게 가방을 열거나 해서 카메라 상태를 설명해 줄 뜻을 접었으면서도, 몸을 일으킨 여자를 붙들고 있었다.

"그게 아니라, 저기, 염정은 씨."

속으로 수없이 되뇌어지던 이름이 툭 튀어나온 게 아닌가 싶어 영욱은 순간 당황했다. 여자는 노란 물을 들인 커트 머리를 눈에 띄게 찰랑 하면서 돌아보았다. 여자의 몸에서 새삼 느껴지는 향수 냄새에 공연히 눈물이 핑 돌았다.

"용건이 있으면 메일로 하세요. 당분간은 아이디를 바꾸거나 하지는 않을 거니까. 하지만 카메라가 아깝다는 생각이 든 거라면, 뭐 연락이고 뭐고 할 것도 없겠죠."

지하철역 양 개찰구 사이의 지하 광장이었다. 영욱은, 여자가 일어선 순간부터 갑자기 분수물이 치솟은 아담한 분수대 둘레로 빙 둘러 이어진 벤치 한 곳에 그대로 앉아 있었다. 오전 시간이라 한산한 편이었지만, 모여서 전철을 이용하려는 어린 여대생들이 여럿 앉거나 서거나 하면서 두 패를 이루어 수다 떠는 모양을 한동안 무연히 바라보았다. 그 중 어떤 아이하고는 두 번이나 눈길이 마주쳤다.

연정이… 또 그 이름이 되뇌어졌다. 그만 만나자는 말을 하면서도 쩍쩍 소리를 내며 씹는 껌을 입 밖까지 드러내던 여자애여서, '까짓것 너 아니면 여자 없냐' 식으로 마주 뻗대 보았건만 헤어지고 일 년을 허비하고도 아직도 이렇듯 그 이름이 입안을 뱅뱅 돌았다. 멍청하게, 가버린 애인의 이름과 별자리 이름과 세계 여러 나라의 수도 이름을 뒤섞어 중얼거리며 은행잎 쌓인 길을 걷고 있는 한 남자의 영상이 머릿속에 잡혔다. 황혼빛을 배경으로 한 그의 머리가 잠시 희미하게 지워졌다.

일단 카메라부터 팔아치워야 무슨 일을 해도 하겠다는 생각으로 인터넷 상의 중고시장을 방문한 것이 닷새 전이었다. 이후 며칠간은 구인구직 광고 난에 올라 있는 각종 여행 정보, 직업 정보 따위가 며칠간 영욱의 노리개가 되어 주기도 했다.

카메라를 판 돈으로 혼자 울릉도나 홍도쯤으로 여행을 다녀온 뒤에 모든 걸 새로 시작해 보리라는 막연한 계획으로 이리저리 여행전문 사이트를 둘러보다가, 여행 가이드를 모집한다는 곳으로 링크해 들어가 갖가지 신종 직업을 열람해 보게 되었다. 그러자 영욱의 머릿속에서 이런저런 청사진이 너무 쉽게 그려지고 지워지고를 반복했다. 되도록 밑바닥 인생일수록 좋다는 오기 섞인 심정인데도 눈에 당장 띄는 사업도 몇 있었다. 화장실 위생처리업이나 가정 실내 청소업 같은 것이었는데, 그게 사실은 밑바닥 인생이 아니라, 혼자서 창업비용 천오백만 원에 월 수익 삼사백만 원은 올릴 수 있는 썩 신사적인 사업이었다. 또 가맹비를 내지 않고 창업할 수 있는 피에로 인형 뽑기 가게도 우습게 볼 게 아니었다. 지금 있는 원룸에서 변두리로 옮기는 전세금 차액에다 누나들한테 조금만 지원을 받으면 내일이라도 당장 할 수 있는 사업처럼도 보였다.

아니아니, 큰누나는 몰라도 작은누나는 곤란했다. 영화판이 유치원 재롱잔치인 줄 아느냐고, 영욱이 대학 졸업하고 '영화아카데미' 연출반 수강생이 되어 디지털비디오카메라를 살 때부터 작은누나의 비아냥거림이 거셌다. 실제로 영욱은 같은 수강생 선배들과 단편영화를 제작한다고 뛰어다니다가 어머니한테 얻은 천만 원을 아주 간단히 날린 바 있었다. "어, 어 하다 보니까 날라갔다구? 이게, 천만 원이 머슴집 병든 개 이름인 줄 알아?" 작은누나의 평이 그랬다. 그러니 문제의 발단이랄 수 있는 비디오카메라를 팔아치우고 새 사업을 시작하면서까지 작은누나의 '수다 고문'을 들을 이유가 뭐가 있겠는가. 도대체 여자란 무엇이고 또한 남자란 무엇이란 말인가, 이런 생각 때문에 분통이 터질 듯한 느낌이 들기도 했다.

영욱이 그러고 있는 사이에 영욱이 내놓은 디지털카메라를 사겠다는 사람들이 하나둘 나타나기 시작했다. 영욱 쪽에서 제시한 값이 너무 싸다는 점이 오히려 경계심을 가지게 한 듯했다. 대화를 시작한 여섯 사람이 하나같이, 괜찮은 물건인 것 같은데 왜 팔려고 하느냐는 식의 질문을 빼놓지 않았다. "당장 팔아서 여행을 가려고 한다." 영욱의 이런 유치한 대답에 그래도 흥미롭다는 듯이 발랄한 어투로 응해 준 여자가 있었고, 그 여자가 마침 영욱이 정하는 약속 장소에서 불과 두 정거장 떨어진 곳에 직장을 두고 있었다. 약속은 이틀 전에 이루어졌고, 어젯밤에 확인 쪽지까지 주고받은 처지였다. 재학 중인 대학 후배 하나가 비디오 촬영을 해 줄 선배를 찾는다는 이메일을 접한 것은 그 뒤의 일이었다. 이메일이 올 곳도 없었고 이메일이 왔다는 표시가 돌출되는 경우가 드문데도 인터넷을 접속할 때마다 괜스레 한 차례씩 전자우편방을 확인하는 버릇을 못 버린 탓이었다.

영욱은 오늘 아침 설렘 속에서 눈을 떴다. 카메라도 팔아치우고 그 길로 전철을 타고 오랜만에 모교를 방문해서 싱싱한 후배 여자애들 얼굴도 본다. 도중에 염정은이라는 미지의 여인을 만나고 가는 것도 나쁘지는 않은 일정이다. 인터넷 상에서 만난 '다섯콩'이라는 익살스러운 닉네임을 쓰는 간밤 후배의 귀염성 있을 얼굴도 절로 떠올랐다. 염정은을 만나 서로 카메라를 팔고 살 사이라는 걸 고갯짓으로 확인하고 난 순간까지 그런 심정이 그대로였다. 그런데 한순간이었다. 분수대 주변으로 여대생들이 몰려드는 걸 보면서 영욱은 그 무리 중에서 버릇처럼 헤어진 연정이를 찾으려 했거나 아니면 얼핏 다섯콩이라는 후배 아이가 저 무리 속에 끼여 있을지 모른다는 생각을 했을 것이다.

영욱은, 어이없게도 염정은을 만나 카메라를 팔아치우려고 했고, 그리고 다섯콩과의 약속대로 그 카메라를 들고 자신이 졸업한 학교로 가서 후배들의 공연 장면을 촬영하고 오려고 했다는 사실을 그때서야 깨달은 것이다. 인생이란 그렇듯, 한쪽에서는 풀려고 기를 쓰고 있는데 한쪽에서는 항상 그보다 빠른 속도로 꼬이고 있는 실타래 같았다. 그 한순간이 영욱에게 인생이 무엇인지를 알려 주었다 해서 틀린 말은 아닐 터였다.

## 2. 공연장

짧은 소설 한 편 읽어 주는 것을 보고 들어 주는 일로 세 시간짜리 강의를 채운다. 학생들로서는 귀밑까지 벌어진 입을 추스르기 어려운 발상이었다. 강사도 스멀스멀 입가로 번지는 미소를 어쩌지 못하다가 "참신한 생각이군. 그런데 어떤 소설인데 그래?" 하고 짐짓 조심스러운 질문을 만들어야 할 일이었다. 내친 김에 그걸 '공연'이라 이름 붙인다 해서 나쁠 게 없었다. 입장료를 받을 일도 아니었으니, 당초부터 성공이다 실패다 할 것도 없는 이벤트였다. 기왕 시작한 일, 그들 자신의 공연을 비디오로 촬영을 해 두자는 의견도 썩 멋진 것이었다. 그들 중 디지털캠코더 하나 가진 사람이 없다는 아쉬움도 공연 전날 '다섯콩'의 활약으로 비디오카메라를 가진 선배를 모셔 올 수 있게 됨으로써 해소할 수 있었다.

완벽했다고는 말할 수는 없지만, 소박하게나마 갖출 건 다 갖춘 셈이었다. '동양사상과 현대'라는 교양 선택 과목의 이번 주 강의는 그 과목 수강생들인 영문과생 둘과 중문과생 하나가 함께 준비한 '소설 읽어 주는 공연'으로 채워진다. 공연장은 쉰 명이 함께 화상 강의를 할 수 있도록 꾸며진 도서관 시청각교육실. 하지만 관객이라고는 그 과목 담당 교수와 다른 수강생 열하나, 그 외에 비디오 촬영을 위해 온 졸업한 지 3년째 되는 영문과 출신 박영욱 선배가 전부였다. 무대 중앙에 대형 모니터가 전면을 향해 설치되어 있고, 그 화면을 왼쪽에서 조금 가리는 지점에 소설을 낭송할 정실과 민규가 나란히 앉았다. 오른쪽에 놓인 책상 앞에서 대형 모니터에 뜰

자막과 사진을 조작하고 있는 다섯콩 오숙의 모습은 작은 키 덕분에 컴퓨터 뒤로 묻히다시피 해서 관객석에서는 보이지 않게 되었다. 영욱 선배는 관객석 한가운데로 옮긴 책상 위에 촬영기를 올려 고정해 둔 상태였다.

실내는 어두워져 있고, 대형 모니터에 '고양이 살리기'라는 소설 제목이 큰 글자로 새겨지고, 곧 원작자의 이름이 뜬다. 원작자의 이름이 나오고 '낭송 강정실·이민규', '기술 권오숙', '촬영 박영욱' 순으로 이어지면, 몇몇 관객이 "영화 촬영하는 건가?" "이거 동성애 영화 보는 것 같아, 킥킥…" 하고 중얼거리고… 그러다 화면 가득 흐르는 자막에 눈을 크게 뜨는 관객들… 그 자막의 내용을 민규가 조금 과장된 저음으로 읽기 시작했다.


이 소설은 지난 학기까지 우리 학교 겸임교수이시던 김하근 선생님이 '환경과 문화' 강의 시간에 읽고 토론하는 텍스트로 우리에게 제공해 주셨던 작품입니다. 우리는 이 작품을 읽고 토론하면서, 우리가 오늘날 지구 환경을 어떻게 지켜야 할지에 대해 나름대로 의미 있는 생각을 많이 하게 되었습니다. 낭비적이고 소모적인 우리의 생활습관이 이 소설과 김하근 교수님의 강의 때문에 상당히 개선되고 있다고 생각하고 있습니다. 게다가 우리 국민 모두가 다같이 이런 각성을 해야 할 때가 되지 않았나 하는 생각을 해 보았습니다. 그런데….

자막에 쓴 말은 여기까지였다. 그 다음의 사연은 민규가 좀 더 높은 톤으로, 준비된 원고로 일 분 정도 읽어 주게 되어 있었고, 그 다음은 아스팔트 위에서 차에 치어 내장이 다 드러나 몸으로 누운 고양이의 사진이 화면을 가득 채우면서 본격적인 소설 낭송에 들어가게 되어 있었다. 그래도 공연은 공연인지라, 일어선 민규의 몸이 눈에 띄게 뻣뻣해 보였다.

"그런데 이번 신학기가 시작되고, 우리한테 그런 뜻깊은 체험을 하게 해 주신 김하근 교수님이 겸임교수 계약 기간을 한 학기 남겨 둔 채 더 이상 우리 학교에 출강하고 있지 않다는 사실을 알게 되었습니다. 처음에는 다른 대학에 전임교수로 임용이 되신 것으로 생각했습니다. 그런데, 그것이 아니었습니다. 교양학과장 교수님께서는, 개인 사정이 있어서 그만 나오기로 했다는 김하근 교수님의 연락을 받은 것이 개강 직전이었다고 했습니다. 그 뒤로는 소식을 모르겠다고 했습니다. 김하근 교수님이 관여하시던 환경운동단체 사무실로 전화를 걸었지만, 요즘 나오시지 않는다는 답변이었고, 우리가 가지고 있는 댁 전화번호는 결번으로 확인되었습니다. 우리는 혹시, 김하근 교수님의 갑작스런 휴직이 최근에 우리 대학 내에서 일어난 교수임용 비리 사건과 관련이 있지 않을까 하고 생각하기에 이르렀는데…."

민규가 그런 대로 국어책 읽는 수준에서는 벗어나는구나

하고 느껴질 때였다. 갑자기, 관객석에서 가래침 돋우는 듯한 이상한 외마디 소리가 났다. 이번 강의를 담당하고 있는 중국 문학 전공의 조용봉 교수였다. 순간적으로 진짜 영화 촬영을 지휘하는 감독이라도 된 것으로 착각했는지 그 소리는 분명 "컷!" 하고 내지른 소리였다.

"불 켜라, 누가 뒤에 가서 스위치 올려! 너희들, 지금 뭐하고 있는 거야? 난 너희들이 동양사상과 관련되는 소설을 읽어 주는 공연을 한다고 해서 시간을 할애한 거지, 학내 문제로 데모하라고 이런 것 아니다!"

"아, 교수님. 그게 아니라…."

이 모든 것을 발의하고 지휘한 다섯콩이 자신을 가리고 있던 컴퓨터 모니터 위로 상기된 얼굴을 빠끔 올려 보이고 있었다.

가장의 실직 등으로 경제적 압박을 받게 된 가정에서 기르던 애완동물을 길에다 내다 버리는 일이 늘어나고 그 중 일부 고양이들이 근처 야산으로 올라가 살게 되면서 그 지역의 자연 생태계가 훼손되는 일이 생겨난다. 한 대학에서 아르바이트생들을 시켜 학교 뒷산에 출몰하는 고양이들을 잡아들이게 되었는데, 덫이나 올가미에 걸려 붙잡혀 온 고양이의 모습이 너무 처참해서 놀라 울던 한 여학생이 무의식중에 그 고양이들을 모두 풀어주고 만다. 그 여학생이 자신의 그때 심정을 이해하려 하지 않는 남학생 애인과 결별을 선언하고… 읽어 줄 소설 「고양이 살리기」의 내용이 그랬다. 다섯콩이 처음에는 당황한 듯 횡설수설하며 소설 줄거리를 설명하다가 어느새 예의 당당한 어조를 찾고 있었다.

"…환경보호라고 해서 눈앞의 사실만을 생각하다가는 오히려 더 큰 환경파괴를 저지르게 된다. 그러니까 이제 이러한 환경문제나 생명문제를 생각할 때는 이 세상 만물을 다 함께 생각할 줄 알아야 한다. 이걸 이해 못 하는 사람은 애인 만들 자격도 없다… 이런 소설이에요, 교수님. 서양의 물질문명 때문에 환경오염이 시작된 건데 이제 와서는 자기네만 오염 안 되면 그뿐이라는 식이고 겉으로는 그린라운드 어쩌구 하면서 후진국들만 괴롭히고 있는 실정이잖아요. 그러니까 이 소설도 동양사상을 다시 생각하게 하는 점이 있는 거예요. 교수님 강의하시는 노장사상이나 공자 말씀하고도 관련이 있다고 저희들이 생각했는데요."

김하근 교수라면 모를까, 한 무명작가의 소설 한 편이 과연 동양사상과 관련이 있는 건지 어떤 건지 설명하기란 쉽지 않았다. 하지만 별명처럼 작은 콩알들이 땅바닥에서 콩콩 뛰어오르고 있는 듯한 말투로 다섯콩은 말했다.

## 3. 지구인

김하근 교수… 작은 키에 조금 똥똥해 보이는 체구… 그는, 야구감독이 손으로 자기 몸 여기저기를 두드리며 선수들에게 작전 사인을 보내듯, 양 손으로 제 몸 여러 부위를 툭툭툭 툭 치고 있었다.

"이 내 몸이 이 지구상에서 가장 모범적인 생물일 수 있는 이유 다섯 가지가 있으니… 그게 무엇 무엇일까?"

학생들의 답변을 기다리는 질문이 아니었으므로, 학생들은 웃기는 얘기를 기다리는 아이가 되어 눈빛을 빛냈고 김 교수는 스스로 대답했다.

"나 같은 사람이 지구를 이롭게 하는 좋은 생물일 수 있는 이유, 첫번째, 적게 먹는다. 두 번째, 적게 싼다. 세 번째, 작게 입는다. 네 번째, 낮게 짓는다. 네 번째 것은 보충 설명이 필요하겠지? 내가 타는 버스, 내가 사는 집, 내가 잡혀 들어가 살 감옥…. 이 모두 천장이 낮아도 되잖아. 낮게 만들어도 좋은 거야. 북한 농구선수 이명훈, 그 친구 어때? 그 사람 때문에 천장 높은 전용버스를 새로 만들어야 하는데 그게 안 되니까 북한이 자꾸 원조를 바라는 것 아니겠어? 날 봐, 강아지처럼 나지막하게 지은 집에서도 나는 살아가요. 그 다음 다섯 번째, 으흠, 이건 좀 심오한 얘기인데, 내가 이 지구상에서 가장 모범적인 존재일 수 있는 이유 다섯 번째, 이 몸 비록 작아도 앞으로 볼록 튀어나온 이 똥배, 이게 그 정답이 된다는 사실….”

김하근 교수는 체구에 어울리지 않게 동그랗게 튀어나온 아랫배를, 웃옷을 양옆으로 걷으면서 앞으로 쑥 내밀었다.

“이 똥배는, 혹시 많이 먹고 많이 싸게 되는 날도, 되도록 이 안에서 음식물이 오래 머물게 해서 완전 소화를 실행한다는 말이지. 그런 뒤의 배설물은 큿큿, 이거 어디서 무슨 냄새가 나는 거야, 내 배설물은 이렇지 않은데! 이 똥배를 거쳐서 나가는 배설물은 곧바로 거름이 되어도 좋은 만큼 완전 분해된 거야…. 죽은 지렁이 몸이 산성화된 토양을 중화시켜 땅을 기름지게 하는데, 내 똥이 바로 그래.”

인간은 모름지기 땅하고 가까워지는 삶 속에서 가장 건강한 생명이 된다는 식 얘기를 상식을 뛰어넘는 우스개를 섞어 전하고 있었는데, 대체로 그 말들은 무슨 화학적 근거가 있는지 이해하기는 쉽지 않았다. 분명한 것은 하나밖에 없는 지구가 병들고 있고, 인간이 또한 오래지 않아 종족을 보존할 수 없는 위기에 빠지게 되는 만큼, 지구인 모두가 각자의 생활 터전에서 지구를 살리기 위한 구체적이고 실천적인 노력을 다각적으로 펼쳐야 한다는 사실이었고, 또 그런 강의 내용이 이상하게도 가슴을 콕콕 찌르듯 들려온다는 사실이었다.

일학기 때 ‘대중문화의 이해’ 두 강좌, 이학기 때 ‘환경과 문화' 두 강좌를 맡고 있던 김하근 교수가 실천적으로 보여주는 대표적인 운동이 이런 것들이었다. 과제물은 반드시 이면지를 활용하고 겉표지는 따로 만들지 않아야 제대로 된 과제물로 인정한다. 술자리에서 건배를 두 번 이상 외치는 사람은 즉석에서 퇴장시킨다. 또, 실제로 그랬는지 모르지만 자기처럼 몸집이 작은 사람에게는 학점에 특혜를 준다고도 했다. 강의를 시작할 때는 꼭, 일주일 동안 있었던 환경오염 실태와 지구사랑 실천 사실에 대해 조사한 내용을 몇 사람한테 물어보곤 했다.

"아, 그 땅콩!"

영욱은 두 잔째 받은 생맥주를 들고 건배를 제의하려다 말고 멈칫했고, 그러다 갑자기 잔을 탁 소리 내어 놓았다. 제대를 하고 3학년 2학기로 복학했을 때, 개설 강좌도 다양해지고 낯설어진데다 수강 신청을 컴퓨터로 해야 했던 탓에 상당한 혼란을 겪었다. 얼떨결에 신청한 강의 중 하나가 '대중문화의 이해'라는 강의였다. 친구 따라 강남 간 격으로 강의실에 들어가고 보니, 그때 벌써 상당한 인기 강좌로 부상하고 있었던지 오륙십 명 앉을 만한 강의실이 빡빡하게 차 있었다. 친구가 "야, 이거 우리가 서서 강의 듣게 되었냐?" 하고 투덜대기에 영욱이 "이 나이에 말이지." 하고 맞장구를 쳤다. 그게 화근이었다.

"하근인지, 화근인지… 아무튼 우리가 그랬는데, 강사가 진작에 강의실 안에 들어와 있었던 걸 키가 작아서 안 보였던 거야. 늦게 들어와 떠든다고 지적을 하기에 얼른 의자를 가져오는 척하고 그냥 나와 버린 거야. 입대 전에는 못 보던 교수였는데, 땅땅한 모습이 정말 땅콩 같다는 느낌이었어."

영욱과는 반대로, 다섯콩은 오히려 다른 과목을 신청했다가 철회하고는 궁지에 몰린 끝에 듣게 된 것이 '환경과 문화'였다. 강의 명칭이 딱딱하고 막연한 것에 비하면 뭔지 모르게 강의 시간 내내 어떤 의욕을 느끼게 되었다. 강의실 안에서도 그랬지만, 자칫 산만해지기 쉬운 야외 강의나 주점 강의를 하는 동안에는 앞으로 이 강의를 한 시간도 빼먹어서는 안 될 것이며, 다음 학기도 그 다음 학기도 계속 개설되게 해서 후배들 모두가 꼭 듣도록 해야 한다는 묘한 사명감이 일기까지 했다. 하지만 키가 작다는 이유로 학점을 잘 받은 것 같지는 않다고 했다.

"지구는 하나, 지구인은 한 가족, 지구생명 우리 핏줄, 자손 대대 이어가자."

다섯콩이 김하근 교수가 어느날의 주점 강의에서 가르쳐준 환경 운동 노래 중 기억나는 한 대목을 음정을 제대로 잡고 불렀다. 영욱이 선배 자세를 잡았다.

"가사는 유치하고 가락은 좋구나. 다 좋은데 말이야, 우리

후배님들, 그 교수님은 어디로 숨었다는 것이고, 또 이 비디오를 어떤 식으로 전하겠다는 말인가?"

'무번지'라는, 학교 앞 로터리에 몇 달 전에 새로 생긴 생맥주집이었다. 선배의 추억을 되살려 줄 만한 집을 찾아 들어가려고 했더니 영욱이 굳이 그럴 필요 없다고 해서 아예 새 집으로 왔다. 대학가 분위기를 내느라 애쓴 흔적은 보이지만, 아직 그런 걸 기대할 만한 지역이 아니라는 걸 학생들은 잘 알았다.

"그래도, 이거 많이 발전한 거다. 내가 처음에 입학했을 때는 전철이 여기 서지도 않았고, 이런 술집이 뭐야, 그냥 시골집 같은 집 평상에서 생맥주 마시고 그랬는데 뭘."

영욱의 대학 시절 추억담이며 연애담이 잠깐잠깐 끼여들기도 하면서 주로는 오늘 공연 얘기에 김하근 교수 얘기였다. 조용봉 교수의 느닷없는 '캇' 소동 탓에 공연이 좀 우습게 되기는 했지만, 그 뒤로 그럭저럭 재미있는 공연이 된 것 같다고 스스로를 대견해 하는 분위기였다. 뒤풀이에 온 다섯 중 공연의 관객이던 사람은 하나였는데, 그 친구만이 화제에 어긋나는 말을 자꾸 했다. 그래도 그 친구가, 공연이 끝났을 때 조용봉 교수도 입을 좀 삐죽 내밀고는 있었지만 적어도 공연에 대한 오해는 완전히 푼 낯빛이더라는 얘기를 해 주긴 했다.

어쨌든, 두 편의 단편영화 제작에 참여한 바 있는 영욱의 디지털카메라에 오늘의 공연이 조용봉 교수의 '캇' 장면까지 고스란히 담겼다. 그걸 편집해서 인터넷의 환경운동이나 문학과 관련된 사이트에 올려놓으면, 김하근 교수님이 어디 있는지 모르지만 언젠가는 한 번 보게 될 것이 아니겠느냐는 것이 공연 팀원들의 생각이었다.

"교수님한테 가르침 받은 것을 우리가 이렇게 소처럼 되새김질하고 있습니다, 이런 뜻을 밝혀두는 데 의의가 있다고 생각해요. 이제부터 열심히 인터넷 구석구석에다 올려놓는 일만 남았어요. 혹시라도 교수님이 보시면 흐뭇해하실 테고, 또 힘도 나실 거고, 다른 사람들도 많이 볼 수 있으면 좋잖아요. 그때가 되면 교수님이 우리 앞에 나타나지 않을 리 없지 않겠어요?"

다섯콩의 말을 민규가 받는다.

"솔직히 우리가 더 무얼 바라겠어요. 그 교수님은 이 지구 위에 그 어디에 계셔도 기죽을 분이 아닐 텐데요. 그렇지 않겠습니까? 그 분, 우리 대학 같은 작은 데 계실 분도 아니고, 우리같이 무식한 학생들하고 놀고 계셔도 안 될 분이잖아요, 솔직히."

"이 친구, 농담을 그렇게 정확하게 하면 어떡해!"

민규의 자조 섞인 말을 농으로 막아놓고는 영욱도 정작 다른 말을 못하고 생맥주 잔을 들고 마시면서 힐끔 탁자 끝에 놓인 주문표의 계산 내역을 훔쳐보았다.

"선배님, 혼자만 드시기예요? 우리도 같이 건배하자."

남자가 하는 대사를 빼면 다른 모든 대사와 지문 부분을 혼자 낭송하고 나와 기운이 쭉 빠진 상태라던 정실이 갑자기 환한 표정을 지었다.


## 4. 지느러미

"많이 컸다. 처음에는 내 눈을 의심했어."

어 아저씨는 하나도 안 늙으셨어요, 라고 맞장구를 치려다가 정실은 참았다.

오년 만에 처음으로 얼굴을 제대로 보고 있었다. 아니, 그이전에도 이처럼 얼굴을 찬찬히 살펴본 적은 없는 것 같다. 매서운 눈가로 가끔 패이던 인자하게 느껴질 만한 주름이 이제는 너무 완연하게 깊어져 그 매서운 기마저도 잃게 만들었고, 굵고 많은 숱을 자랑하던 머리는 흰 머리카락이 삐죽삐죽삐쳐 나왔을 뿐 아니라 전체적으로 어딘지 밀도가 옅게 느껴졌다. 맥이 풀린 듯하면서도 다행히도 은은히 바라보는 눈길에 더 맞설 수 없었다. 정실은 얼굴을 붉혔다.

"니가 아까 들어왔을 때 나를 알아봤을 수도 있겠다 생각했다. 피할까 하다가, 오늘 한 번뿐일 텐데 하고 기다렸다. 몇 잔 마시는 것 같더니, 술 더 할래, 아니면 녹차?"

정실은 명치끝에서 뭔가가 꿀럭 하는 느낌을 받았다.

이 사람이 어떻게, 직업과 돈을 이용해 어린 여자애들을 상습적으로 성적 노리개로 삼고 또 그런 일을 빌미삼아 많은 사람에게 폭행을 하고 돈을 뜯어온 성격파탄자였다는 말인지 아직도 이해할 수 없다. 그 사실만은 지금도 충격이다.

정실은 함께 가출한 남녀 학생 친구들과 폐쇄된 만화가게 방에서 혼숙하고 지내다가 파출소에 잡혀간 적이 있었다. 그때가 고등학교 1학년 때였다. 가족이 직접 신병을 인도해 가는 조건으로 훈방조치가 내려지자 가족이 아무도 나와 주지 않은 정실을 따로 집까지 데려다 주겠다며 오토바이에 태운 사람이 어 아저씨였다. 그때 아저씨 몸에서 나던 담뱃진 같은 냄새가 기억날 듯도 하다. 지갑 아닌 편지 봉투 같은 데 넣은 수십 장의 지폐를 꺼내 보여 주기는 했지만, 꼭 그것이 필요했던 것은 아니었다. 한 며칠 욕실이 딸린 깨끗한 침실에서 지내고 싶은 정실의 욕심을 어 아저씨가 채워 주었다. 정실은 그 후 세 달을 어 아저씨가 옮겨 주는 대로 호텔급 숙소를 전전하며 지냈다.

처음에 어 아저씨는 매일 밤 와서 정실의 몸을 올라타고 학대하듯 했지만, 갈수록 그런 일은 줄어들었다. 찾아오는 일이

준 것이 아니라 정실의 몸을 학대하듯 하는 일이 줄었다. 정실이 임신한 것 같다는 말을 듣고 나서였을 것이다. 이상하게도, 그때 이후로 얼마나 정실의 몸을 아끼던지, 스스로 욕정을 누그러뜨리려고 애쓰다가 참지 못하고 조심스럽게 손을 뻗어오는 동안 내내 어색해하고 부끄러워하는 낌새를 감추지 못하기까지 했다. 정실의 몸에 돋은 솜털 한올 한올을 더듬듯 하는 동안 그 손끝에서 황홀해 하는 기운이 무슨 정전기가 이는 것처럼 보이던 때도 있었다. 그럴 때면 간지러워서가 아니라, 쾌감 같은 건 별로 느끼지도 못하면서도, 이 남자의 몸이 진정으로 나를 원하고 있구나 하는 생각만으로 마음이 푸근해지고 들뜨고 또 부끄럽고 그래서 얼른 한쪽 다리를 들어 남자 몸을 바싹 휘감아 버리곤 했다. 남자의 등허리 한가운데 척추 줄기를 따라 난 손가락 한마디 길이만 한 까칠까칠한 털을 만지작거려 보기도 했다. "이거 꼭 물고기 지느러미 같잖아." 정실이 그런 말을 했을 것이다.

이런 남자가 여자에게 보살핌을 받지 못한다면 세상은 너무 부조리한 것이라는 그런 생각을 했다. 부부 사이가 썩 좋지 않았다는 남자의 집 여자를 생각했다. 누적된 적자를 견디지 못해 부도를 내고 자살한 아버지를 생각했다. 어 아저씨도 자살을 하려고 했던 것 같다. 정실은 어 아저씨가 주는 삼십만 원의 돈을 받아 월셋방을 얻었다. 어 아저씨로부터 벗어난다는 생각은 하지 않았는데 그때 이후로 어 아저씨는 다시 찾아오지 않았다. 어 아저씨가 관내 불법 영업을 하는 주점으로부터 정기적으로 돈을 상납 받아 온 일이며, 업소에 고용된 미성년여성 취업자 여러 명을 상습적으로 협박하고 성폭행해 온 사실을 알게 된 것은 정실이 아르바이트 일을 하게 된 컴퓨터 부품 가게에서 우연히 신문을 보아서다. 허리춤에 차고 다니던 수갑, 그걸 자기 손목에 채운 어 아저씨의 사진이나 있었다.

"어 아저씨…."

하다 말고 정실은, 점원이 날라다 놓은 녹차를 입에 댔다. 세 잔이나 마신 술로 얼굴이 좀 화끈거린다. "잠깐만…." 하던 어 아저씨가 고개를 빼들고 카운터 쪽을 본다. 술값을 치르는 손님과 카운터 점원 간에 실랑이가 벌어진 듯했다. 예상대로 이곳이 어 아저씨가 경영하는 주점임에 틀림이 없었다. 아저씨는 실랑이를 간단히 해결하고 파장 분위기가 나는 주점 안을 한 바퀴 둘러보고 있는 기색이다. 그 시절, 구속되고 재판을 받고 그랬을 테지만, 정실은 어 아저씨가 감옥에 가 있는 장면이거나 초췌한 몰골로 출감을 해서 거지꼴로 사는 모습을 상상해 본 적은 없다.

다만, 혼자서 어 아저씨를 생각할 때마다 어항 속에서 거칠게 몸을 흔들며 헤엄치는 물고기를 연상하고는 했다. 그러

고 보니 어 아저씨라는 별명을 붙인 것이 아저씨와 헤어지고
도 한참 뒤의 일 같다. '어차피 그에게는 인생이 감옥이었다.'
오늘 공연한 소설에 그런 말은 있지도 않았던 것 같은데 절로
소설 문장 비슷한 것 몇 개가 되뇌어졌다. 김하근 교수가 떠
오른다. 무슨 말 끝에 그 교수는 말했다.

"이 지구 전체가 하나의 감옥이 되어 있다고 생각해 봐."

좀전까지는 내내 신세대풍 노래더니, 이제 흐르는 노래는
20년 전쯤 유행하던 발라드다. 웃음이 난다. 그 웃음 끝에 눈
물이 묻는다. 정실이 텔레비전을 보다가 어떤 노래에 이끌려
그만 울어 버린 걸 어 아저씨가 기억하고 저러는 거다. 아버
지가 쥐어짜며 부르던 노래였다. 오 년 동안, 정실에게도 많은
변화가 있었다. 이미 미성년자는 아니었다. 성년이 되기 전에
친구 오빠와 또 한차례 성애 여행을 떠났다가 퍼뜩 정신이 들
어 돌아와 대학 입시를 준비했다. 여전히 궁핍했고, 여전히
살아갈 목표를 잡지 못했다. 나 혼자서, 여자인 나 혼자서 무
엇을 하고 살 수 있을까. 막막한 질문이 가슴을 치곤 했다. 돈
이 필요했지만, 이런저런 아르바이트로 돈을 좀 모았다고 해
서 아껴서 쓰거나 하질 못했다. 헌금을 강요하지만 않았다면
대학 신입생 시절에 빠졌던 사이비 종교에 그대로 빠져 있었
을 것이다. 남학생들이 쓸데없이 잘난 척하지만 않았어도 교
내 연극반에 그대로 남아서 연극에 미쳐 버렸을지도 몰랐다.

"돈이 없는 남자는 삶이 곧 죽음이겠지. 그럼 돈을 잘 벌기 위해 사는 삶은 뭐냐, 그건 노예라. 온몸이 발가락뿐인 지렁이지. 캬, 이건 죽이는 시 구절인데…. 이 세상 남자들, 지상으로 잘못 나와 땅 속으로 돌아갈 길을 잃은 지렁이 꼴 아니야? 여러분 아빠, 군대 간 오빠, 애인… 다 생각해 보라구. 아, 이렇게 되면 얘기가 자꾸 빗나가는 건데… 그런데 실은 말이지, 원래 지렁이는 어떤 존재냐 하면, 그 가치와 실용성 면에서 최고의 생명체지. 일명 지구의 허파라 불리는 존재야…."

지렁이는 땅 속에서 유기성 폐기물과 가축 분뇨를 먹어치우고… 그 몸에 필수 아미노산이 다량 함유되어 있으며… 그런 얘기는 필기를 하고도 금세 다 잊어 버렸지만, 재기발랄하고 자리분별이 뚜렷한 지구인 김하근 교수의 입에서 흘러나오는 슬픈 지구인 얘기만은 정실은 지금도 잘도 기억하고 있다.

그 김하근 교수 얘기를 어 아저씨한테 꺼낸다. 인적사항을 불러주는 동안 어 아저씨는 고개만 끄덕인다.

"또 올래?"

또 오지 않을 거면서 사람 찾아달라는 부탁을 한 것이 우습지 않으냐는 뜻일 테지만, 어 아저씨는 사람의 행방도 찾고, 그 결과를 자신에게 어떤 식으로든 알려줄 거라고 정실을 믿어 버린다. 오년 전에도 그랬으니까. 구속된 이후에도 사람을 보내 돈 십만 원을 전해 준 사람이니까. 게다가, 어 아저씨는 지금 정실에게 돈이 필요하다는 사실을 알고 있다. 좀전에 일행과 함께 한 술자리 셈을 정실이 치르고 나가는 걸 보고 있었고, 그리고 혼자서 다시 올 거라는 것까지 알고 있었던 사람이다.

"고마워요, 어 아저씨."

정실은 아저씨가 카운터에서 가져온 두툼한 지폐를 받아 백에다 넣고 몸을 일으키다가, 잠깐 주춤한다. 어 아저씨라는 말에 어 아저씨가 야릇한 표정을 지어서가 아니다. 갑자기 터지는 울음을 막을 길 없다. 정실은 반쯤 일으킨 몸을 앞으로 꺾어 어 아저씨의 얼굴을 손으로 잡고 그 입술에 제 입술을 갖다붙여 힘차게, 힘차게 빨아 당긴다. 음악 소리가 터져 나온다.


## 5. 신원조회


중년 사내가 기침을 하면서 상을 찌푸린다. 담배 연기 때문만이 아니라, 소음 때문이기도 하다. 건너편에 몰려 있는 세 아이들을 중년 사내는 몇차례 힐끔거리다가 한마디 하고 만다.

"니네들, 너무 시끄러운 거 아냐?"

생각 같아서는 "담배 끄지 못해!" 하고 소리지르고 싶은 심정이다. 기껏 해 봐야 고등학교 2학년 정도라는 걸, 중년 사내는 쉽게 알아차리고 있다. 아이들은 아주 잠깐 소리를 낮출 뿐이지, 집중 중인 스타크래프트에서 전면적인 전쟁 국면으로 돌입했는지 마구 탄성을 질러댄다.

"나, 참!"

중년 사내는 참지 못하고 일어나 카운터 쪽을 돌아보았다. 젊은 사장이 지폐를 헤아리고 있다가 올려본다.

"야, 나 자리 옮길게."

"회장님, 오늘은 웬일이세요? 푹 빠지셨나 봐."

젊은 사장이 지폐를 금고에 넣고 걸어온다. 중년 사내는 구석 자리로 옮겨가 의자를 뺐다.

"이거 접속 잘 돼? 저기 것은 두 번이나 중간에 다운됐어."

"그래요?"

하면서도 젊은 사장은 대수롭지 않다는 듯이 중년 사내가 사용하게 된 컴퓨터 하드디스크 케이스에다 사용 시간표를 옮겨 걸어놓는다.

"저 자식들 고등학생 맞지? 금연 좀 시키면 안 되냐?"

"쟤들요? 에휴, 요즘 애들 잘못 건드렸다가 나만 손해게요? 근데, 정말 오늘은 여기서 날밤 새실 거예요?"

"자료 찾아서 공부 좀 하려고 그런다, 떫으냐?"

"떫긴요. 저야 회장님만 한 고객이 어디 있겠어요. 집세도 깎아 주실 건데."

"너는 꼬박꼬박 돈 받을 것 다 받으면서, 집세를 깎아?"

"그건, 회장님이 서비스 안주도 안 주고 술값 꼬박꼬박 다 받으시길래 공은 공이고 사는 사로구나 하고서 저도 이러는 거죠."

"공은 공이고 사는 사?"

모처럼 만에 들어보는 말이지만, 새삼 관심이 끌릴 리 없다. 이번에는 검색 속도가 빨라졌다. 졸음기가 싹 사라질 듯하다. 문단속 지시를 하고 PC방으로 올라온 지가 벌써 세 시간이 넘었다. 주점에 손님이 없을 때 부동산이나 증권 정보나 찾아보겠다는 심정으로 들어와 보다가 제법 친숙해졌다. 젊은 사장이 아르바이트생을 고용해가며 경영하는 모양인데, 주변에 큰 PC방이 연이어 두 개나 생겨 크게 재미를 못 보는 눈치다. 지난달에는 월세를 일주일이나 미루기에 그러려면 당장 방을 빼라고 으름장을 놓아 두었다.

"아아아아아, 씨팔 다 죽었네, 다 죽었어!"

어린애들 모인 쪽에서 또 소리가 났다. 이번에는 중년 사내도 그쪽으로 고개를 돌릴 기분이 아니다. 손에 바짝바짝 땀이 나고 있다. 좀전에 찾아낸 잠입 경로로 서너 번 클릭해서 들어갔을 뿐인데, 한 나라의 경찰국 대외비 정보가 너무 싱겁게

검색되기 시작한다.

"그래 그래… 좋구나들, 환경운동들 좋아하시는구나. 김하근… 여름의 뿌리로구나…. 주민등록번호가 육공공육오하나…"

1960년생이니까, 다섯 살이 아래였다.

그 나이 때, 중년 사내는 아내와 딸 둘을 부양하는 가장이었다. 의경부터 시작한 경찰관 생활이 17년째였다. 가계를 돕는다고 수년 전 아내가 지하철 역사 안 신문 가판대를 얻고부터 오히려 집안에 목돈 들어갈 일이 많아져서 날로 부수입이 커져가야 했다. 불법 업소로부터 몇 번 돈을 상납 받고 그중 한 여주인을 잘못 건드렸다가 좌천되는 곤욕을 치르기도 했다. 옮긴 구역이 그 무렵 서서히 유흥업소가 밀집되고 있던 곳이었다. 우연찮게 어린 창녀 하나를 건드려 보고 나서 자기도 모르게 이래저래 여자한테 탐닉하는 신세가 됐다. 하지만 정실이를 알고부터는 누구한테도 그러지 못했다. 감옥에서 일년 육개월을 살고 나온 뒤 얼마 동안까지도 여자를 가까이 하지 않았다. 숨겨두었던 부동산을 끌어모아 이곳에 빌딩 하나를 가지고 나서야 한 며칠 처음으로 여자들과 놀아 보았다. 그러고는 지금껏 또 어이없이 '수절'이다.

중년 사내는 가끔씩 한 손으로 턱을 괸다. 아랫입술이 피멍이라도 든 게 아닌가 싶게 잘근잘근 깨물어 본다. "아…" 하고 한숨이 뿜어진다. 이제야, 그 어떤 쾌감이 입술을 때리고 있다. 정실이… 정실이… 자기 몸에 남은 모든 흔적을 지우고 새롭게 시간을 시작하고 있는 것 같은 아이의, 그 순결한 하얀 몸, 새하얀 젖가슴이 모니터에서 잠깐 출렁인다.

그 위를 김하근이라는 친구의 사진이 뜬다. 언제 찍은 사진인지 모르지만, 이목구비가 오종종해 보이는 앳된 얼굴이다. 6년 전 사회학과 석사학위를 받고, 그 뒤 환경운동단체의 간사로 일한 경력으로 겸임교수가 된 모양이다. 처와 딸 둘과 한 가족인데, 부부의 주민등록지가 서로 다르다. 그렇다면….

중년 사내는 얼핏 자신이 감옥에 있을 때 떠나 버린 아내와 두 딸을 생각해 본다. 구치소에 있을 때 아내가 두 번 면회를 왔다. 아내는 자기 때문이었느냐고 물었다. 중년 사내는 아니라고 말했다. "내가 신혼 초부터 성격파탄자라는 거 당신이 잘 알았잖아?" 하고 되물어 주었다. 두 번째 면회를 왔을 때는 한 여성지에서 수기를 싣자고 찾아왔더라고 했다. 하고 싶은 대로 하라고 했다. 그 뒤로, 가족을 다시 볼 수 없었고, 출감 후에도 결코 찾지 않았다.

중년 사내는 가족의 신원을 조회해 볼까 하는 충동을 눌렀다. 김하근의 행방을 찾을 만한 몇 개 주소를 한글방으로 부지런히 옮겨간다. 무슨 대단한 범법 행위를 하고 있는 게 아니다. 자라나는 세대를 위해 뜻깊은 가르침을 주어온 한 교육자를 찾아보려는 것뿐이다. 중년 사내의 머릿속으로 그 주소지 관할 경찰서에서 근무하던 옛 동료들의 이름과 얼굴이 떠올려진다. 다들 공과 사를 구분할 리 없는 사람들이다.

"회장님, 저기요!"

갑자기 젊은 사장이 옆에 와 서는 통에 깜짝 놀랐다.

"야, 임마. 공부하는 사람한테 말 시키지 마."

"동업하려고 하는 친구가 이 동네 왔다는데요. 택시를 잘못 내려서 이 근처에서 헤매고 있나 봐요. 나가서 데리고 올 테니까, 카운터를 좀 봐 주세요."

"공부 중이라니까!"

"누가 계산을 하거나 하면 시간 확인하고 돈만 받으면 돼요. 알았죠, 회장님?"

젊은 사장이 PC방을 나갈 때 보니 한 사람이 셈을 하고 나가는 모양이다. 남은 손님은 게임을 하면서 연신 시끌벅적한 세 친구들뿐이다.

중년 사내가 김하근이 썼다는 환경문제 관련 논문 목록을 훑어보는 중에 처음으로 '검색 불가능' 표시를 본다. 다시 접속을 시도했지만 아까와는 달리 '열람 자격 없음'이라는 글자만 계속 떴다. 그런데, 더 접속할 것이 없이 이만하면 되겠다 싶은 자료가 이미 한글방에 있겠거니 했는데, 미리 파일 이름을 정하지 않고 닫아 버려서 되찾을 수 없는 처지가 되어 버렸다.

"아, 나, 이것 참!"

중년 사내는 키보드를 주먹으로 한 번 때리면서 일어난다. 카운터 옆으로 가 캔 음료수 하나를 꺼내들었다. 그때였다.

"아카카카! 이게 무슨 좆같은 경우냐!"

"푸하하하! 요걸 몰랐지, 카우카우카우!"

셋이다가 둘만 남아 있구나 했더니, 남은 녀석들이 더 야단이구나 싶었다.

"야이, 이놈들아! 여기가 니네들만 있는 게 아닌데 떠들어? 어허, 이 담배연기 좀 봐. 이 새끼들 어느 학교야, 이것들!"

주의만 주려다가 공연히 아이들 가방까지 뒤적거려본다. 이제 보니 담배에 캔 맥주까지 갖다 놓고 게임 중이었다. 가방에서 뭔가 뭉툭한 쇳덩이 같은 게 느껴졌다. "이게 학생이야, 뭐야!" 하다 말고 중년 사내는 허리를 채 펴지 못한다.

"아이, 시팔 좆도! 별 게 다 지랄이네, 이게, 확!"

확 하는 소리와 함께 중년 사내의 몸이 한쪽으로 기우뚱하면서 빈 컴퓨터 모니터로 쓰러진다. 쿵, 하고 머릿속으로 울림이 왔다. 한 손에 들고 있던 캔에 콧등이 찍힌 것 같다. 순간, 중년 사내의 몸에서 뒷발차기 식으로 발이 쳐들어 올려지며, 얍 하는 기합 소리가 터졌다. 한 녀석이 뒤로 밀려나면서 의자를 쓸며 쓰러지는 게 보였다. 중년 사내는 몸을 일으켜, 주춤 서 있는 한 녀석의 아랫배를 다른 발로 걷어차며 구석으로 몰아붙였다. 어디론가 자리를 비운 또 한 녀석이 들어온다는 걸 중년 사내는 익숙한 육감으로 알아차린다. 몸을 돌렸다가 문 입구 쪽에서 몸을 날려오는 그 녀석을 슬쩍 피했다 싶은 순간이었다.

무언가 묵직한 것이 목덜미에 와 닿았다.

"억!" 하는 소리가 입안에 갇혔다.

그러고는 자신의 머리에서 뿜어진 피가 바닥으로 스며들고 있다는 생각이 들었다.

"아이, 시팔! 죽었어?"

"이 새끼, 생맥주집 사장 아냐?"

어린 친구들이 자신들의 발밑을 내려보고 있었다.

"주머니 털어봐, 어서!"

어디선가 어항 깨지는 소리 같은 게 귀를 찢더니 곧 먹먹해졌다. 중년 사내는 자신의 지느러미가 피에 젖고 있다고 생각했다.

"야, 저 늙은 새끼가 아까 생맥주집에서 젊은년이랑 진하게 키스하는 거 봤어?"

"근데 돈이 왜 이거밖에 없어!"

"돈 있는 놈이 현찰 갖고 다녀? 카드로 왕창 긁고 튀지 뭐."

어린 친구들이 계단을 뛰어 내려가는 소리가 시끄럽다.

(2000)

싸락눈

겨울답지 않은 날씨가 연일 거듭되더니, 점점 어두워지는 허공에 눈발인 듯한 희끗희끗한 것이 날리기 시작하면서부터 퍽 쌀쌀해졌다. 문세는 내내 허술하게 걸쳐 입고 있던 외투의 지퍼를 목까지 채워 올린다.

　학교 교문은 굳게 닫혔다. 넓은 철문을 지탱하는 두 개 기둥 한편에는 중학교 이름이, 반대편인 오른쪽에는 고등학교 이름이 각각 새겨 있었다. 문세는 인도에서 교문까지 십여 미터 거리의 언덕길을 왔다갔다해 보다가 아예 교문에 붙어 서서 안을 기웃거려 본다. 불 켜진 가로등의 도움을 받아 교문 안쪽 진입로 일부가 허옇게 바닥 색깔을 드러내고 있었지만, 정작 그 윗길로 운동장이나 교실 건물이 펼쳐져 있을 법한 곳은 어둠 속인 데다 지형적으로 교문 쪽에서는 잘 보이지 않게 조성되어 있는 듯했다. 교문 오른편 곁문 안쪽에 바로 붙어 있는 수위실도 불빛만 밝혀 있을 뿐 사람의 모습을 보여주지 않는다. 하긴 겨울방학 하고도 연초라면, 아무리 입시 명문 학교라 해도 저녁 시간까지 벅적거릴 이유는 없을 터였다.

"이거 너무 한 거 아냐. 명색이 졸업생인데…."

명색이 졸업생인데 모교를 눈앞에 두고 학교 운동장도 제대로 들여다볼 수가 없다니…. 문세는 버릇처럼, 회사에서 부하 직원들을 교육할 때처럼 또박또박 따지면서도 비꼬는 어투로 중얼거려 보았다. 갑자기 터져 나오는 하품에 몸을 비틀면서 무슨 구호라도 외치듯 자신이 다니던 그 중학교의 이름을 "대, 명, 중, 학, 교" 하고 큰소리로 내질렀다. 내뿜어지는 입김이 새삼스럽다. 까까머리 시절, 중학교 1학년 때는 1반에다 번호가 55번인가 그래서 1155, 이런 숫자를 교모 안쪽에 흰 실로 새겨 넣고 다녔고…. 2학년 때는 두 반의 우수반 중 하나인 5반, 3학년 때는…. 문세는 학교 교문에서 언덕 아래쪽으로 멀찍이 떨어져 평평한 땅으로 다져 놓은 시내버스 주차장 쪽까지 걸어갔다가 다시 교문 앞에 선다.

별다른 감흥이 이는 것도 아니면서 공연히 아쉬워해 보고 있는 셈이다. 그럼에도 잠깐, 마음 한구석이 스산해지는 듯하다가 이내 묘하게 아릿한 느낌을 주는 어떤 기운이 목덜미를 스쳐 갔다. 운동장 한구석에 가방 두 개를 벌려 세운 골문으로 공을 차며 달려오던 친구를 막다가 벗겨나간 운동화로 뒤꿈치에 구멍이 난 양말이 반쯤 딸려 나가던 모습이 그려졌다. 도시락에서 흐른 김칫국물로 젖은 책들을 창문 밖에 내놓고 틈틈이 말리는 일도 있었다. 일찍 학교를 파하는 중간고사 기간에 농구를 하고 있다가 담임선생한테 발각되어 꾸지람을 듣던 일도 생각났다.

2학년 종업식 때인가, 명찰 문제로 한바탕 곤혹을 치르던 일도 떠올랐다 당시는 학년별로 명찰 색깔이 달라서 새 학년으로 진급하면 그 학년 명찰을 새로 새겨 달았다. 종업식을 하기 전이었으니 아직 2학년이었고, 명찰은 지난 일년 동안 달고 다니던 그대로라야 했다. 그날 종업식을 시작하기 전부터 누가 바람을 일으켰는지 갑자기 반 친구들이 하나둘씩 다른 친구들의 명찰을 강제로 뜯어내는 놀이가 벌어졌다. 문세를 비롯해 몇몇 아이들은 가슴께를 움켜쥐고서 방어에 성공했지만 반 대부분의 아이들이 명찰을 뜯은 탈선 학생 같은 몰골로 운동장에서 열리는 종업식에 참가하고 있었다. 그날 성적 우수 학생에게 상장 수여도 했다. 문세 반 차례가 되어 호명된 모범 학생 둘이 나란히 연단의 교장 선생님 앞에 서게 되었다. 한 학생은 명찰이 뜯겨 나가 없는 채였고 다른 친구는 뜯긴 명찰을 핀으로 고정한 모습이었다. 첫 번째 학생을 그냥 넘기면서도 찌푸린 인상을 펴지 않은 교장 선생님의 모습을 반장인 문세는 대오의 맨 앞줄에 서서 가슴 조마조마하게 지켜보아야 했다. 두 번째 학생 순서 때 아니나다를까, 상장을 읽다 만 교장 선생님이 한참 아이를 내려다보더니 큰 소리로 "장학생이 어째서 명찰이 이 모양이지?" 했다. 그 목소리가 마이크를 타고 운동장에 울려 퍼졌다. 눈매가 매섭게 생긴 교장 선생님이었다. 그날 교실로 돌아가자마자, 명찰이 뜯긴 학생들은 담임선생한테 불려나가 귀싸대기를 두 대씩이나 맞아야 했다. 그러고도 그날 종례의 마지막에는 남은 학급비로 준비한 만년필을 담임선생께 일 년 동안 수고하신 데 대한 고마움의 선물로 전하면서 언제 그랬냐는 듯이 다들 환하게 웃으며 박수를 쳐댔다.

또, 졸업식이 있던 날은 어찌나 눈이 많이 내렸는지, 문세로서는 그때 이후로 그렇게 많은 눈을 본 적이 없다. 졸업식 시작을 늦추면서 운동장 제설 작업을 했다. 말이 제설 작업이지 실제로는 친구들끼리 눈싸움을 하다가 허리 높이까지 쌓인 눈밭에서 뒹굴거나 아니면 선생님들 뒤로 몰래 가서 눈덩이를 퍼붓는 장난질의 연속이었다.

문세는 신발에 두툼하게 묻은 눈을 떨어내기라고 하려는 듯이 공중에서 두 발끼리 맞부딪는 동작을 여러 번 되풀이해 본다. 역시 그러고 그만이었다. 당장 무릎 관절에 부담이 왔다. 다들 지나간 추억이 아름답다고들 하는데, 문세는 스스로 그렇다고 생각해 본 적이 별로 없는 것 같았다. 아니, 지금의 대명중고등학교로서는 문세를 더 이상 추억 속으로 끌어들일 형편이 아니다.

원래 이 대명중고등학교는 문세가 다닐 때만 해도 대명시의 중심에서 멀지 않은 곳에 있었다. 대명시 외곽인 하산군 인접 지역인 이곳에 이사 온 적이 언제였는지, 이사 온 사실을 언제부터 알고 있었는지 문세는 모두 기억해 내지 못한다. 문세는 중학교만 대명을 나왔고 고등학교는 같은 대명시에서도 학군이 다른 곳의 학교를 나왔는데, 그 이후 군 생활을 다시 고향 근교에서 한 것을 빼면 대학 때부터 지금껏 서울에서만 살았다. 중학교 때 친구로서 만나고 있는 사람은 한 사람도 없고, 고등학교 때 친구들만 가끔 연락이 오고 가는 정도다. 하기야 문세의 아내는 초등학교 친구의 동생이다. 어쨌든 그러는 사이, 문세가 다니던 중학교와 고등학교가 각각 다른 외곽지대로 이사했다. 문세의 고등학교가 이사 후에 학교 환경이 나빠져 평판이 좋지 않아진 것에 비해, 대명중고등학교는 그렇지 않다는 얘기를 들어온 편이다.

"대명시도 서울 팔학군 같은 데가 있답니다. 지금 대명학교 있는 데 있지요? 그쪽이 벌써부터 그랬어요. 대명, 원강, 남촌…. 이게 다 에이급들이에요. 원래 그쪽이 그린벨트도 적었고, 대형 아파트촌이 빨리 들어서서 학군 형성이 잘되었거든요. 그런데 지금은요, 그런 정도가 아니에요, 형님. 광역시가 하산군까지 포함하는 데다 하산군 초입에 월드컵경기장이 들어섰잖아요. 남아 있던 그린벨트도 거의 다 풀리고⋯. 지금은 백지화되었지만, 얼마 전까지 지하철 이호선 노선으로 선정되기도 했고⋯."

어제도 텔레비전에서 흘러나오는 서울 8학군 일대의 부동산 값 상승 뉴스에 아내와 처제가 한마디씩 하자 동서가 거들다가 대명학교 얘기까지 나오게 되었다. 문세는 어제 그걸 그냥 흘려들었다. 동서는 2년 전 서른넷까지 노총각이다가 이혼 경력을 감춘 처제와 결혼했는데, 결혼 이후 무엇 때문에 결혼을 미루고 있었나 싶게 이재에 밝고, 알고 행하는 것이 많고 분명해서 장인 장모 사랑을 듬뿍 받고 있는 눈치였다. 맏사위라는 사람이 처가에만 가면 말이 없어지고 혼자 놀 궁리만 한다고 아내로부터 구박받던 문세로서는 오히려 동서의 그런 점이 다행스러웠다. 그런 동서가 처가 가까이 살고 있는 덕분에 처가 가는 일이 한결 부담이 덜했다. 오늘 낮에 장인 칠순 잔치를 치르면서도, 그냥 아무 생각 없이 처가 식구들하고 어울려 술 마시고 노래하고 놀아 버리자 그러고 있던 차였는데, 다시 동서가 처외숙들한테 부동산 투자 얘기를 하고 있었다.

"김 소장이라고, 제 친구 중에서 우편취급소를 운영하는 사람이 있는데, 여보, 왜 당신도 알지, 김 소장? 그 친구가 하산에 아파트 두 채를 샀잖아. 하나는 분양받은 거고, 하나는 남이 분양받은 걸 프리미엄 이천 얹어 주고 자기 아버지 이름으로 샀거든. 바로 그 앞이 월드컵경기장이잖아. 이번에 아버지 죽고 집을 파는데 일억 이천이 남더래요. 물론 자기 집도 그새 이억은 뛰었나 봐요."

"오 서방은 뭐 잡아 놓은 땅 같은 거 없어요?"

아내가 조금은 비아냥거리는 투로 동서에게 묻는 소리를 듣고는 결국 문세는 뒤로 빠져나가 경세한테 전화를 걸었고, 저녁 시간쯤 해서 대명중고등학교 앞에 서 있으면 승용차로 데리러 오겠다는 답을 들었다. 아내한테는 자고 올지 모르겠다고 귀띔을 했다. 음주를 하고도 굳이 차를 태워 주겠다는 동서와 처제를 뿌리치고 혼자 택시로 닿고 보니, 좀 이른 데다 경세 쪽에서 늦겠다는 휴대전화가 걸려 왔다.

확장 공사 중인 도로의 건너편은 학교와 노선버스 정류장과 그 뒤 야산으로 형성된 이쪽에 비해 한결 번화하게 보인다. 이편 버스 주차장에서 빠져 나간 한 대의 노선버스가 외곽으로 나가는 도로의 일차선으로 붙어 섰다가 유턴해서 건너편 버스 정류소에 멈춰서고 있다. 횡단보도의 신호가 바뀌자 외곽에서 시내 쪽으로 들어오는 버스 몇 대가 차례로 정류소에 선다. 시내 쪽을 향해서 볼 때 바로 이쪽이 대명시가 시작되는 곳이었다. 반대편으로 서서 시 외곽을 향해 보면 바로 여기가 대단위 아파트촌에다 월드컵경기장이 있는 신도시의 시작 지점이라는 얘기였다. 동서의 얘기도 틀림이 없었고, 문세의 짐작으로도 어김없는 사실이었다.

옛날에는 이곳 시 경계를 넘어가는 길이 가파른 고갯길이었는데 그 고개를 일명 아리랑고개라고 불렀다. 문세는 고등학교 다닐 때 친구들과 자전거를 몰고 그 고개를 넘어 딸기밭으로 놀러간 일이 있다. 그러고 보니 대학 일학년 여름방학 때 대명시에 내려와 얼떨결에 미팅을 하고 버스를 타고 포도밭에 가느라 저 고개를 넘은 일이 있다. 이른 여름에는 딸기밭을, 늦은 여름에는 포도밭을 찾기 위해 그 시절 고교생들이며 청년들은 주말이면 시외버스를 타거나 자전거를 타고 고개를 넘어가곤 했다. 이제 그 고개는 야트막한 둔덕길로 변해 그 옛날 털털거리는 버스가 곡예하듯 고개를 넘어갈 때의 스릴 같은 것은 맛볼 수 없게 되었다.

＊

"무얼 그리 보고 있어?"
"참 많이 달라졌네요, 여기."

경세가 두 번이나 경적을 울렸다면 문세가 뜻밖으로 감회에 젖어 있었다는 얘기가 된다. 하지만, 인도 쪽으로 바짝 붙여 댄 경세의 차는 너무 지저분해서 원래 어두컴컴한 속에 그대로 있었던 것 같아 보였다. 어쨌거나 오래 기다린 문세와 경적을 울리면서 자신의 도착을 알린 경세는 서로 다른 말로 형제간의 인사를 끝냈다.

"눈 오는 것 같더니 그쳤구나."

"그러네요."

문세는 안전띠를 매고 나서 머리를 털어 보았으나 손에 습기가 묻어나지 않았다. 경세는 와이퍼를 작동시켜 앞창을 한 차례 닦아낸다.

"집 때문에 경황이 없어서 차가 이 모양이다. 좀 기다렸다가 원준이 태워 가자."

"휴가병이 착실하게 일찍 들어오는가 보군요."

입대한 원준이 휴가를 나와 서울의 문세를 찾은 것이 일주일 전이었다. 첫 휴가를 나왔을 때는 전화만 했고, 이번이 두 번째 휴가였다. 원준이 아니었으면 형 경세의 근황을 자세히 듣지 못했을 것이다. 그러고 보니, 대명학교가 입시 명문이 되었다는 얘기를 원준에게 일찌감치 들었다. 하긴, 문세가 대명중학교에 입학했을 때는 경세는 대명고등학교를 막 졸업했다. 그리고 경세 아들인 원준은 이곳으로 옮긴 그 중고등학교를 이어 다녔으니, 오늘 대명학교 앞에서의 상봉은 대명 동문회랄 수도 있다.

"너희 형수는 원민이랑 서울 갔다. 저녁은 밖에서 먹고 술 한잔 하고 자고 가라."

"어찌나 많이 먹었던지, 배가 통 꺼지질 않네요."

그렇게 말하는 문세의 위장에서 희미하게 진동이 울렸다. 추억이 사람을 배고프게 하나, 문세는 그런 생각을 얼핏 했다.

오래지 않아 원준이 왔다. 문세가 "안녕?" 한 것에 건성으로 맞장구치며 뒷좌석에 앉은 원준은 차가 한참 달려간 뒤에야 "아, 서울 작은아버지시구나. 난 또 아버지 친구분인 줄 알았네." 해서 형제는 가볍게 웃었다. 여동생인 원민에 비해 사내아인데도 어릴 때부터 귀염성이 넘쳤다. 이제 칠팔개월 뒤면 제대하는 거무튀튀한 얼굴로도, 문세 아이를 포함해서 모처럼 만난 사촌끼리 떠들썩하게 이 방 저 방 몰려다니던 명절 풍경을 쉽게 떠올리게 했다.

'월드컵경기장 1km'라 쓰인 이정표가 가리키는 방향으로 애써 고개를 꼬아 시선을 모아 본다. 어둠에 휩싸인 고층 아파트들 위로 타워크레인 한 대가 검은 저녁 하늘을 배경으로 희미한 불빛에 감싸여 보일 뿐, 문세로서는 월드컵 때 한국에 세워진 것 중에 가장 웅장하고도 미려하다는 경기장을 윤곽조차 가늠하지 못하고 만다. 내일 아침에 들러 볼 시간이 있을까 속으로 잠깐 어림짐작을 해 보다가 그만둔다.

"경기는 좀 어떠냐?"

문세 입에서 한숨 소리가 난 것을 느낀 경세가 묻는다. 언젠가 한번 설명을 들었으면서도 실은 문세가 하고 있는 일에 대해 잘 모르고 있는 경세다.

"경기가 불경기지요, 뭐. 좀 된다 싶은 일에는 누구나 벌떼처럼 달려드니까 제대로 되는 일이 있겠어요? 아무리 불경기래도 해야 할 건 있으니까, 그럭저럭 버텨내고 있는 거지요."

"너희는 컴퓨터 쪽은 손을 안 대니?"

그쯤에서야 경세는 문세의 직업을 겨우 생각해 냈다. 삼형제 중에 문세 쪽 직업이 종류가 달라서 함께 모여도 문세가 먼저 자기 회사 얘기를 꺼내는 적은 별로 없다. 묻는 말에 적당히 대답을 해 주는 편인데 그 말마저도 두 형들은 다 잊고 만날 때는 같은 질문을 되풀이하곤 했다. 그 점은 특히 경세보다 삼형제 중 중간인 중세가 더 심했다. 그래서 중세에게서 "잘 되냐?" 하는 질문을 받을 때면 문세는 항상 맥부터 풀린다. 그러면 "뭔데 그래?" 하고 미간을 좁힌 중세는 문세의 설명이 끝나고 나면 "너 지난번하고 똑같이 얘기하는구나." 식으로 면박을 준다. 그렇게 당하는 줄 알면서 번번이 대답하는 그런 관계가 형, 아우 사이라고 문세는 체념하곤 했다. "대학의 평생교육원 같은 데다 영어 강좌를 개설해서 운영해 주는 일이니까 좋은 원어민 강사를 얼마나 많이 데려오느냐에 성패가 걸려 있거든….” 이제는 중세에게 이렇게 설명할 기회도 가질 수 없다.

“컴퓨터 쪽은 워낙 경쟁 업체가 많고 장비 문제가 있어요. 영어는 그런 문제가 덜하죠. 일단 좋은 강사만 확보하고 있으면 수강생들은 계속 생겨나니까요.”

“작은아버지, 영어 잘하시겠네요?”

뒤에 앉은 원준이 놓치지 않았다. 지난주 문세에게 왔을 때 상병으로 진급하고부터 영어 공부를 시작했다는 얘기를 한 적 있는 원준이다. 문세가 어이없어하는 웃음을 보이자 경세가 대신 대답한다.

“영어? 나한테 물어봐라. 내가 월드컵 공식 동시 통역사다.”

훗, 하고 원준이 웃는 모습을 문세가 고개를 틀어 본다. 여전히 때묻지 않은 아이… 모처럼 가슴속에서 훈기가 도는 듯했다.

이어 문세는 고개를 도리질친다. 누구에게든 마음이 약해져서는 안 된다. 회사에서 중얼거리던 격언을 조카 앞에서조차 절로 되뇌어 보는 스스로에게 문세는 실망하지 않으려 했다.

그저께 신입사원 연수를 끝마치고 간부들끼리 뒤풀이를 했다. 몇몇 과장들의 사자성어 말놀이에 호응해서 ‘아등바등’

거리지 말고 '쉬엄쉬엄'하자고 한 최 부장을 향해 문세가 다분히 훈계적인 사자성어로 맞받아쳤다. "순망치한이니 유비무환하라!" 군대에서 배운 걸 써먹는 수준이었지만, 어쩔 수 없었다. 한 사람의 회원을 놓치면 연쇄적으로 다음 회원을 놓치는 것이니, 처음부터 회원 하나라도 놓치지 않겠다는 정신으로 철저하게 무장하고 살아야 한다…. 이런 뜻임을 모를 간부는 아무도 없었다. 그러나 문세로서는 어느새 일그러져 있는 사장의 표정을 먼저 의식하고, 실적이 저조한 부서 간부 몇이 도리어 그런 놀이에 속없이 유쾌해 하는 꼴에 제동을 걸지 않을 수 없었다. 실제로도 문세가 그러지 않았으면 사장이 정색을 하고 말했을 것이다. "교육 사업을 하는 사람들은 놀 때도 정신적으로 해이해져 있으면 안 돼요. 자신이 하고 있는 일을 스스로 비하하는 농담을 실컷 하고 놀다가 전화 상담을 해 보세요. 당장 나사 풀린 소리부터 나올 건데, 전화 건 사람들이 그런 맥없는 소릴 듣고 끌려오겠어요?"

　새로 지은 다세대 주택의 지상 주차장에 차를 세운 경세는 둘을 이끌고 5분 거리쯤 되는 음식점까지 걸었다. 건물을 올리는 동안 애용하던 밥집이라는 경세의 설명을 문세는 흘려들었다. 문세는 잠시 둘보다 뒤로 처져 걸으면서 힐끔힐끔 경세의 다세대 주택을 돌아보았다. 주변의 대단지 아파트촌에 비하면 도로변이나 상가에서부터 나대지가 많아 듬성듬성해 보이는 허술한 주택가 안쪽으로 한참 들어온 위치였다. 건물 외양도, 골목 모퉁이길 전신주에 걸린 외등에 비쳐 보여서 그런지 서울에서 원준한테 들은 것보다 더 왜소했다. 문세는 갑작스런 한기에 잠깐 어깨를 치올려 목운동을 해보다가, 뒤에서 컴컴한 장막 같은 것이 덮치는 느낌에 소름이 오싹 돋았다.

경세가 인도한 집은 밥집이 아니라 돼지고기 집이었다. 맛이 기막히다는 순대가 좀전에 다 팔려 나갔다는 여주인 얘기에 솥뚜껑도 괜찮고, 머릿고기도 좋은데… 하고 응수하던 경세는 이내, 약병 같은 작은 병에 든 음료에 하나를 소주 두 병에 나누어 섞는 방법으로 즉석에서 마실 술을 제조했다. 솥뚜껑에서 흑돼지 삼겹살이라는 두툼한 고기가 굽히는 동안 경세도 문세도 십수 년 전에 소주를 액체로 된 소화제와 섞어마시는 음주법이 유행하던 시절을 떠올린다. 문세는 최근 서울에서 유행하는, 마시면 앞으로 오십 년은 끄떡없다는 '오십세 건강주'에 대해 설명해 준다. "그것 재미있군. 한번 유행시켜 봐야겠어." 경세는 고기를 한 점 씹으면서 여주인에게 소주잔을 건넨다.

"너도 술 잘하지?" 문세는 옆으로 앉은 원준의 잔을 내려다보며 말한다. 대충 주량을 짐작해서다.

"아뇨."

원준의 단정적인 대답에 웃음기가 서린다. 제 아버지를 닮아 주량이 웬만할 거라는 문세의 추측이 들어맞았다는 수긍이었다. 경세가 대학생 시절, 얼마나 자주 주독에 빠졌던가에 대해 문세는 설명해 준다. 친구들한테 업혀 들어온 날만 쳐도 문세가 기억하기로 열 번은 될 성싶다. 그 얘기를 하는 동안 여주인이 카운터 쪽으로 갔다가 왔다가 하면서 "사장님이 그랬다구요? 에이, 설마."라는 말을 두 번 되풀이했다. 술집 주인이 경세를 부축하고 들어온 적도 있었다. 그 이튿날은 결국 아버지가 참지 않으셨다. 한때 야구선수가 되려고 생떼를 쓴 중세 덕분에 집에 있게 된 야구 방망이로 경세는 엉덩이 스무 대를 맞고 나가떨어져 울면서 빌었다. 문세는 차마 그 얘기까지 조카에게 할 수 없었다.

"그때 형이 그러는 걸 보고 난 정말 술을 한 모금도 입에 대지 않을 거라고 작정했는데…."

문세가 말꼬리를 흐리자 경세가 "그걸 사돈 남말한다는 거다, 알았니?" 하면서 한 차례 호탕하게 웃는다. 원준이 문세 얼굴을 돌아다보았다. 혼자 서울에서 대학에 다니던 문세가 술에 만취돼 한강변에 버려져 있는 것을 경찰이 행려병자들을 수용하는 병원에 옮겨 놓은 일이 있다. 문세는 그 며칠 전 애인으로 알고 사귀어 온 여자 친구가 자신의 친구에게 여러 차례 몸을 허락해 온 사실을 알고 나서 충격을 받았다. 몇날 며칠을 하숙집에서 밥도 먹지 않고 물만 마시고 허기진 채로 지내다가 그날 한 친구의 입대 환송식에 나간 김에 마구 퍼마신 것이다. 소지품에서 발견된 고향 집 주소로 연락이 갔고, 그때 경세가 부랴부랴 상경해서야 문세를 퇴원시킬 수 있었다. 문세는 그 뒤 오래지 않아 군에 입대했다. 이후 그 정도까지는 술을 마신 적은 없었지만, 그 이상으로 괴로운 날은 날이 갈수록 더 많았다고 문세는 생각하고 있다.

"그래도 너는 살아있다!"

경세가 다른 화제로 돌리는 듯한 말을 한두 마디 하더니 갑자기 단숨에 술을 비우고 탁, 하고 탁자에 잔을 놓았다. 빈 위장을 뜨거운 독주가 쓸고 내려가는 것 같은 통증에 문세는 숨을 멈추었다. 원준이 아버지가 하던 다른 말을 받아 무슨 말인가를 꺼내려다 말고 고개를 숙였다가는 살그머니 두 형제를 번갈아 본다. 경세는 입술을 깨물고 소주잔을 쥔 자신의 주먹을 내려다보고 있고, 문세는 팔짱을 낀 채 고개를 왼쪽 후방으로 젖히고 한쪽 눈을 찡그리고 있다. 원준은 얼른, 코미디언들이 서부영화의 대결 장면을 흉내 내고 있는 것 같다고 말해서 분위기를 바꿔 보려다 "그래도 너는 살아 있다!"라고 한 아버지 말이 귀에 쟁쟁거리듯 해서 그만둔다.

아버지 삼형제 중 두 형제만이라도 나란히 앉아 있는 모습을 본 게 이년 전 할머니 빈소 앞에서라고 원준은 기억한다. 아니, 그 뒤 할머니 첫 제사 때 문세 작은아버지 혼자 내려와 제사만 지내고 바로 서울로 올라가야 한다며 자정 넘은 거리로 나가는 것을 원준이 배웅한 적이 있다. 중세 작은아버지, 문세 작은아버지 두 집 동생들과 모두 함께 모인 일을 기억해 내려면 할머니가 건강하시던 십 년 전으로 되돌아가야 한다. 중세 작은아버지네 원희, 원식 남매는 못 본 지가 여러 해다. 문세 작은아버지네 원명, 원길 형제는 이번 휴가 때 들러서 얼굴을 보기는 했지만 자기 엄마한테 숙제하라는 닦달을 받고 방에서 나오지 않아서 얘기도 못 해 봤다. 정작 원준 식구들 중 엄마와 원민이 아들이 모처럼 휴가를 나오는 걸 보고도 원민의 대학 편입 문제로 서울에 갔다. 다들 그렇게들 뿔뿔이 흩어지는 것인가 하고, 원준은 입을 쩝쩝하면서 아쉬워하다가 혼자서 소주잔을 비우고 만다.

"술 그만 드시고 식사들 하실 거죠?"

한동안 다른 손님을 맞고 있던 여주인이 돌아와 역시 두 형제를 번갈아 보았다. 두 중년 사내 틈에서 머리 짧은 청년 하나만이 알맞게 익은 복숭아 같은 얼굴로 고개를 까딱해 보인다.

❋

경세는 스스로 건축주가 되어서 여러 가구의 집을 짓고 그것을 분양할 만한 그럴 형편이 아니었다. 이번의 다세대 주택도 조그만 공장을 경영하는 선배가 땅을 사서 경세에게 설계를 맡겼다. 처음에는 도무지 건축이 불가능할 것 같은 내용의 설계만 맡기겠다는 식이어서 한동안은 답을 주지 않고 버텼다. 그래도 그런 고객마저 드문 것이 경세의 근황이었다. 이백 평이 채 안 되는 대지에 16세대가 입주 가능한 다세대주택…. 그것이 가능했던 것이 월드컵경기장 덕분이라 할 수 있다. 집에서 설계 사무실까지의 출퇴근길은 어김없이 월드컵경기장 경기장 옆을 지나게 되어 있었다. 완공을 앞둔 월드컵경기장 본부석의 반구형(半球形) 지붕을 처음 보게 된 순간, 경세의 머릿속에 중앙 계단이 있고, 양쪽의 두 가구씩을 복도로 이으면서, 각 층의 호별로 평수와 방 구조를 다르게 한 4층 빌라 한 동이 그림처럼 떠올랐다. 경세는 오히려 건축주인 선배를 설득해서 스스로 시공까지 맡았다.

공사를 개시한 지 한 달도 못 돼 선배 공장에서 불이 났고, 설계비는 고사하고 그 동안의 시공비를 받을 길이 막막해졌다. 다행인 것은, 불황이다 뭐다 하는 중에도 역시 월드컵경기장 건설 이후 그 일대가 그나마 남은 손꼽히는 투자 대상 지역이란 점이었다. 마침 땅을 사서 집을 지어 분양하겠다는 투자자가 있어서 선배한테 헐값으로 그 대지를 사게 해 주었다. 대신 경세는 공사 일체를 맡고 건물 분양권의 반을 받게 되었다. 말하자면 경세는 총 16세대 주택의 반, 즉 집 여덟 채의 주인이었다. 물론 자기 명의로는 재산을 가질 수 없는 처지라 처가 식구의 명의를 빌려 쓰고 있다.

집이 여덟 채라…, 문세 나이쯤만 되어도 가슴이 벅차서 매일 미희들과 광란의 밤을 보냈을 것이다. 경세는 나이도 나이였거니와, 실상 집 여덟 채라는 것도 다 거짓이었다. 그 여덟 가구가, 경세가 이사 들어간 한 집을 제외하고 몇 달 이내에 분양되지 않으면 당장 자금이 달려 공사비며 금융 이자며 감당할 길이 없어진다. 그 이후의 사태는 눈에 불을 보듯 빤한 일이다. 다행히 수개월 내로 분양이 다 이루어지면 겨우 빚 조금 안고 집 한 채 정도 건지는 수준이 될까. 이어 그 집이 뒤에 값이 좀 �뛴다면 조금이나마 뒤를 돌아볼 여유도 생길지 모른다.

경세는 머릿고기국 한 그릇을 깨끗이 비운다. 원래 먹성이 좋은 편이기도 하지만, 누가 먹기에도 썩 괜찮은 맛이다. 문세도 그걸 다 먹을 뻔했다. 작지는 않지만, 결코 우람하다거나 건강하다거나 하지 않은 체형에 비해 문세는 뱃살이 많이 쪄 있다. "배만 나오면 뭘 하나!" 아내의 이런 말 한 마디로 기가 꺾여 발가벗은 알몸으로 침대를 빠져나와 그 위에 바로 바지와 외투만 입고 혼자 포장마차에서 소주 두 병을 마시고 온 적도 있다. 실은 문세가 가장 싫어하는 말은 "돈도 못 버는 놈이 먹기는 잘하네"라는 말이다. 그 말을 문세에게 한 사람은 아무도 없지만, 문세는 밥을 맛있게 먹다 말고 주변을 살피는 습관이 붙어 있다. 누군가 자기를 보고 있는 것 같아서다. 밥을 남기는 습관도 그래서 생겼는데도 자꾸 뱃살이 붙으니, 문세는 그 때문에라도 열이 치받곤 한다.

경세가 지은 다세대 주택은 나름대로 특색이 있었다. 한 층의 호별 집 구조가 다 달랐다. 중앙 계단에서 가까운 양쪽 작은 평수 두 가구는 맞벌이 신혼부부나 노년 세대가 살 수 있는 방 하나짜리 집과 방 두 개짜리 집이었다. 계단에서 양 끝 대칭을 이루는 두 개의 큰 평수 가구는 방 셋에 부엌이 거실 안에 있는 집과 방 둘에 거실 따로 부엌 따로인 전형적인 살림집 형태의 집이었다. 전체적으로는 방마다 벽에 책장이 내장되고, 목욕탕에는 변기와 샤워 시설만 갖추고 세면대는 목욕탕 방 문 앞에 마련되어 있었다. 또, 베란다를 없애 실평수를 늘리고 대신 창밖으로 화분도 진열하고 빨래로 걸어 널 수 있는 장치를 해 두었다.

전체 열여섯 세대 중 경세가 입주해서 분양 사무실을 겸해 쓰고 있는 2층 큰 집 하나를 제외하면 입주한 집이 다섯뿐이고 나머지 열 채가 비어 있다. 다소나마 경세가 위안 받고 있는 것은 경세 처를 비롯해서 투자한 건물주까지 께름칙하게 여기는, 방 하나에 거실 하나인 실버형과 부엌이 거실에 결합된 방 세 개짜리 집이 인기가 있다는 점이었다.

"중세 형이 봤으면 실속 없는 구조라고 싫은 소리 좀 했겠구만요."

마치 입주할 사람처럼 꼼꼼하게 집 구조를 살피던 문세가 취기를 빌미로 중세 얘기를 꺼내 버렸다. 그 사이 날씨가 추워진 탓이기도 했다. 빈집의 열쇠를 따고 앞장서 들어가면서 이것저것 설명하던 경세가 그 말을 못 들은 척했다. 자기 집으로 들어간 경세는, 그 사이 맥주를 사들고 도착해 있는 원준을 시켜 간단한 안주를 꺼내 놓게 했다. 예, 그러겠습니다 하고 대답하는 원준의 말투가 어쩔 수 없는 군대식임이 이제야 느껴진다.

"너, 온 김에 내일 산소에 같이 가자."

첫 잔을 깨끗하게 비우고 트림 소리를 크게 낸 경세도 감출 것 없다는 듯이 말했다. 원준에게 하는 말일 수도 있겠다 싶었더니, 그 눈길이 잠깐 원준에게 갔다가 다시 문세에게 왔다. 원래는 식구들은 내일이나 모레 출발하고 오늘 혼자 상경해서 내일 출근을 하리라 했는데, 경세를 만나기로 약속하고는 내일 아침에 떠나기로 마음먹었다. 실은 당초 그럴 필요가지도 없었다는 걸 좀전에 알았다.

"그랬으면 좋겠는데, 내일은 오후에라도 출근을 해야 하거든요."

여름휴가 말고는 월차도 없이 일하는 문세다. 문세의 직장과 그 직위가 어떻게 얻어진 자리인가를 경세도 짐작하지 못하는 게 아니었다. 경세도 문세도 중세 회사가 부도나는 바람에 담보로 제공한 자기 집을 날렸다. 거기에다가 문세에게는 봉급에 압류 조치까지 내려졌다. 문세는 퇴직금으로 그걸 일부 해결하고 나서 일 년간을 단칸방에서 거의 무직 상태로 지내다가 간신히, 옛 부하 직원이 새로 차린 회사에 전무로 입사해 있다. 그러나 보증 문제를 해결하지 못해 법적으로는 무직자로 근무한다. 모든 것이 중세의 회사 탓이었다. 문세는 결혼 당시 중세에게 경제적으로 지원을 받은 적이 있긴 했지만, 사실은 중세보다 맏형인 경세를 더 믿었다. 경세의 설계 사무소가 중세 회사의 주 하도급 업체일 뿐 아니라 공생 관계에 있다는 보충 설명이 없었다면 문세로서는 이 핑계 저 핑계 대어서라도 중세 회사의 보증을 서지 않았을 것이다.

"그래도 온 김에 산소는 한번 가 봐야지."

또 한 잔을 비웠다. 경세도 문세에게 해 줄 말이 아무것도 없었다. 자신도 하느라고 한 것이 이 모양인 것이다. 건축 일을 해 온 덕에 입주되지 않은 빈집 몇 곳을 떠돌며 살면서 병든 어머니를 모셨고 종내 장례까지 치른 장남이 자기였다. 그 후로는 줄곧 부모 제사를 혼자 치르는 중이다. 중세가 꽘으로 사이판으로 떠도는 동안 중세 가족과는 소식이 끊어졌고, 문세와도 일 년에 한두 차례 전화 통화만 하는 정도일 뿐이다.

침통해 있던 문세가 화들짝 놀라는 동작을 하더니 주머니에서 휴대전화를 꺼내 들고 원준이 방 쪽으로 갔다가 때마침 원준이가 일어나서 제 방 쪽으로 가는 것을 보고는 목욕탕으로 들어간다. 문세가 처가에 와 있는 자기 처와 통화하면서 취기를 씻은 듯한 음색을 내느라 애쓰는 걸 눈치챈 경세가 "허엇!" 하고 실소한다. 잘살아 보자는 말은 새빨간 거짓말이다. 잘살게 된 사람이나 잘살지 못하게 된 사람이나 모두가 허깨비다. 그 허깨비들이 축제를 벌이는 곳이 이 세상이다…. 가슴에 한이 그득해지면 절로 해탈이 된다던가. 어떤 도통한 사람이 지어냈을 법한 격언들이 연이어 떠올랐다.

"중세 형 소식은 더 없어요?"

문세는 목욕탕에서 나와 세면장에 서서 세수를 하고 손수건으로 낯을 닦으며 와 앉았다. 술을 아예 마시지 않은 듯한 침착한 어조로 작심한 듯이 묻고 있다. 그런 얘기를 이렇게 할 수 있는 문세가 경세는 부럽다. 아니다, 이럴 때 흥분이 안 되는 자신이 싫다. 알아보고 싶으면 니가 알아보지 그러냐, 하고 간단히 입막음할 수도 있는 것을 경세는 그렇게 하지 못한다.

"너 설마, 아직도 중세가 살아 있다고 믿고 싶은 거냐?"

경세는 그래도 취기를 이용해 되받았다. 문세는 자기 질문의 무례함을 개의치 않겠다는 듯이 두 눈을 질끈 감았다 뜬다. 경세는 잠깐 머리가 맑아졌다.

"변호사 말이 칠십 년대에 프랑스 항공사 여객기 사고 때 있었던 판례를 찾기는 했다는데, 그때는 그 프랑스인이 자국 항공사 비행기를 탄 경우였대."

경세는 문세를 내버려 두고 혼자 술을 따라 마셨다.

중세는 분명 1년 반 전 남태평양 상의 비행기 폭파 사고 때 죽었다. 인도네시아 항공사 여객기였고, 정황상 중세는 355명의 승객 중 한 사람임에 틀림없었지만, 중세를 대신해서 공식 발표된 이름은 신원을 알 수 없는 재일동포였다. 빚쟁이를 피하기 위해 다른 사람 이름으로 살고 있다는 얘기를 전해들은 지 얼마 지나지 않아서였다. 중세는 존재하지도 않은 재일동포가 되어 인도네시아에서 비행기를 타고 미국으로 가던 중에 비행기 폭파 사고로 죽은 것이 분명했는데, 그것을 사실로 인정시킬 만한 그 어떤 자료도 얻을 수 없었다. 미국에서 변호사 생활을 하고 있는 친구의 조사 결과를 끝까지 기다려 보고 있지만, 아마도 중세는 자신의 식구와 형제에게 떠넘긴 부채를 목숨 바쳐 해결할 기회마저 잃고 영원히 사라진 인물이 될 터였다.

경세는 다시 내일 산소에 가자고 말한다. 문세는 내일 오후에 출근해야 하기 때문에 어렵다고 말한다. 경세가 남은 맥주를 다 마시는 동안 문세는 얼굴을 찡그렸다 폈다 하면서 앉아 있었다. 경세는 텔레비전에서 불우한 가정의 식구들을 위해 집을 개축해 주는 프로그램에 대해 칭찬도 하고 비난도 했고, 문세는 칭찬의 이유도 비난의 이유도 모두 옳다고 생각하면서도 금세 잊어 버렸다. 경세는 서울 간 처와 현민 얘기를 했고, 삼겹살 먹으면서도 물었던 문세네 아이들 얘기를 또 물었다. 문세는 형은 그래도 처가가 넉넉해서 기댈 데라도 있는 셈이지만 자신은 오직 자기 맨몸뿐이라고 했다. 재산을 지키기 위해서 어쩔 수 없이 취한 조치이긴 하지만, 이제라도 처가 재산 두고 나가라면 자신은 꼼짝없이 맨몸으로 나가야 한다고 했다. 자신은 무소의 뿔처럼 혼자서 간다고, 갑자기 말도 안 되는 것 같은 이상한 소리도 했다. 문세는 형이 빨리 재기하기를 기대한다는 말도 보태 봤다.

더는 기대할 것이 없었다. 문세의 몸은 이미 반쯤 일으켜져 있었다. 경세는 남은 맥주를 거의 혼자 다 비우고 냉장고를 뒤져 마시다 만 소주 하나를 더 가져다 놓았다. 그걸 다 비우고 화장실에 다녀오는 경세에게 문세는 결국 작별을 고했다. 그때껏 방에 있던 원준도 아버지 형제 둘의 술자리가 파할 때임을 알아보고 나와 배웅했다. 현관문을 열자 찬 기운이 선연

했다. 경세가 다시 차를 태워 주겠다며 차 열쇠를 찾는 걸 문세는 갈게요, 하고 소리쳐서 거절하고 비칠거리며 계단을 뛰어 내려갔다.

경세는 소파에 파묻혀 있다가 비릿한 냄새에 눈을 떴다. 싸늘한 실내에 누군가가 먹다가 비운 물 페트병과 빈 과자 봉지들이 흐트러져 있었다. 방문 쪽에서 빈 요구르트 병이 또르르 소리를 내면서 굴러왔고, 열린 방문 틈으로 뭔가 떨어지는 둔탁한 소리가 났다. 피범벅이 된 사람의 팔 한 짝이었다. 경세는 뭐라고 소리를 지르며 일어났다. 어느새 땀범벅이 된 몸에서 겉옷 하나를 걷어냈다. 문세와 마시던 술자리가 그대로였고 "원준아!" 하고 불렀지만 집 안에서는 아무런 인기척이 나지 않았다. 경세는 냉장고에서 물을 꺼내 마시고 다시 소파에 앉아 고개를 젖혔다.

원희의 연락을 받고 갔을 때는 모든 게 끝나 있었다. 중세 처의 시체는 이미 영안실로 옮겨졌고, 원희는 병원 입원실에 누워 있었으며, 원식의 모습은 볼 수 없었다. 중세가 떠난 이후 원식을 맡아 돌보던 중세 처의 친정 식구들 몇이 원희 옆과 빈소 앞을 나누어 지키고 있었다. 경세는, 자기 아들 원준을 너무 따라 한때 원준에게 넌지시 멀리할 것을 충고하게 했던 원희의 하얗고 가녀린 손을 잡고 앉아 그 얘기를 들었다. 중세 처는, 한 달 전부터 가스, 수도, 전기 공급이 끊긴 집에서 살다가 마지막에는 남은 물만 마시고 굶어 죽었다.

혹자는 돈만 있고 무식한 사람의 정신적 불행을 지적하며 가난하지만 마음이 넉넉한 사람의 정신적 행복을 옹호한다. 그러나 여기, 마음은 넉넉한데 돈이 없는 사람의 불행이 얼마나 큰지 알려 주는 사례가 있다. 가난하였지만 행복했노라,라고 말하는 이에게 저주 있으라… 자살보다 더 참혹한 것이 굶어 죽는 일이다….

경세는 아마 그때부터 조금씩 이런 격언들을 떠올리게 된 것 같다. 그러나, 다른 식구들에게는 차마 중세 처가 굶어 죽었다는 말을 할 수 없었다. 화장장을 치를 때 잠깐 나타난 문세도 자살쯤으로 알고 돌아갔다. 이후, 원식은 그대로 외가에서 자라고 있는 것으로 알고 있지만, 원희 소식은 들려오지 않았다. 엄마와 살 때 이미 주점 접대부로 나가 살았던 것을 보면 짐작이 가지 않는 것도 아니다. 어느 날 어떤 단란주점에서 손님과 접대부로 만날 수도 있다. 또는 그보다 그 처참한 자리에서 맞부딪쳐 서로 유령 같은 몰골로 쳐다보다 광인들처럼 비명을 지르며 뿔뿔이 거리를 질주하게 될지도 모를 일이다.

경세는 입고 있던 옷을 다급하게 벗어 던지면서 자신도 모르게 알몸이 된다. 베란다를 없애 곧바로 밖이 되는 창문을 활짝 열어젖힌다. 쾡한 허공에 외등 불빛이 내리비치고 있다.

그 아래 희끗희끗한 것들이 빗금을 그으며 마구 떨어진다. 경세는 창틀에 몸을 밀착해서 얼굴을 한껏 창밖으로 내밀어본다. 콧등이, 입술이 따갑다. 눈이 절로 감긴다. 혀를 내밀어 싸락눈을, 오래오래 맞는다.

문세는 택시를 잡기 위해 한길 쪽으로 걸어간다. 나올 때처럼 급한 걸음은 아니지만 그렇다고 둔중한 걸음걸이일 수는 없다. 어쩌면 아주 홀가분해진 건지도 모른다. 더 이상 자신의 몰락의 책임을 돌릴 대상이 없다는 사실을, 이제는 받아들일 수 있을 것 같다. 아내가 뭐라 해도 할 수 없다. 만일 이곳이 지옥이라면 내가 곧 지옥에 떨어진 인간이지 않을까, 그렇게 생각하고 살 수 있을 것 같다는 느낌도 든다. 그러고 있는데, 누군가의 발걸음이 자신을 붙잡는 것을 느낀다. 뒤통수라도 치는 줄 알고 움찔 놀라다가 그래 쳐라, 쳐 하는 기분으로 마음을 고쳐먹고 돌아본다.

"삼촌!"

원준이다. 입김이 하얗다. 언젠가처럼 배웅을 해 주겠다는 뜻이다.

"제가 음주운전이라도 해서 모셔다 드리고 싶은데, 그냥 따라와 봤어요."

원준의 머리 위로 눈발이 친다. 볼이 따갑다 싶더니 이게 싸락눈이다. 둘은 함께 길을 걸어간다. 군대에서 보초 설 때

눈 맞는 것 같다.

"너, 싸락눈이 어떻게 생기는 줄 알아?"

"그야, 빗방울이 내리다가 얼어서 생기는 거죠."

"오우, 똑똑한데? 그럼 싸락눈이 영어로는 뭐지?"

한길 쪽에서 골목으로 들어선 승용차가 한 대가 천천히 옆을 지나갔다.

"스노……"

영어 얘기를 아까 먼저 꺼낸 원준이 보복을 당하는 꼴이다. 영어 전공자도 아니면서 영어 강좌를 개설하는 회사에 어떻게 다닐 수 있는가를 문세가 보여주려 하고 있다.

"스노… 뭐야?"

"스노…"

"자식, 그것도 몰라. 스노 싸라락!"

"웃, 썰렁!"

말해 놓고 허탈하게 웃던 문세는 원준의 격의 없는 폭소에 진짜 소리 내어 웃고 만다. 싸락눈에 살을 맡기고 둘은 한길을 향해 걸어간다. (2002)

비밀의 방

## 1. 하버드대 신입생 환영회

"종잡을 수 없이 깊은 맛!"

주점에 들어설 때 코웃음 치며 중얼거린 말을, 미란은 하품
이 나오는 입을 감출 겸 다시 되뇌었다. 입구 계단에서부터 실
내 벽 곳곳에 나붙은 주점 선전 포스터의 슬로건 중 하나였다.

예전에 잡화점 창고로 쓰던 지하실에 주점 간판이 나붙었
다. 남학생들 설명이 흥미롭기는 했다. 학교 다닐 때 서울 강
남의 하우스 맥주 집에서 아르바이트로 일하던 선배들이 졸
업하고 몇 년 만에 공동 출자해서 올 개강 초 학교 앞에 세를
얻어 차린 생맥주 전문점인데, 이름도 걸맞게 '알바 주식회

사'라는 거였다. 그동안 이 학교 정문 바로 맞은편에서 십년 아성을 자랑해 온 퓨전 주점 '무삭제'나 'K4'에 비하면 썩 차별화된 느낌이긴 했다.

안을 다 드러낸 주방과 주방을 감싸듯 유연한 곡선을 지으며 가로로 길게 뻗은 스탠딩 바, 피에로 모자와 유럽식 앞치마로 단장한 종업원들, 사방 벽에 걸린 독일의 대형 주점 풍경을 담은 사진들, 여기에 '종잡을 수 없이 깊은 맛!' '독일 정통 맥주와 승부한다!' '고객은 주주, 주인은 알바!' 같은 글자들을 이용해 디자인한 포스터들까지 해서 이 모든 게 참신함을 제대로 연출해 보려는 의지의 소산일 게 분명했다.

이런 주점이 새로 생긴다는 건 서울 인근에 있는 소규모 대학으로서는 매우 반가운 징조로 봐야 했다. 미란이 입학했을 때만 해도 학교 식당 아니면 나와서 밥 먹을 데 하나 없이 썰렁한 교문 앞이었다. 서울로 가는 스쿨버스도 일찍 끊어져 일과 후에는 학교 앞에서 흥청거릴 시간도 없었다. 그러던 것이 4년이 지난 지금 스쿨버스 마지막 배차 시간인 열 시까지 놀고 먹고 마실 음식점에, 카페에, 주점이 하나둘 줄을 이었다. 교문 앞 2차선 도로를 빠져나가 만나는 사거리에는 비디오방, 피시방에 러브호텔까지 여럿 있다는 얘기도 들려왔다.

"흥, 이게 뭐 학교가 좋아져선 줄 알아? 저 언덕 넘어 생기기 시작한 대단지 아파트 덕분에 학교 근처로 사람들이 몰려서 그런 거지."

　용숙 같은 애들이 이런 식으로 투덜대지 않더라도 실은 다 아는 얘기였다. 미란의 대학은 건물도 많아지고 교수 수도 늘어나고 교통도 편리해지고 학교 앞 거리도 번성해졌지만, 학령인구가 감소되는 전국적인 위기 상황 앞에서 앞날을 걱정해야 하는 후발 대학의 하나였다.

　서울의 강남을 흉내 낸다고는 했지만 이 알바 주식회사 역시 여전히 서울의 '알바' 수준일 수밖에 없었다. 신장개업 후에 아직 지우지 못한 값싼 페인트 냄새와 맞바람을 맞는 사람에게는 당장 내일 아침에 목감기라도 걸리게 할 것 같은 난방기의 위치와 풍속 따위도 촌티를 못 벗었다는 징표였다.

　방음 설비도 그랬다. 2백 명 수용이 가능하다는 선전 문구와는 달리 백 명이 안 되는 인원으로 북적대자 스탠딩 바 쪽 말고는 빈 탁자가 거의 없는 상황이 되었고 어지러운 소음이 홀 전체를 완전히 점령해 버렸다. 학년 대표들이 차례로 인사를 하고 신입생들의 자기소개가 시작되고부터 일행들의 시선과 목청은 사방으로 흩어졌다. 가끔 어떻게든 분위기를 잡아 보려는 사회자의 음성이 두드러졌다. 누군가의 건배 제의에 단숨에 한 잔을 비울 것 같던 4학년 과대표가 이내 잔을 내리고는 찡긋하고, 몰래 입을 오므려 하품하는 미란에게 눈짓을 보내 왔다. 조금만 더 있다 가라는 뜻이었다.

"자, 이런 미모로도 딴 데로 편입 안 가고 여기서 졸업한다, 니들이 이런 거 보여 줘야 하지 않겠어?"

과대표는 한 해 휴학을 한 적이 있는 미란보다 두 해 학번이 빠른 복학생으로서 며칠 전부터 신입생 환영회 참석을 독려했다. 신입생들이 일 년도 다니지 않고 중도 이탈하는 비율이 해마다 높아지고 있어서 신입생들에게 특별히 신경을 써 줘야 한다는 지침은 날로 뚜렷했다. 물론 미란이 그런 '애사심'을 발휘하는 데 자기 시간을 맡길 사람은 아니었다. 미란은 2학년 때 신입생 환영회 자리에서는 후배들이 자기소개하는 것도 다 보지 않고 자리를 떴고, 1년 휴학 기간을 거쳐 2, 3학년 때는 아예 불참한 처지였다.

신입생 환영회라는 게, 뭐 그렇다. 같은 과의 선후배가 되어 함께 학과의 여러 행사를 추진해야 하고, 이후로도 이런저런 영향 관계가 될 게 틀림없으니 이런 자리도 필요하긴 한 거다. 선배로서는 아직 고등학생 티를 벗지 못한 신입생들을 보며 사진첩 속의 자기 모습을 떠올리는 재미도 맛볼 수 있었다. 아랫사람을 맞아들이는 뿌듯함은 2학년이 가장 클 것이다. 신입생들도 그럴 거다. '인 서울' 하지 못한 데서 오는 아쉬움을 지우지는 않았지만 그래도 세상 부러울 게 없어 보이는 자유와 낭만의 상징인 대학생이 된 안도감, 선배들 앞에 나서는 긴장감이나 설렘, 듬직하거나 상냥스러운 이성 선배를 절로 향하는 본능적인 동경 등으로 맞는 자리다. 미란도 신입생 때 그런 기분이었고, 그때 남달리 술잔을 힘 있게 마주쳐 온 선배 중 하나가 바로 지금 4학년 과대표였다.

별 기대 없이 왔지만 미란은 그래도 먼저 입학해서 이제 졸업을 앞둔 선배가 된 감회가 없지는 않았다. 불과 서너 살 어릴 뿐인데, 귀엽게 보이는 애들이 꽤 많았다. 복장도 화장도 아직 고등학생 그대로인 애가 있는가 하면, 쌍꺼풀 수술을 하고 붓기가 덜 빠진 애도 있고, 벌써 짧게 커트한 머리가 썩 세련되게 보이는 애도 있고, 머리에 과장되게 무스를 발라 오히려 개성미가 줄어들어 보이는 애도 있었다. 너무 과묵해 보여서, 쟤가 신입생 맞나 하는 느낌을 주는 친구도 있기는 했다.

'한 미모' 한다고 점수를 줄 만하게 눈에 띄게 얼굴이 희고 이목구비가 반듯하기는 한데 얼굴이 너무 큰 게 흠인 아이와 키 작고 통통하게 생긴 데다 헤어스타일마저 아직 정착이 안 돼 여고 1년생처럼 보이는 아이, 여드름 자국이 심하게 남은 남학생 하나가 미란과 용숙, 3학년의 유명한 학과 커플 주미와 성춘이 앉은 탁자에 함께 둘러앉아 있었다. 우리 학교는 어떻게 알고 오게 되었느냐, 어느 고등학교를 졸업했느냐, 앞으로 어느 방면으로 공부를 하고 싶으냐…. 성춘의 주도로 선후배 간의 의례적인 대화가 오고 가다가 그마저 주변의 소음 때문에 잘 진행되지 않았다.

오늘 만나기로 약속한 정욱이 급한 일로 지방에 다녀오면 늦게나 만날 시간이 될 것 같다고 한 게 오후 강의를 시작할 때였다. 신입생 환영회가 진행되고 있는 사이 정욱한테서 한 번 더 전화가 왔다.

"일 마치고 서울 올라가면서 학교 앞으로 갈 수 있을 것 같거든. 학교 앞에서 그냥 기다리고 있을래?"

미란은 아무리 사소한 약속이라 해도 남자가 업무보다 그 약속을 먼저 챙겨 주기를 기대하는 여자였다. 그런 미란이 정욱이 자꾸 늦어진다는 전화를 받고도 별 짜증을 부리지 않은 것도 어떻든 신입생 환영회 자리가 묘하게 사람을 들뜨게 하는 데가 있다는 뜻이다.

그러나 8시가 넘어서고, 돌아가면서 노래하는 시간이 되자 미란의 가슴속에서 기포가 일기 시작했다. 지난해 2학기에 임용되어 이번 학기에 신입생 학번의 지도교수가 된 신참 교수가 언제 왔는지 인사 말씀도 하고 건배도 제의하고 끝내 노래까지 한 곡 하고 먼저 자리를 떴다. 미란은 노래 차례가 될 것을 피해 두 차례나 화장실로 피신해 보았다가 용숙을 일으켜 함께 스탠딩 바 쪽으로 옮겨 갔다. 바로 그때였다. 미란의 등 뒤에서 한 여학생이 지르는 비명이 들려왔다.

그 비명은 처음에는 마치 별일 아닌데 괜히 호들갑을 피우는 소리처럼 느껴졌다. 비명을 지른 여학생은 신입생 환영회 일행 한구석 쪽에 있었는데, 뭔가 징그러운 물체가 자신의 무릎에 닿은 것에 오싹하는 공포감을 느끼고 몸을 사린 형국이었다. 여학생의 가까운 자리에 앉아 있던 친구들이 엉거주춤 몸을 세워 탁자 너머로 여학생의 무릎 쪽을 보고 있었다. 여학생 곁에 누군가가 쓰려져 있구나 하는 그런 느낌이 확연했지만, 가까이 있는 학생들 여럿이 당황한 표정으로 그 자리로 몰리게 되자 더 자세한 것을 볼 수 없게 되었다.

"아, 여기 주목, 주목하세요. 우왕좌왕하면 안 돼요. 자, 모두들 앉으세요. 학생회장은 우선 자리를 진정시키고."

4학년 과대표 목소리가 들렸다.

"이삼학년 남학생 둘만 여기로 나와 봐. 그리고, 이학년 과대표, 어디 있어? 일일구로 전화해서 구급차 불러."

미란뿐 아니라 모두에게 이상한 신입생 환영회로 기억될 시간이 지나고 있었다. 그러나 다들 이때까지는, 신학기 때 신문이나 방송에 보도되곤 하는, 신입생 환영회 자리에서 무리한 음주 권유로 한 신입생이 사망하는 사건을 재수 없게도 자신들이 겪고 있는 거나 아닌지 모르겠다는 우려로만 웅성거렸다. 아니나 다를까, 과연 사건은 그런 우려를 현실로 옮겨 가고 있었다.

말도 별로 없이 술을 마시던, 좀 늙수그레한 신입생이 거기 앉아 있었다. 외진 자리여서 한쪽 옆에 학생들의 가방이며 외투 같은 것들이 쌓였고, 다른 한쪽 옆으로 좀 떨어져 비명 지른 여학생이 앉았다. 그 탁자에는 다른 여자 신입생 하나와 선배 둘이 있었는데 그중 선배들은 서빙을 돕느라 일어섰다 앉았다를 반복했다. 정작 그 탁자에서는 별반 술도 돌지 않았고, 여자 신입생 둘이 저희끼리 쑥덕거리고 웃고 그 늙수그레한 신입생은 가끔 얘기에 끼어들었다가 말다가 하는 상황이었다.

얼마 뒤부터인가 늙수그레한 신입생이 벽에 머리를 기대 있더니 자기 몸을 옆으로 비스듬히 눕히더란다. 비명 지른 여학생이 허벅지에 머리가 닿지 못하도록 조금 물러나 있었단다. 그러다가, 우연히 고개를 돌려 그 남학생의 머리 쪽을 내려다보았더니 입에서 거품이 나와 있더란다. 순간 섬뜩한 생각이 들어 비명을 지른 거란다. 비명 지른 여학생과 동석한 다른 친구들이 이런 얘기들을 두서없이 늘어놓았다.

입에 거품을 물고 쓰러진 신입생을 바닥에 눕혀 놓고 허리띠를 풀어주고 얼음찜질을 한다, 가슴 압박을 한다 하던 친구들이 난감해 하는 표정을 지으며 고개를 절레절레했다. 결국 한 남학생이 들쳐업고 계단을 올랐고, 또 한 남학생이 그 신입생의 것으로 보이는 가방을 들고 따라 올랐으며, 그 뒤를 몇 사람이 따라 올라갔다. 그러고도 한참 뒤에 구급차 소리가 들렸다. 경찰관들이 들어온 것은 9시가 넘어서였다.

불안한 예감 그대로, 신입생 환영회에 온 한 남학생이 술을 마시다가 갑자기 쓰러져서 병원으로 실려 갔으나 이미 숨이 끊어진 게 분명했다. 그들은 그 사건을 충격적으로 체험하고 있었다. 그리고 그다음, 그 충격이 얼마만 한 크기로 확대될 것인가는, 그 신입생의 죽음이 선배들의 강요로 폭음한 탓이라는 결론으로 판단될지 말지에 달려 있었다.

학생 대표 몇몇과 주점 주인 등이 경찰서로 가서 조서를 꾸미는 일쯤은 적법한 수순이니까 시간을 견뎌내기만 하면 더 큰 문제는 없을 터였다. 다만, 죽은 신입생한테 잔을 내밀며 무심코 "원샷!" 하고 외친 적이 있는 한 2학년 남학생의 속은 시커멓게 탔을 것이다. 그걸 술 강요가 아니라고 주장하기는 곤란한 일이기 때문이었다. 그러나 아무도 그런 사실을 경찰한테 얘기해 주는 사람이 없었다.

대신, 학교의 학생처 직원들이 오고, 사고 지점에서 멀리 떨어져 앉은 다수 학생들부터 귀가 조치가 있은 직후, 누군가의 입에서 도무지 이해할 수 없는 소리가 터져 나왔다.

"그 사람, 우리랑 같은 신입생이었어요?"

이 말을 들은 주위 학생들이 갑자기 응? 어! 흡! 하는 소리들을 냈다. 그들은 멀뚱멀뚱 서로의 얼굴을 쳐다보았다.

"아까 여기서 쓰러진 그 친구 아는 사람 손들어 봐?"

학생회장이 막힌 입에서 갑자기 터지는 음색으로 물은 뒤,

알바 주식회사는 또다시 침묵에 휩싸였다.

남아 있던 신입생들도 재학생들도 또 현장 조사 중인 경찰관도 어이가 없다는 표정이었다. 신입생 환영회 때 선배들의 강요로 과음한 신입생이 심장 발작으로 사망했다. 알고 보니 그는 가짜 대학생이었다. 이런 사건이라면, 경찰관도 학생처 직원도 학생들도 한번도 예상하지 못한 일이었다.

"오래 살고 봐야 한다니까. 우리 하버드대학을 사칭하는 가짜 대학생이 다 있잖아."

미란의 혀끝에서 간질대던 말이, 주점을 먼저 빠져나오는 길에 용숙 입에서 튀어나왔다. 미란은 갈비뼈 안쪽에 감춰져 있는 비밀의 방문이 활짝 열리는 기운에 얼굴이 화끈 달아올랐다.


## 2. 고교 동창생들

진석 회사로 벨기에 국적의 장 브루노라는 부호에게서 이메일이 온 것은 지난해 여름이었다. 결혼 경력이 없고 영어 소통이 가능한 40세 미만 여성을 찾아달라는 주문이었다. 나이 일흔. 벨기에와 네덜란드에 특급 호텔만 열 개 가지고 있는 사람이었다.

— 이건 다르다!

　진석은 흥분을 가라앉히고 조심스럽게 응대했다. 파격적인 제안일수록 이른바 '피싱 이메일'일 가능성이 크다는 걸 모를 리 없었다. 이메일 수십 통을 나누고, 전화통화도 적지않게 이어갔다. 채팅 횟수는 굳이 헤아릴 것도 없었다.

　관리팀장과 진석 자신이 번갈아가며 상대했다. 평소 재외 동포 회원들을 주로 담당하느라 상대적으로 업무량이 적은 필리핀 유학파 출신 직원이 붙어 앉아서 통번역을 해대느라 입사 이래 가장 바쁜 나날을 보냈다. 상대는 주로 비서진이었지만 가끔 당사자인 장 브루노가 직접 등장하기도 했다. 장 브루노가 떴다는 문자가 뜨면 진석도 얼른 뛰어들었다.

　— 88 서울올림픽 중계를 보는데, 한국 여성들, 참 신비롭게 보이더라구. 그때는 내가 배우자가 있었으니까 그냥 좋은 느낌만 가졌지. 서울에 한번 다녀오고 싶었는데, 아내가 병이 나기도 했고, 또 호텔 여러 개를 인수해서 키울 때라 짬을 내기 어려웠어. 아내와 사별하고 정신없이 사업에 몰두해 있는데 2002년 월드컵이 눈에 보이더라고. 한국인들이 응원하는 영상을 수도 없이 돌려보다 보니 내 나이 70. 이대로 그냥 지나가다가는 죽을 때 후회할 것 같더라구. 오, 그리고 이제 인터넷이란 걸 쓰게 됐잖아. 인터넷 하면 한국이 최고, 최고잖아. 결혼정보회사 시스템도 원더풀! 원더풀!

상처한 지 5년. 자녀들에게는 이미 상속할 만큼 다 했고, 사회에 환원하는 금액 범위도 확정해 두었다고 했다.

— 그게 무슨 얘기인가요? 설마 한국의 젊은 여성은 서양 노인하고 결혼하면서 나중에 물려받을 재산을 기대하지 않을 거라는 환상을 가지고 계시나요?

유럽 부호라는 말만으로 유혹당할 선한 여성이 한국에 많이 남아 있을 거라 믿는 건 아닌가 싶어 진석은 쐐기를 박아뒀다. 그 말이 어떤 식으로 번역이 돼서 전달되었는지 모르지만 브루노는 놀랍게도 한국식 웃음소리를 채팅창에 찍어 왔다.

— ㅋㅋㅋㅋㅋㅋ.

장 브루노는 곧, 결혼해서 자신이 생존해 있을 때 자녀를 낳을 경우와 그냥 자녀 없이 신부 혼자 남게 될 경우를 대비해서 받을 유산을 비교하는 표까지 첨부해 왔다.

계약서를 작성하는 과정은 물론 복잡했다. 상대는 상당한 자금을 투자하는 일이고 진석 쪽은 무엇보다 회사 신뢰에 균열이 생기면 안 되는 일이었다. 진석은 친구 윤일 회사의 법률자문을 맡고 있는 변호사의 도움을 받아 계약서 작성에 만전을 기했다. 신부 후보 열 사람을 선정해 벨기에로 데려와 맞선을 보고 돌아가는 데 드는 모든 경비는 물론이고 최종 결정까지 후보에 든 사람이 벨기에를 몇 차례를 오가든 그 경비까지 부담한다는 것도 포함했다. 결혼이 성사되면 전 경비의

20%를 성공 보너스로 별도 지불한다는 것 등 추가항목도 확인했다. 옥신각신하는 과정이 한 달 이상 있었지만 그게 서로를 신뢰하게 하는 수순이 되기도 했다.

— 6개월 동안 20억 매출에 순수익 4~5억이 보장되고 그외 4억 정도의 불로소득까지 얻을 수 있는 사업!

진석은 이렇게 정리하며 간부들을 독려했다. 내심, 아파트 대출금 일시에 갚고 기뻐할 아내의 얼굴을 떠올리곤 했다.

신중론도 있었다.

"이걸 미스코리아 선발전으로 생각해선 곤란해요. 저쪽이 원하는 상대는 건강, 미모, 교양, 지성… 이 모든 걸 최상으로 갖춘 가임 여성이라는 걸 아셔야 해요. 우리 회사의 기존 데이터로 쉽게 뽑아서 내밀었다가 어쩌면 일차 선발에서부터 창피만 당하고 말 수도 있어요. 자원이 풍부한 에이급 회사하고 손을 잡는 게 안전할 뿐 아니라 훨씬 유리합니다. 성공할 경우 보너스는 백프로 우리 게 되고, 제휴회사한테는 진행과정에 드는 비용만 확실하게 챙겨주면 되니까요."

업무 추진에 막힘이 없던 상담실장의 말은 다른 간부들에게 망설임을 안겼다.

정욱이 진석 회사의 기획회의에 자문 격으로 참여하게 된 것은 이 무렵이었다. 윤일이 함께였는데 윤일이 사업 운영 전반에 관한 자문을 많이 하는 편이라면 정욱은 아이디어도 참

신했고 그 아이디어를 실행에 옮길 구체적인 방안도 내밀곤 했다. 무엇보다 대기업 홍보실 중간관리자로서 언론사 쪽에 발이 넓다는 것이 큰 장점이었다. 실제 정욱이 제시한 설문 기획은 언론 보도자료를 만드는 데는 아주 그만이었다.

　　— 남편 삼으면 가장 편할 것 같은 남자는?
　　1) 영화배우 최○○
　　2) 대통령 ○○○
　　3) S그룹 회장 이○○
　　4) 탤런트 유○○
　　5) 자선사업가 장○○

　　— 아내 삼으면 가장 편할 것 같은 여자는?
　　1) 방송인 정○○
　　2) 전 법무장관 강○○
　　3) △△당 국회의원 전○○
　　4) 골프선수 박○○
　　5) 발레리나 오○○

　유치한 질문이었지만 그 시기에 뉴스에 오르내리는 인물의 이름을 가져다 놓고 호기심을 자극했다. 설문에 응하는 회원은 추첨해서 윤일 회사의 여행상품권이나 무료 맞선 기회를 제공한다는 미끼도 통했다. 기존 회원들도 그렇지만 신규 회원들도 적잖이 홈페이지에 접속해 가입신청을 하고 설문에 응했다.

"응답자 수가 중요한 게 아니지요."

정욱은 응답지를 모아 답을 분류했고 곧 통계수치를 냈다.

― 여름 휴가 때 애인과 함께 가장 가고 싶은 해외 여행지는?
: 몰디브 50%, 파리 25%, 로마 15%, 하와이 5%, 기타 5%.

― 결혼식에서 신랑에게 가장 받고 싶은 선물은?
: 자동차 열쇠 65%, 반지 25%, 건조기 5%, 기타 5%.

진석은 정욱이 넘긴 자료를 보도자료로 만들어 언론사에 발송했다. 처음에는 이런 게 과연 뉴스거리가 되나 싶은 회의도 가끔은 일었지만 그게 아니었다. 정욱이 기획회의에 참여하고부터 진석 회사 이름이 언론에 오르내리는 일이 흔한 일상이 됐다. 유명 일간지는 물론이고 텔레비전 뉴스에서까지 진석 회사 이름을 뚜렷이 앞세우는 일이 생겨났다.

장 브루노의 제안도 정욱의 설문에 다채롭게 녹아들었다. 홈페이지와 이메일 홍보를 통해 이미 열띤 반응을 얻었다. 일주일 만에 천 명이 설문에 응했고, 그 결과는 통계수치가 되어 곧바로 언론에 공개되었다.

— 결혼 경험이 없는 25~40세 사이 미혼 여성 500명 대상으로 한 설문에서 70세 남성이라도 30억 이상 자산 소지자로서 치명적인 병이 없는 경우 결혼할 수 있다는 사람이 310명 즉 60%가 넘는 것으로 조사됐습니다.

언론 공개는 다시 새로운 관심을 모았고 그만큼 회원 수가 더 늘어났다. 북유럽의 부호가 한국의 가임 여성을 원한다! 한국의 많은 여성들이 오직 이것에 유혹당하고 있는 듯했다. 개인 회사를 창업하기 이전 경력을 포함해 결혼정보회사 일을 10년을 해 오고 있는 진석조차 우리나라 여성의 가치관이 언제 이렇게까지 바뀌었나 혼란스러웠다.

"우리도 심사에 넣어주는 건가?"

1차 후보가 20명 선으로 좁혀졌을 때 윤일이 농담 삼아 말했고, 정욱은 그보다 더 진지하게 청해 왔다.

"저는 장 브루노에게 뽑히지 않은 본선 후보자들을 만나고 싶은데요. 가능하지요?"

"허, 참."

진심인가, 하고 진석은 정욱을 봤다. 이전부터 정욱의 홍보 아이템이 연이어 좋은 성과를 내고 있어 자문비 외에 보너스를 두둑이 챙겨줄 참이었다. 정욱의 표정은 돈이 아니라 '조건 좋은 여성'을 진심으로 원하는 듯했다.

장 브루노와의 맞선 대상자는 서류 심사를 거친 20인에서 사내 면접과 장 브루노의 사진 심사를 통해 10인으로 좁혀졌다. 그 열을 두 팀으로 나누어 벨기에로 보냈고, 장 브루노가 그중 두 사람을 지목했다. 첫 팀 맞선 때는 진석이 직접 가서 장 브루노를 만났다. 몸집은 의외로 작았으나 채팅을 주고받을 때 받은 가볍다는 느낌은 전혀 없이 도리어 후덕해 보이는 인상이었다. 돈 많은 사람이 흔히 부리는 허세 같은 건 전혀 느껴지지 않았다. 장 브루노가 최종으로 남은 둘을 각각 한 차례씩 벨기에로 불러 데이트를 한 일도 신중한 행동으로 이해됐다. 그 후보 여성 두 사람도 최종 간택을 바란다는 뉘앙스의 메시지를 각각 몇 차례씩이나 보내 왔다.

아쉬움이 없지 않았다. 장 브루노는 결정을 내리지 않은 채 시간을 지체하더니 직접 한국에 와서 두 사람을 더 만나보고 결정하겠다는 연락을 보내왔다. 그게 조짐이었을까, 이틀 뒤 통역 담당 직원이 모니터 앞에서 키보드를 두드리다 말고 소리를 질렀다.

"오, 마이 갓!"

그 말이 한번으로 끝나지 않았다. 오, 마이 갓! 오, 마이 갓! 직원은 질린 표정을 짓다가 연이어 같은 억양으로 같은 영어를 반복해서 내뱉었다.

"기브 업, 기브 업! 장 브루노가 기권을 했어요!"

아쉽게 됐지만 계약 위반은 없었다. 계약서를 꼼꼼하게 작성하기도 했지만 장 브루노는 끝까지 신사다웠다. 진행 과정에서 암에 걸린 것을 알았다고 했다. 말기암이 아니라면 결혼까지 진행해도 적어도 법적으로는 문제될 게 없었지만, 장 브루노는 그러지 않았다. 두어 달 뒤면 벨기에의 부호인 자신의 배우자이자 상속자가 될 수도 있었던 두 후보 여성에게 진심 어린 사과의 뜻도 전했다. 두 여성은 처음에 충격을 받고 여러 차례 회사로 항의성 전화를 걸어왔다. 그러나 장 브루노가 그 둘에게 따로 보상을 했다는 소식이 있고 난 직후 더는 연락이 없었다. 그 둘이 각각 벨기에로 갔을 때 장 브루노와 어떤 진전이 있었는지, 또 '기브 업'을 선언한 장 브루노로부터 어떤 보상을 받았는지 진석 회사로서는 알 수 없었다. 결혼정보회사는 사실 조건 맞는 사이를 연결하는 데 최선을 다할 뿐 그 이상은 알 필요도 없었고, 알려고 해서도 안 되었다.

쉿, 쉿!

진석은 그 무렵 호기심을 꺼뜨리지 않는 부장급 직원들에게 주의를 주곤 했다. 장 브루노 측의 문제로 파혼이라는 결과가 빚어졌다는 사실을 내세워 성공 보너스의 반액을 받아낸 것으로 절반의 성공을 이룬 거였다. 다만 성사 안 된 것이 잘못 소문나 회사 이미지가 실추되는 일은 막아야 했다.

"이 친구 왜 이래? 자네가 무슨 장 브루노야?"

윤일은 대놓고 정욱을 걱정했다. 정욱은 진석이 주는 특별 보너스를 마다하고 그 대신 장 브루노 앞으로 가려 했던 여성들과 맞선을 보는 걸로 보상을 받겠다 했다. 사실 정욱도 결혼상대로는 조건이 뒤지지 않은 초혼 남성이랄 수 있었다. 36세. 석사 졸. 대기업 홍보실 과장. 원룸이지만 자가 아파트에 중형 자동차까지. 게다가 서울 인근 대저택을 보유한 집안. 비록 아버지는 타계했지만 중기업 이사로서 가진 상당한 주식을 넘겨받은 걸로 알고 있다. 장 브루노에게 도전한 여성들로서도 괜찮은 조건남이랄 수 있었다.

신기한 일이었다. 장 브루노의 일이 정욱에게까지 이어질 줄 진석도 윤일도 몰랐다. 둘은 고등학교 동창으로 사회에서 다시 만났다. 진석은 결혼정보회사를 다니다 독립해서 입사한 한 여행사가 IMF로 직격탄을 맞아 실직했다가 헐값에 나온 한 결혼정보회사를 인수하면서 독립했다. 윤일은 일찍부터 여행업에 뛰어들어 여행사를 차린 상태로 진석에게 가장 많은 조언을 해 준 사이였다. 둘은 한국이 선진국으로 발돋움하는 과정에 문화산업이 크게 기여할 거라고 떠들며 자주 술잔을 기울였다. 윤일이 회사 홍보 문제로 만난 고교 후배가 정욱이었다.

"자네, 그 대학생 애인은 어찌된 거야?"

기획회의 후 일차 회식을 끝내고 난 생맥주 집에서 윤일이 불쑥 정욱한테 물었다. 정욱에 대해서는 아무래도 진석보다는 윤일이 더 깊은 사연을 알고 있었다. 정욱은 진석 회사의 등록 회원 중에서 열 명을 뽑아 진심을 다해 맞선을 보았고 그 중에 마지막 한 여성을 남겨놓고 결단을 못 내리고 있었다. 아닌 게 아니라 정욱은 저녁 내내 울리는 휴대폰을 무시한 채 술잔을 비웠다.

"제가 어린 여자를 농락하다 차버리고 조건 좋은 여자로 갈아타려는 걸로 보여요?"

윤일의 지적에 정욱의 반응이 의외였다. 술에 취해 윤일한테 시비라도 거는 게 아닌가 싶어 진석은 "자네, 취한 거 아니지?" 하고 정욱의 어깨를 툭 쳤다. 정욱은 호프 잔에 이마를 찧듯 고개를 숙였고, 윤일은 민망한 듯 상체를 으쓱, 해 보이며 진석과 눈을 마주쳤다. 정욱이 갑자기 고개를 들었다.

"우리 형, 두 분 동기동창인 거 아시죠?"

아, 하고 윤일과 진석의 입에서 가벼운 탄성이 났다. 정균. 가장 촉망 받던 동기생. 정욱의 형이라는 걸 둘 모두 잘 알고 있었고, 그리고 대학 입시에 여러 번 실패하고 자살한 것으로 들었다. 윤일도 진석도 정욱을 보면서 정균하고 참 닮았다는 생각을 한 적이 여러 번이지만 둘 사이에서마저도 그걸 입에

올린 적은 없었다.

정욱이 왜 갑자기 자기 형 얘기를 꺼낼까 의아스러워하는 표정을 다 거두기 전에 둘은 지금까지와는 전혀 다른 사실을 알게 됐다.

"우리 형, 실은 살아 있거든요."

정욱은 잔에 남은 맥주를 과장되게 다 비우는 시늉을 하고 는 끙, 하는 소리를 내며 다시 고개를 떨구었다.


## 3. 비밀의 방

용숙은 휴대전화로 30분을 넘기며 통화하고 나서 정신이 얼얼해졌다. 뺨이 화끈거리고 이마에서 열이 났다. 미란은 말하다 울고 씩씩거리고, 말하다 울고 씩씩거리기를 반복했다. 사연은 간단했다. 정욱한테 차였다는 거였다. 신입생 환영회가 있던 그날부터 냉담해진 것 같더라고 했다. 가짜 대학생 사망사건 얘기를 공연히 한 것 같다고도 했다. 처음에 정욱을 사귈 때 다른 대학교 학생이라고 속인 사실을 기억한 거라 했다. 그 후 몇 달 동안 바쁘다는 핑계로 별로 만나 주지도 않다가 어제 결국 문자로 최후통첩을 해 왔다고 했다. 용숙은, 바빠서 잠시 그러는 걸 거라며 다독였다. 그다음은 대꾸조차 하기 어려웠다. 용숙이 동생하고 한 방을 쓰고 있는 처지이기도 했지만, 미란이 자기 기분에 빠져서 용숙 말을 듣지도 않으려 했다. 가서 위로해 줄까 하는 생각도 들다가도 그걸 위로라 생각하지도 않을 것 같아서 말았다.

"흥! 그럴 줄 알았네, 요것아!"

용숙은 찬물로 힘껏 세수를 하고는 욕실 거울을 향해 버티고 섰다. 혼잣말로 내뱉고 나니 그게 자신이 미란에게 하고 싶은 속말 그대로 같았다. 송충이는 솔잎을 먹고 살아야지, 이런 상투적인 말도 떠올랐다.

미란처럼 젊고 예쁜 육체와 정욱처럼 나이 차는 좀 나지만 장래를 보장해 줄 수 있는 신분이 서로 만나면 어느 쪽이 기울까. 그런 비교를 해 본 적이 여러 번이었다. 용숙으로서는 그런 저울 위에 올라설 육체가 아니었던 것이다. 그냥 체념하고 졸업장 받아서 적당히 취업해 있다가 요행히 착한 남자 하나 얻어걸리면 다행일 터였다. 이런 생각을 버릇처럼 하다가 어느 날 그게 처음부터 체념이 아니었다는 걸 알고 나서 더욱 심란해지곤 했다.

미란이 정욱을 만나게 된 것도 사실은 용숙의 덕이라고 해야 했다. 2학년 겨울방학 때 용숙이 먼저 잡은 서빙 아르바이트 자리로 미란을 끌어들였는데 그때 손님으로 알게 된 사람이 정욱이었다. 미란을 보는 순간 정욱은 용숙 쪽은 아예 거들

떠보지 않았다. 미란은 1년 휴학을 하는 동안 정욱 소개로 한 이벤트 회사가 주관하는 전람회마다 도우미로 내내 일했다. 미란이 학교를 속인 걸 밝혔는데도 정욱이 전혀 개의치 않더라고 했다. 그러는 동안, 용숙은 같은 휴학 기간에 커피숍 두 군데, 분식점 한 군데, 생맥주 집 세 군데나 돌아다녔다.

미란이 그 일로 용숙한테 고맙다는 말을 한 적이 없었고, 전람회 초대장 한 장 준 적도 없었다. 정욱을 만나러 가는 데 한번도 용숙과 동행한 적 없었으면서 정욱과 여행을 가면서는 자기 부모한테 용숙과 같이 가는 거라고 거짓말을 한 적이 적어도 두 번 이상이었다. 그러고도 미안하다는 기색이 없었다.

"혼빙!"

용숙은 칫솔질을 하다 말고 칵, 하고 양칫물을 뱉어냈다. 미란은 분명 정욱이 결혼 얘기를 여러 번 했다고 했고, 자기는 일단 졸업을 하고 나서 생각해 보자고 했다고 했다. 어쨌든 남자는 여자한테 혼인을 약속하고 성적 욕망을 실컷 채우다가 파혼을 선언했으니 이건 혼빙, 그러니까 혼인 빙자 간음인가 뭔가 하는 죄가 분명했다.

몸이 가볍게 떨려 왔다. 이걸 문제 삼지 않는다는 건 여성의 수치다, 라고 용숙은 생각했다. 미란이가 나서지 않으면 자신이 나서서라도 정욱의 파렴치를 폭로해서 사회적으로 매장시켜야 한다는 사명감 같은 것도 일었다.

용숙은 휴대전화 충전기를 갈아 끼우고 미란에게 전화를 걸었다. 송신음은 울리는데 수신은 하지 않았다. 용숙은 황급히 문자 메시지를 찍기 시작했다.

— 그놈, 그냥 둬선 안 돼. 그놈 회사 인터넷 게시판에 올려서 아주 생매장시켜야 해!

그러다 용숙은 정욱 번호를 찾아내 발신 버튼을 눌렀다.

정욱은 운전을 하고 가다 옆에 앉은 여인의 다리가 낯설어 보여 두어 차례 곁눈질로 그 얼굴을 살폈다. 옆의 여자는 귀옥이었다. 틀림이 있을 수 없었다. 미란과는 3년을 사귀었다. 처음에는 어리고 발랄한 아가씨의 싱싱한 기운에 취해서, 그 다음은 가끔 하는 그 아가씨와의 잠자리가 아주 좋아서, 그 다음은 그 어린 아가씨와 결혼을 약속할까 말까 고민하면서 만났다.

"널 내 걸로 만들 수 있을 만큼 난 완벽하지 못해."

헤어져야 할 이유를 설명하는데도 미란은 정욱에게 힘이 드는 존재였다. 그 말을 미란은 정욱이 자신에게 싫증나니까 핑계를 대느라 공연히 난해하게 하는 걸로 이해했다. 같이 알바하던 친구를 동원해 헤어지려는 이유를 캐물어서 더욱 난감했다. 정욱은 결혼을 이상적으로만 생각했는데 그게 아니더라고 판단했으며 그걸 미란한테 충분히 이해시켰다고 설명했다. 섭섭지 않게 금전적인 보상을 했다는 얘기를 그 친구에게 말할 수는 없었다.

"기왕이면 제가 더 어리고 싱싱했으면 좋겠죠?"

미란, 아니 귀옥이었다. 미란보다 열 살 위였고 그만큼 현실적이었다. 집 앞까지 배웅해 주던 차 안에서 첫 키스에 이은 가벼운 애무에 귀옥은 얼굴을 붉히면서도 정욱의 속내를 그대로 읽어 내는 당당함도 있었다. 진석의 결혼정보회사에서 최상급으로 분류한 회원이었다. 장 브루노라는 부호를 만나러 간 열 명 중 하나, 아니 최종 후보 중 하나가 되자 대학 강사 자리까지 잠시 내놓고 벨기에에 다녀왔다. 그 사실을 정욱에게 굳이 숨기려 한다는 인상도 주지 않았다. 둘은 처음부터 여러 조건을 따지면서 친밀해졌다. 침대 시트와 잠옷 빛깔 얘기도 나왔고, 임신과 피임과 출산 얘기도 나눴다. 그건 정욱으로서는 미란을 생각할 때마다, 발가벗고 함께 들어간 욕실에서부터 격렬하게 빨고 애무하는 장면을 먼저 떠올리는 것하고는 아주 달랐다.

"드디어 교수님이 오셨구나!"

배 여사는 휠체어에 앉은 채로 정원에 나와 있다가 귀옥을 맞았다. 넓은 정원을 가로지르며 뛰고 있던 아이 둘이 정욱을 보자 멈춰 서서 달려들 듯이 큰 소리로 인사를 했다. 정욱의 여동생 정민의 애들이었다. 정민은 앞치마를 두르고, 포도 넝

쿨이 자연스레 지붕을 엮어 간 야외 식탁으로 음식을 나르고 있었다.

"공부하는 게 재미있어서 연애도 제대로 못해 봤다고 들었어."

배 여사는 귀옥의 손을 잡고 놓지 않았다.

"엄마, 나 그런 말 한 적이 없어. 이 여자, 알고 보니까 뒤로 호박씨 깔 거 다 간 여자더라구."

자신의 농담을 혹시 오해하지나 않을까 정욱이 얼핏 눈치를 보니 귀옥은 핸드백을 열어 미리 준비해 온 보석 상자를 열어 내밀었다.

"축하드려요, 어머니."

어머니라고 부르는 귀옥의 얼굴에 쑥스러움이 배어났지만 그리 어색해 보이지는 않았다. 배 여사가 입고 있는 엷은 블라우스 앞섶에는 호박으로 장식한 브로치 하나가 새로 달렸다.

배 여사는 조금씩 휠체어를 움직여 가며 집채를 향해 손가락 방향을 이리저리 옮겼다. 배 여사 부부가 세컨하우스로 산 전원주택이었다. 원래는 한 채를 샀는데 정욱 아버지가 타계하고 나서 주위 집을 두 채 사들이고 각 집채를 그대로 둔 채 셋을 한 울타리로 이어 붙였다. 마치 일부러 성곽처럼 지은 건축물 같아 보였다.

"여기 가운데 집은 내가 살고 양쪽 집채는 정욱이네와 정민이네가 가끔 와서 지내도록 따로 꾸며 놓았는데, 정욱이 녀석은 일한다고 바쁘다고 안 오고, 정민이네는 미국 가 있느라고 못 오고 그랬어."

마침 정민이 부엌에서 일하는 사람들과 함께 밀차에 반찬을 잔뜩 싣고 오는 틈을 타서 정욱이 귀옥을 당기듯이 이끌고 자신에게 배당된 집채로 옮겨갔다. 가끔은 와서 자고 가기도 하지만 여전히 익숙하지 않은 공간이었다.

"세 집이 구조가 똑같아요?"

세 개 방으로 나뉜 집 안을 둘러본 귀옥이 거실 창문을 열어 배 여사가 있는 정원 쪽을 보았다. 그 앞이 배 여사가 머무는 집이었고, 정민이네 것이라는 집채는 그 너머, 지금 둘이 서 있는 집채와 대칭을 이루었다.

"가운데 어머니 집은 한 채가 아니라 두 채인가 보네요. 외등까지 환하게 켜놓은 집이 두 채로 보여요."

귀옥이 배 여사 집이 두 채로 나눠 있는 걸 봤다. 정욱은 대답 대신 고개만 과장되게 끄덕끄덕해 주었다. 귀옥은 창틀에 손을 짚고 하늘과 구름과 바람과 집과 나무와 숲과 야외 식탁을 천천히 둘러보았다. 정민의 남편이 무얼 사가지고 온 건지 아이들이 좋아라고 손뼉을 치는 소리가 들렸다.

"저 친구 대단해. 낚시를 해서 쏘가리라도 잡아 온 모양이야."

정욱은 미국 출장길에 매제인 의환과 함께 민물낚시를 하던 때를 떠올렸다.

"보기 좋네요. 일찍 장가가서 어머니 기쁘게 해 드리지 무얼 했어요?"

귀옥이 정욱을 돌아봤다. 정욱은 귀옥의 몸을 돌려세우며 가볍게 안았다.

"자기가 늦게 나타나서 그런 건데 누굴 탓하지?"

귀옥의 몸에서 나는, 옅은 향수 냄새와 그 틈을 비집고 풍기는, 삼십대 중반의 별로 싱싱하지 않은 체취가 연이어 코끝을 스치는 순간, 정욱은 갑자기 울먹하는 기운이 솟구치는 것을 느꼈다. 미란을 안던 습관 때문인가 싶어 스스로 화들짝 놀랐다. 입술에 와 닿는 이마를 외면하는 대신 하체까지 바짝 붙여 귀옥의 몸을 힘껏 안아 버렸다. 잠시 동안은 미란의 흐느끼는 몸이 자신의 몸 안으로 들어온 게 아닌가 하고 눈을 감고 견뎌 봤다.

포도 넝쿨과 임시로 세운 커다란 해변용 우산으로 지붕을 이룬 야외 식탁에 식구들이 둘러앉았다. 가스버너 위에서 끓고 있는 찌개그릇 셋을 중심으로 반찬들이 하나씩 둥글게 원을 그리며 놓였다. 집채를 향해 앉은 배 여사 앞으로는 커다란 생일케이크를 들였다. 그 한쪽으로 정욱과 귀옥이, 맞은편으로 정민 내외가 앉았다. 정민의 큰아이가 제 외할머니 나이를 중얼거리며 케이크에 초를 꽂았고 작은아이가 케이크 상자에 딸려 나온 긴 성냥으로 불을 붙이다가 케이크를 덮은 생크림에 여러 점 촛농을 뿌렸다.

생일 축하 노래가 끝나자 부엌 일꾼들이 유기그릇에 하얗게 밥을 퍼와 식구들 앞으로 하나씩 놓았다. 배 여사가 손짓으로 가스 불을 줄이게 했다.

배 여사가 나직이 말했다.

"너희가 약속을 해주면 좋겠다. 나는 곧 양로병원으로 갈 거다. 하지만 정균이는 안 된다. 여기 이대로 두고 사람을 써서 돌보도록 하고 수시로 와서 둘러 보거라. 너희가 정균이를 지킨다고 생각하지 말고, 정균이가 너희를 지킨다고 생각해라."

귀옥이 얼굴을 들어 자신을 바라보는 것을 정욱은 느꼈다. 그러나 정욱은 배 여사의 눈길을 따라 배 여사가 머물며 살고 있는 집채를 바라보았다. 그 집채 중 오른쪽 방은 이전처럼 여전히 불이 켜져 있었다. 귀옥이 알아본 그 방이었다. 거기 정욱의 형 정균이 살고 있었다.

정욱은 얼마 전 윤일과 진석에게 그 사실을 처음 알렸다.

― 형은 죽지 않았습니다.

가족이 아닌 사람들은 모두 정균이 죽었다고 알고 있었다. 정균은 대학 입시에 한 번 실패하고 재수한 뒤에 이듬해 시험에 또 낙방했다. 후기 대학에 들어가서 1년 있다가 이번에는 편입을 노렸다. 그마저 실패로 돌아갔고, 군 입대를 눈앞에 둔 때에 자살을 기도했다. 사경을 헤맨 시간이 너무 길어 모두의 기억 속에 잊힌 존재가 되었지만 실은 죽지 않았다. 정균은 식물인간으로 지금껏 목숨을 부지했다.

— 일류가 아닌 생은 의미가 없다.

이게 정균이 글자로 남긴 마지막 말이었다. 정욱은 정균이 쓴 유서 얘기를 들으며 청년 시절을 보냈다. 술에 취한 아버지가 고시공부 중인 정욱의 방에 들어와 주먹을 불끈 쥐고 그 말을 외치다가 한참 소리 내어 울다 나가곤 했다.

한참 뒤 정욱과 귀옥은 와인 잔을 들고 울타리 쪽으로 크게 한 바퀴 돌았다. 그러고는 식물인간이 되어 혼자 누워 있는 정균의 방이 보이는 벤치에 앉았다. 희한하게, 정욱 가족 말고는 아무도 모르는 그 비밀의 방 쪽으로만 달빛이 내린 듯 보였다. 그 방은 마치 외계에서 날아와 풀밭에 내려앉은 타임머신처럼 푸른빛을 냈다.

"저 방을 이해한다면 우리 식구가 되는 거예요."

귀옥에게 하는 말이었지만 정욱은 귀옥의 얼굴을 돌아보지 않았다. 갑자기 일류가 아닌 생은 의미가 없다, 라고 정균의 실제 목소리로 말하고 싶었다. 미란에게는 결코 들려주지 못할 말이었다.

"저 방이 우리를 지켜 주는 거라 생각할게요."

귀옥이 한참 만에 떨리는 손으로 정욱의 손을 잡으며 말했다. (2005)

조선족 소녀

즉석밥을 전자레인지에 넣어야겠다고 생각하고 있을 때였다. 그저께 오늘 점심 약속이 취소되고 나서는 대출 권유 전화도 한 통 걸려오지 않고 이틀이 지났다. 이런 상황에는 쓸데없는 메시지 신호도 반가울 수 있다. 그런 막연한 기대에 비해 완연히 느낌이 다른 문자가 하나 왔다.

─ 할아버지, 지금 전화해도 돼요?

물론 나는 할아버지로 불릴 사람이 아니다. 발신자 이름이 드러나 있지 않았지만, 누구인지 쉽게 짐작됐다. 그래도 낯선 번호였고, 이름도 바로 떠올려지지는 않았다. 누구냐고 묻는 메시지를 보내보나 어쩌나 하고 있는데 이내 알람이 울렸다.

― 저, 기억하시죠? 용옥이, 예요.

할머니 전화로만 연락이 오던 아이인데, 그 사이 휴대전화를 쓰게 된 모양이었다. 용옥, 이라고, 성까지는 기억이 나지 않아 이름만 새겨 번호부에 저장한 다음 오냐, 라고 정말 언젠가부터 나도 모르게 여느 할아버지들처럼 자주 쓰게 된 말로 메시지를 찍어 보냈다.

전화는 '지금' 걸려오지 않았다. 나는 공연히 즉석밥을 데우지도 않았고, 김치 따위를 냉장고에서 꺼내지도 않았다. 책상 가까이 전기난로를 켜둔 채였다.

봄은 더디게 오고 있었다. 반지하 사무실 창틈으로 보이는 매화나무 가지 끝 연분홍 봉오리가 제법 몽글하다. 옆집이 지대가 낮은 덕에 볼 수 있는 거다. 시끄러운 아이들 소리만 없다면 참 고운 이웃이라 할 수 있었다. 알 수 없는 내 조바심이 매화 봉오리에 머물러 빠른 개화를 재촉하고 있다. 문을 채우고 나가려는데 마침 잡지 한 권이 택배로 배달돼 왔다. 옛 제자가 내 이름을 편집위원의 한 사람으로 얹어놓은 월간 불교 잡지였다. 전보다 부피가 줄어든 걸 보니 소문만큼 호황인 건 아닌 듯했다. 전화가 걸려온 것은 그때였다. 밖에 나가서 간단히 허기나 달래자던 게 결국은 그나마도 안 될 날인 모양이었다.

"용옥인데요, 할아버지."

짧게 말하는 동안에 옆에 있는 누군가와 말다툼을 하는 듯했다.

"지금 할아버지 사무실에 가면 안 돼요?"

사투리도 한결 덜 느껴지고 혀 짧은 소리도 제법 줄어든 여중생 말투였다.

"어디 와 있는데?"

"곧 전화 드릴게요, 할아버지."

겨우 두 번 만났을 뿐인 아이다. 안 것은 3년이었지만 직접 본 건 이메일로 소식을 전하던 중 한 번 있었고, 그 뒤 우연히 길거리에서 지나치면서 한 번 더 본 게 전부였다. 만날 때는 할머니와 함께였고 이메일 주소도 늘 할머니 걸 썼다. 한국에 남아 중학교에 입학하게 되었고 그래서 이메일 주소도 자기 걸로 쓰게 되었다는 소식을 접한 게 지난달이었다. 이후 지금껏 아무런 연락도 없는 사이였다.

용옥이는 내 동화를 읽고 나를 직접 찾은 유일한 독자라고 할 수 있다. 내가 유명해서거나 책이 잘 팔려서 그런 게 아니다. 3년 전 중국 천진에 가게 되었을 때 나는 우연찮게 용옥이 할머니한테 큰 도움을 받았다. 그때 나는 정말 우연찮다는 표현이 딱 어울리는 일을 겪었다.

천진에서 열리는 국제작가대회에 내가 추천된 것은 그해 6월이었다. 행사 시기가 9월 초여서 그 전에 프로필이며 사진이며 발표 원고까지 미리 영어 번역문으로 모두 넘긴 상태였고, 진작 중국 정부 명의의 초청장까지 와 있었다. 주최 측에서 안내한 대로 천진행 항공권도 일찌감치 사둔 터였다. 그런데 떠나기 이틀 전에야 내가 별도로 비자를 받았어야 한다는 사실을 깨달았다. 내가 이렇게 멍청할 수 있단 말인가, 하고 탄식할 틈도 없었다. 일단 한국의 추천기관과 중국의 주최 측에 그 사실을 알려놓고 백방으로 방법을 알아보기 시작했다.

나는 십수년 전부터 여러 차례 해외나들이를 해 왔다. 모두 단체로 움직인 경우여서 한번도 비자 발급 걱정을 해본 적이 없었다. 미국 비자를 받을 때도 그 당시 확실한 신분 덕에 여행사에서 알아서 비자를 발급받아 주었다. 중국 여행에 비자가 있어야 한다는 사실을 까먹은 것도 아니었다. 그럼에도 나는 중국 정부 명의로 보낸 초청장이 아주 멋있게 생겨먹어서, 중국이니까 그런 걸로 비자 구실까지 다 하는 줄 착각해 버린 거였다.

나는 그 며칠 전 어머니 유품을 처리하는 문제로 시골에 다녀와야 해서 마음이 좀 급해져 있었다. 지역답사를 겸해 승용차로 동행해 주겠다는 일행 둘과 오후 출발을 약속해 놓고 간신히 짬을 내 점심식사를 하고 나오다 발을 헛딛고 말았다. 약속 장소에 모일 때쯤 극심한 통증이 느껴졌다. 한의원에 가서 피를 뽑고 냉찜질을 해서 부은 발을 진정시킨 뒤에야 시골로 갈 수 있었다. 이튿날 발목 붓기가 심상치 않고 통증도 다시 심해져서 결국 정형외과에 갔다. MRI까지 찍게 한 의사는 사진을 짚어 보이며, 발이 접질리면서 인대가 복사뼈를 당겨 뼛조각이 생겨났다고 설명했다. 결국 수술이라는 얘기인데, 나로서는 처음으로 국제대회에 추천된 한국대표 자격을 포기할 수 없었다.

출국 하루 전날 나는 반깁스에 외목발을 짚은 채 택시를 타고 효자동의 중국 대사관으로 향했다. 인터넷을 뒤져 위치를 잘 파악했고 택시 안에서도 내내 스마트폰 검색으로 확인까지 해 두었다. 그런데 대사관 건물 경비원의 말이 비자 발급은 따로 건물을 쓰고 있는 영사부에서 맡고 있다고 했다. 문제의 영사부는 명동 쪽에 있었다. 다시 택시를 타고 물어물어 명동 입구에서부터 남산으로 가는 오르막 골목길로 깊이 들어갔다. 그런 상황에서도 절망하지 않고 빠른 두뇌회전으로 부지런히 스마트폰으로 인터넷을 뒤지고 여기저기 전화를 걸고 한 것에 대해서는 그나마 자부심이 남아 있다. 중국 비자는 신청 뒤 특급이 24시간 이후, 보통이 48시간 이후 발급

되는데 개인 자격으로는 신청이 불가능하고 반드시 등록된 여행사를 통해 신청을 해야 한다고 했다. 그마저도 영사부의 접수 시간은 평일 오전으로 제한돼 있었다. 중국으로 출발하기 하루 전, 그것도 막 정오에 이르고 있는 택시 안에서 비로소 그런 사실까지 알아냈다.

다른 방법이 없을까? 두뇌회전에 가속이 붙었다. 있었다! 비자 없이 비행기를 타고 가서 현지 도착 비자를 받는 일이 그것이었다. 이 도착 비자를 발급하는 공항은 북경과 상해 두 곳뿐, 천진공항에는 그런 기능이 없었다. 그 밖에 배를 타고 가면 대부분의 항구에서 모두 도착 비자를 발급해 준다. 6년 전인가, 인천에서 배를 타고 압록강변의 단동에 가서 도착 비자를 받아 연변과 백두산까지 여행한 적이 있었다. 그런데 그렇게 가는 건, 배 타는 시간만 하루가 꼬박 걸리고 설사 이튿날 인천에서 배를 타고 천진으로 갈 수 있다 하더라도 예정된 주요행사 시간까지 행사장 도착은 불가능했다.

결국 천진 행을 북경 행 항공편으로 변경하고 북경 공항에서 도착 비자를 받는 게 마지막 방법이라고 결론을 내렸다. 반깁스를 한 발목을 고려하면 실은 일정을 모두 포기하는 것이 더 현명했다고 할 수 있다. 그러나 나는 그럴 수 없었다. 나도 외국에서 초대하고 한국 굴지의 단체에서 추천한 대표 작가가 되고 싶었다. 비록 도착 비자 발급비가 정식 비자에 비해 너덧 배가 비싸더라도 그러고 싶었다. 발목에 반깁스를 하고 목발을 짚은 몰골이 우스꽝스러울 수 있어도 그랬다. 비행기 타기 전날 정오, 혼자 비자를 신청하려고 오전 업무를 마치고 막 닫히는 영사관 철문 앞에 서서 나는 그렇게 결론을 내리고 있었다.

내가 용옥이 할머니를 만난 것은 그날 중국 대사관 영사부 담벼락에서였다. 영사부 정문 근처에는 나처럼 사전 정보 부족으로 개별적으로 비자 신청을 하러 오는 사람에게 접근해서 소속 여행사로 유인하는 이른바 '삐끼 아줌마'들이 모여 있었다. 아줌마로 보기에는 이미 노령이 분명한 그 중국 조선족 여성들에게 나는 그날 내가 처한 상황을 아무렇게나 얘기했다. 몇 달을 기대하고 준비해온 일이 단 하루 사이에 물거품이 될 처지에 저절로 쏟아지는 푸념 같은 거였다. 다리가 아프고 배도 고파 와서 그냥 바닥에 주저앉고 싶은 걸 억지로 참고서였다. 그러면서도 나는 내가 그때부터 해야 할 일을 잊지 않고 있었다. 항공권을 담당한 여행사로 연락해 천진 행을 취소하고 북경 행으로 바꾸었고, 도착 비자 발급도 서둘러 신청하게 했다. 마지막으로 한 가지 남은 일이 있었다. 그것은 중국 주최 측에다 내가 천진 공항으로 바로 가지 않고 북경 공항으로 가서 버스를 타고 천진 현장으로 가겠다고 설명하는 일이었다. 물론 베이징에서 천진 가는 교통편을 알아보는 일은 차후의 일로 미뤄두고서였다.

 그날 용옥이 할머니가 해 준 일이 바로 그것이었다. 나는 주최 측과는 그동안 줄곧 인터넷을 통해 영어로만 교신해 왔다. 인터넷 구글 사이트의 엉성한 번역 프로그램이 나름대로 도움을 주어서, 몇 마디 전달에도 시간을 끌기는 했지만 전체적으로 소통에는 큰 무리가 없었다. 단지 그날 비자 발급을 못 받았다고 처음 전화를 걸었을 때 내 영어 회화 실력이 단번에 바닥나 버린 게 문제였다. 주최 측 담당자의 유창한 영어 실력에 비해 '마이네임 이즈'나 '아이 헤브 디피컬트 플러블름 인 마이 비자' 식의 일차원적 단어 나열 수준이었다. 영사부 담벼락으로 온 삐끼 여성들 사이에서 횡설수설하던 나는 한참 만에 눈에 띈 카페로 걸음을 옮겼다. 중국 주최 측에 전화를 거느냐 마느냐로 고심하던 끝에 생각해 낸 게 삐끼 여성들한테 받아둔 명함이었다. 두 장 받은 게 모두 각각 다른 어느 여행사 소속 이름이었다. 마침 한 전화는 통화중이었고, 내가 건 두 번째 전화에 불려온 사람이 용옥이 할머니였다.

 용옥이 할머니는 아주 유창한 중국어로 중국 주최 측과 통화를 시도했다. 내 귀에는 조선족 톤이 전혀 느껴지지 않아서 통화중인 내내 적이 안심하며 성원을 보냈다. 통화료를 염려할 형편이 아니었고, 만일을 대비해 휴대전화 배터리도 꽉 채운 새 걸로 교체한 터였다. 용옥이 할머니를 통역자로 둔 중국측과 나의 소통은 언제 그런 복잡한 사연이 있었나 싶게 아주 순조롭게 매듭되었다. 나 말고 다른 나라에서 오는 외국 작가들은 하루 전에 북경에 와서 일박을 한다고 했다. 주최 측 한 사람이 북경 공항에 마중 나와 나를 태우고 그들과 합류해서 천진으로 이동하면 되니까 큰 문제가 없다는 얘기였다. 내가 비자를 미리 못 받은 게 큰 실수이긴 했지만, 어쩌면 처음부터 내가 천진으로 바로 가지 않고 북경을 거쳐 천진으로 이동하겠다고 했다면 상황이 덜 복잡했을 수 있었다. 어떻든 용옥이 할머니의 통역으로 풀리지 않고 남아 있던 일들이 아주 가볍게 해결된 셈이었다. 따로 알아봐야 했던 북경 공항에서 천진으로 가는 교통편도 절로 필요가 없어졌다. 조선족의 역할은 이토록 명확하니 그들에게 중국 관련 민간외교를 맡기는 방안이 마련돼야 한다는 생각을 나는 그때 했다.

"집에 손주 있어요?"

나는 사례를 얼마나 해야 하나 망설이다가 얕은 꾀 하나를 생각해 냈다. 용옥이 할머니가 점심을 먹었다며 한사코 식사 주문을 거절하는 통에 혼자 햄버그스테이크를 시킨 내가 더 난감해져 있었다. 그날 가방에 넣어온 내 그림동화책 한 권을 펼치며 손주의 이름을 물었다. 한국에 같이 와 있다는 용옥이라는 이름의 아이가 초등학교 4학년생이었다는 것이 얼마나 다행한 일이었던지. 사실 내 동화는 짧은 분량과 큰 일러스트레이션에 비해 어린애들보다 십대 중후반에게 알맞은 내용이었다. 그러나 그림이 많은 동화는 타깃을 넓힐 수 없다는 출판사의 주장으로 뒷표지에 '초등 3,4학년이 읽으면 가장 좋은 책'이라는 홍보용 문구가 박히게 되었다. 그날의 해프닝은 이렇듯, 봉투에 넣지도 못한 돈 5만원과 용옥이라는 생면부지의 조선족 출신 초등학교 4학년생에게 증정하는 동화책 한 권을 답례품으로 전달하는 걸로 일단락되고 있었다.

❋

한 시간이 넘어가는데도 용옥이한테는 전화가 없었다. 가까이 와서 전화한 건 줄 알았는데 그게 아닌 것 같았다. 하긴, 주말도 아닌 평일인데 학교를 벗어나 멀리 떠나와 있기는 어려울 터였다. 그런데도 금방 찾아올 것처럼 했으니 뭔가 심상찮은 일이 있을 듯도 싶었다. 충동처럼 '전화한다더니 어디서 뭐하니?'라고 간단히 문자 메시지를 찍어 보낸 뒤, 식빵 두 조각을 뜯어먹으며 좁은 사무실 안을 왔다갔다해 보았다. 어린아이의 전화 약속에 점심도 못 챙겨먹고 왜 이러고 있나 싶은 생각도 없지 않았다. 맞는지 모르겠지만 내 사주에 '외로움'이 새겨져 있다고들 했다. 누군가 만난다고 했다가 어긋나는 걸 나는 잘 못 견뎠다. 언제부터인지 모를 이 성정이 내 인생을 망쳐 왔다는 생각을 요즘 들어 가끔 하고 있다. 지난주부터 택배봉투째로 책장 귀퉁이에 얹어둔 바다문학상 심사원고를 뜯어 손에 집히는 대로 들고 건성건성 읽어나갔다. 요행인지 첫대목에서부터 미당 서정주의 고향인 고창 앞바다의 가창오리떼를 묘사한 수필이 눈길을 붙들었다. 이즈음은 간월도나 천수만이 있는 충청남도 바다 쪽보다 더 남쪽의 전북 해안이 확실한 철새 도래지가 되고 있는 듯하다는 설명이 이어졌다. 두만강을 건너 중국, 라오스, 다시 중국을 거쳐 산동반도의 청도에서 쪽배를 타고 인천으로 밀항한 탈북자 얘기를 담담하게 진술하고 있는 르포도 눈길을 끌었다. 산만하긴 했지만 여러 탈북자들을 만나 들은 얘기가 제법 리얼하게 풀려나왔다. 해마다 심사에 참여하는데 처음 읽은 글부터 이 정도로 잘 읽힌 적은 없었던 듯싶었다.

내가 용옥이를 실제로 만난 것은 해를 바꾸어 무더위가 기승을 부리기 시작한 한여름이다. 그때까지는 이메일로만 여러 차례 교신했다. 용옥이한테 처음 이메일을 받은 일은 잊지 못한다. 내가 천진 행사에 다녀오고 한 달이나 지난 뒤에 용옥이 할머니가 전화를 걸어왔다. 내가 준 동화책을 읽은 손주가 자기가 쓴 독후감을 내게 꼭 보내고 싶다고 졸라서 어쩔 수 없이 연락을 하게 됐다고 했다. 그날 저녁 용옥이 할머니 명의로 된 이메일 주소에서 용옥이라는 아이가 쓴 독후감이 왔다. 책을 함께 읽은 사람에게 독후감을 보여주고 평을 들어오는 숙제라고 했다.

　할아버지가 쓰신 동화책 참 재미있게 잘 읽었어요.
　할머니가 제 이름이 적힌 동화책을 가져오셔서 깜짝 놀랐어요.
　제 이름을 써 주셔서 정말 고맙습니다.
　그런데, 코끼리가 죽은 걸 생각하면 지금도 눈물이 나려고 해요.
　만화에도 보니까 코끼리가 죽을 때는 혼자 따로 어디 가서 죽는다고 하는데 정말이에요?
　할아버지 동화에도 코끼리가 혼자 슬프게 죽잖아요.

이런 식으로 시작된 이메일은 사실 평범한 아이의 독후감과 크게 다르지 않게 감정이 앞섰고, 분량도 한 화면을 다 못채우는 정도였다. 그 동화는 사실 코끼리가 죽는 사건보다 그 현장에 와 있던 다른 동물들의 심리 변화가 더 중요한데, 그런 건 언급하지 않았다. 용옥이의 그 이메일을 여태 못 잊고 있는 건 다름이 아니라 그때 나를 할아버지라 불렀기 때문이다. 어느 사이에 할아버지가 된 남자의 심정이야 다 그렇겠지만, 이건 정말 너무 이르게 그런 순간이 온 게 아닌가 싶은 생각이들었다. 내게 조카가 많고 그 중 둘은 결혼해서 아기를 낳기도해서 나도 할아버지 대열에 들어선 건 사실이지만, 그들을 만나지 않고 살아서 그런지 할아버지라는 말은 정말 낯설었다.

나는 용옥이가 궁금해하는 것에 회신해 주면서 "나를 할아버지라고 부른 사람은 네가 처음이란다"라고 덧붙였다. 용옥이는 며칠 뒤 "저는 할아버지라는 말이 참 좋아요"라며 내 말에 간단히 답하는 회신을 보내왔다. 전혀, 내 심정을 헤아리지 않았다. 그 뒤로 친구들한테 내 동화책을 자랑했더니 빌려달라는 친구가 여러 명이더라, 어떤 친구는 '읽고 울었다'고 하더라 등등의 소감이 몇 번 더 왔다.

용옥이를 처음 만나던 때도 또렷이 기억한다. 그날도 용옥이 할머니가 모처럼 전화를 했고, 용옥이가 여름방학이 되어 연길로 들어가면서 나를 꼭 만나고 싶어한다고 했다. 막상 내 앞에 모습을 드러내는 게 부끄러운지 용옥이는 사무실 문 앞에서 들어오지 못하고 쭈뼛거렸다. 누런 얼굴에 머리카락을 뒤로 몰아 묶어 납작한 이마가 두드러져 보였고 튀어나온 광대뼈는 붉은 빛이 완연했다. 그나마 눈이 큰 덕분으로 '영락없는 북방 아이'라는 선입견은 피하겠구나 싶었다. 물론 작은 키에 비해 얼굴과 상체가 크게 느껴지는 건 내 경우와도 다르지 않으니까 그리 특징적이라 볼 것도 없었다. 그러니까 우리 모두 어쩔 수 없는 한민족이라는 얘기였다.

"연숙이가요, 자꾸 가짜 같다고 의심해요. 제가 할아버지한테 동화책 받은 거 못 믿겠다고요."

한쪽 팔에는 천으로 짠 손가방 하나를 걸쳤고, 막 할머니를 놓은 한 손은 어디다 두어야 할지 몰라 가벼운 뇌성마비라도 앓는 아이처럼 뒤로 비튼 채였다. 반대편 팔에 걸쳐진 가방이 절로 건들거렸다. 연숙이라는 아이 이름은 용옥이 이메일에 있었던 듯도 싶었다.

"응, 그래? 근데, 내가 정말 할아버지로 보이니?"

내 우스갯말에 용옥이 할머니가 "야가 그리 부르지 말라는데두…"라며 민망해 했다. 아이도 그즈음 눈치를 챘는지 아랫니를 앞으로 삐죽 내밀어 윗입술을 살짝 덮으면서 미안해하는 표정을 짓기는 했다.

"저는 할아버지라 부르고 싶어요."

용옥이 할머니가 또 "할아버지가 애를 엄청 좋아했거든요. 그래서 할아버지라는 말이 좋은가 봐요."라고 변명해 주었다.

"지난번에 다리 다치신 거 보고 마음이 많이 불편했어요." 라며 용옥이 할머니가 약 봉투 같은 데 넣어온 호랑이연고를 두 개 내밀고 쑥스럽게 웃어보였다. 나는 버릇처럼 다시 책상에 앉아 모니터 화면을 이리저리 둘러보다가 용옥이가 앉은 탁자 건너편에 가 앉았다. 용옥이가 가방을 열어 공책 한 권을 꺼내더니 빈 종이를 북, 하고 소리내어 찢어 내 앞으로 내밀었다.

"여기에 조용옥, 이름을 써 주세요."

어쩌다 강연회에 초청돼 갔다가 연예인처럼 싸인을 해 줘야 할 때가 있는데, 책이 아닌 데다 하는 싸인은 언제나 기껍지 않았다. 용옥이는 단단히 생각하고 왔다는 듯이 할머니한테 스마트폰을 꺼내게 해서 내가 종이에 싸인하고 그 옆에서 자기가 지켜보는 모습을 사진으로 남기려 했다. 용옥이 할머니가 "선생님 바쁘신데 불편하게 해드리면 아이 되는데…" 하고는 내게 자초지종을 설명했다.

"지난겨울 용옥이가 연길에 갔을 때 연숙이가 그 책을 빌려달라고 해서 빌려 줬대요. 그런데 이번에 연길에 들어간다고 연숙이한테 전화를 했더니 연숙이가 그 책을 물에 빠뜨려서 건져 올리다가 책이 다 상했다고 하더래요."

연숙이가 처음부터 내가 용옥이한테 동화책을 선물한 걸안 믿고 미심쩍어 했고, 게다가 자기 실수로 책이 손상된 데 대해서도 '다 읽은 책이 좀 찢어지면 어떠냐'고 뻔뻔하게 말했다는 거였다. 용옥이가 그 일로 속상하고 분해서 밤새 울고, 며칠 동안 화를 제대로 삭이지 못하는 바람에 여간 신경이 쓰이지 않더라고 했다.

"그러니까, 선생님께서 새로 이름을 써 주시고, 그 장면을 사진으로 찍어 가서 연숙이한테 보여주면 연숙이 코를 납작하니 만들 수 있겠다, 그렇게 해서 간신히 용옥이를 달래서 선생님한테 데리고 온 거인데, 이거 너무 선생님한테 폐를 끼치는 거 아닌지 모르겠시오."

할머니가 말하는 동안 용옥이는 그 말에 맞추어 여러 가지 표정을 지으면서 혹시라도 자기 마음이 다르게 전해질까 애태우는 모습이 역력했다.

"연숙이라고 했지?"

나는 "여기 있구나!" 하면서 책장에 남아 있는 내 동화책을 한 권 꺼내 앞장을 넘겼다. 그러자 용옥이는 황급히 소리쳤다.

"아니에요, 할아버지!"

용옥이로서는 내가 연숙이한테까지 동화책을 선물해서는 안 될 일일 터였다.

"연숙이 성씨가 뭐지?"

내가 끝내 연숙이 이름을 쓰려 하자 용옥이는 울 것 같은 표정을 지었다. 나는 짐짓 난처한 표정을 지어 골려 주고 싶은 생각이 없지 않았으나, 실은 그럴 만한 마음의 여유가 없었다. 탁자 귀퉁이에 숙제처럼 쌓아둔 심사 원고를 슬쩍 들춰보다가 묘수 하나를 떠올렸다.

"자, 이렇게 하면 되겠구나."

눈물이 조금 묻은 용옥이 눈이 반짝이는 게 느껴졌다. 나는 가슴 한쪽이 서늘해졌다. 곧 용옥이가 앉은 자리 뒤 책장에서 큰 종이뭉치를 꺼낼 수 있었다.

"이걸 너한테 싸인해서 주마. 대신 연숙이한테는 이 동화책에 그냥 싸인해 주는 것이 어떻겠니?"

봉투에서 꺼내 용옥이한테 내민 건 출간을 앞두고 일러스트레이션까지 넣어 가제본한 다른 동화책이었다. 물론 내가 쓴 동화로 지난번 동물동화에 뒤이어 완성한 작품이었다. 어차피 동화는 내 전문 분야가 아니어서 대단한 반응을 얻을 거라고는 생각할 수 없었다. 하지만 내심 시의적절한 주제에 우화적 재미가 얹어져 의외의 반응이 생길 거라는 기대는 접지 않았다. 그런데 출간을 위해 문을 두드린 대형 출판사들이 모두 차례로 퇴짜를 놓았다. 나로서는 처음 당하는 일이라 기분이 언짢았다. 요행히 지난 세기 중반부터 인연이 있던 한 출판사에서 그 원고를 보고 '이거 된다!'고 해서 일사천리로 진행한 것인데, 몇 차례 표지 디자인을 수정하는 과정을 겪고 나서 출시일이 무기한 연기되고 말았다. 시장 사정이 아주 안 좋아졌다는 거였다. 이를테면 그건 인큐베이터에서 자라다 막 고개를 내민 상태에서 섣불리 뚜껑을 연 의사의 눈을 보게 된 신생아 같은 동화였다.

골목길을 벗어나 곧장 방죽 쪽으로 방향을 잡는 오후 산책 코스가 오늘은 절로 수정되었다. 용옥이가 올 만한 신작로로 한참 걷는 일이 먼저였다. 이르게 하교하는 중학생들을 유심

해 보곤 했다. 곧 어쩔 수 없이 오던 길을 되돌아 걸었다. 통화를 시도해 보다가 주머니에 넣어둔 휴대폰은 여전히 침묵이었다. 방죽에 오르면서는 빠른 걸음으로 내달았다. 다친 발목은 아직 후유증이 있었다. 천진에서 돌아온 즉시 수술 날짜를 잡았다가 고등학교 졸업하고 한번도 연락 안하던 정형외과 친구를 일부러 멀리 찾아가 새로 진료를 받았다. 수술은 당초부터 필요 없었다는 진단이었고, 물리치료나 약물 같은 처방조차도 해 주지 않았다. 대신 평소에 할 수 있는 강력한 운동요법을 알려주었다. 일러준 대로, 뒤꿈치로 몸을 지탱한 채 발 앞쪽을 쳐들어 앞으로 뒤로 반복해서 걷는 걸음으로 꾸준하게 운동한 덕으로 일 년 만에 절룩거리는 신세는 면했다. 다만 손상된 인대가 제 기능을 하기에는 근본적으로 한계가 있는 듯했다.

나는 자주, 꿈에 절벽에서 발을 헛디뎌 공중에서 허우적거리고 있는 나 자신을 보곤 한다. 그해 어머니 유품을 정리하러 남의 집이 된 시골집에 갔을 때 작은 불교용품만 주머니에 넣어오고 부피가 나가는 가구와 옷가지들은 가까운 건물의 경비원을 불러 넘겨버렸다. 남매들은 뿔뿔이 흩어져서 살았고, 내게는 그런 걸 보관할 수 있는 공간이 부족했다. 그 뒤로 어머니 옷들이 몸뚱어리 없는 형체로 걸음을 옮겨가는 꿈을 자주 꾸었다. 경매로 넘어간 집에서 혼자 살다가 요양원에서 마지막 1년을 보낸 어머니의 유품은 그 집에 새 주인이 들어오고도 몇 년 동안 헛간에 방치돼 있었다. 나는 원치 않는 글까지 아주 많이 써야 했고, 강의를 여러 개 새로 열어 이런 저런 인맥을 유지하면서 낮은 강사료라도 끌어모아야 했다. 나는 단칸방에서 질 나쁜 수면으로 밤을 견디고 늦게 일어났다. 내겐 짧은 오전이 가장 밀도 높은 작업 시간이었다. 점심 때 간단히 요기를 하고 일하다 쫓기듯 밖으로 나가 산책을 했고, 그러고 돌아와 다시 늦게까지 일을 했다.

봄은 정말 더디게 오고 있었다. 뿌연 색이 어느 한 귀퉁이에서도 풀리지 않는 겨울 풍경화는 3월 들어서까지도 외양을 바꾸지 않았다. 겨우내 반얼음 상태이던 방죽길이 조금씩 녹아 바닥에서부터 질퍽한 습기를 자아올렸다. 구두 바닥에 스며든 물기가 양말을 적셔왔다. 오후 시간이면 서넛씩 함께 산책을 나오던 여자들이 오늘은 때이르게 자외선 차단 마스크로 가린 얼굴 위로 웃음을 쏟으며 시끄럽게 지나갔다. 얼음이 풀린 하천에서 흐르는 물을 따라 백로들이 여기저기 떠다녔다. 멀리 하천을 빗겨가는 고가도로는 한겨울부터 시작된 미세먼지에 덮여 여전히 멀건 형체를 내보이고 있었다. 그 위를 달리는 자동차들은 장의차처럼 소리없이 꾸물거렸다. 고가도로 어딘가에서 입을 막은 비명소리 같은 게 들려왔다. 죽은 사람처럼 지내는 이에게도 어떤 소리는 또렷이 들리는 법이다.

"할아버지."

용옥이는 사무실로 내려가는 계단 옆에 쪼그리고 앉아 있었다. 교복 위에 밤색 코트를 입은 여중생이 백팩을 앞으로 안고 웅크린 모양새라 나는 깜빡, 용옥이라는 사실을 짐작하지 못했다. 어떤 섬뜩한 느낌이 나를 휩싸고 도는 시간이 얼마나 흘렀을까, 나는 이내 용옥이를 붙들고 소리쳤다.

"여기 왜 이러고 있어, 금방 올 것처럼 하고서, 전화도 안 받고!"

용옥이는 많이 울어 눈이 부은 듯한 얼굴에 머리가 헝클어져 있었다.

"누구랑 싸운 거야? 혼자 어떻게 여기까지 왔어?"

용옥이는 정말 누구와 치고 꼬집고 하면서 싸우고 아직 분이 안 풀렸는지 흑, 흑 속으로 울음을 삼키며 몸을 부들부들 떨었다. 나는 책상 곁에 두고 쓰는 난로까지 꺼내 용옥이가 앉은 탁자 쪽으로 옮겼다. 커피포트가 가동되는 동안 습관처럼 모니터를 열어 이메일을 확인했다.

"제가 방송반에 들었거든요, 할아버지."

내가 타준 베트남산 다람쥐똥 커피를 두 손으로 받쳐 마시며 입을 녹인 용옥이가 말을 시작했다. 중학교 들어가서 방송반에 가입해 활동한다는 얘기였다. 그, 할아버지라는 말 빼고 할 수 없니, 하고 우스개로 말하기는 여전히 어려운 표정이었다.

"제가 할아버지 동화를 방송에서 낭독했거든요. 국어 선생님이 그걸 듣고요, 재미있다고 교실에서 한번 더 낭독하라고 하셔서요."

"국어 선생님이 참 훌륭한 분이시구나."

웃으라고 한 말인데, 용옥이는 변함이 없었다.

"예, 인기가 짱이세요. 제 사투리가 매력이 있다고 그러셨어요. 사투리 고치려고 애쓰지 말라고, 그냥 사투리를 써도 좋다고 하세요."

"그럼, 좋지. 매력 있지."

진정시켜 주려고 맞장구친 건데 용옥이가 "그렇죠, 할아버지?" 하며 눈을 반짝거렸다. 아직 물기가 채 가시지 않은 눈이었다. 사투리를 고치지 말라는 국어 선생님에 비해 다른 주변 사람들이 얼마나 용옥이 말투를 놀렸을까 짐작되었다.

"할아버지 동화 얘기가 제 얘기라고 애들이 쑥덕거렸어요. 내가 아니라고 하는데도 안 믿어 줘요."

용옥이가 울먹일 듯한 표정이 되었다. 그제야 생각해 보니 용옥이가 낭독했다는 동화는 용옥이 친구 연숙이하고 문제가 됐던 동물동화가 아니었다. 연숙이는 그해 여름방학 때 내가 서명해 준 동화책을 받고 아주 기이한 표정으로 글씨를 뚫어지게 보더라고 했다. 그때 용옥이한테는 미처 책이 되지 못한 가제본 동화에 서명을 해 주었다. 그 책은 여전히 미출간 상태였고, 이후 출판사가 부도 위기를 한번 넘겼다는 얘기를 들었다. 용옥이는 그 동화 얘기를 하고 있었다.

　그 동화는 내가 6년 전 중국에 갔다 와서 쓴 거다. 나는 방송작가협회의 중국 동북지방 탐방 때 문학기획위원 자격으로 동참했다. 때는 여름이었다. 인천에서 배를 타고 열두 시간을 항해해 이튿날 오후에 닿은 곳이 단동이었고, 거기서 압록강변을 따라 고구려 유적을 답사했다. 연길에서 이틀을 보낸 뒤, 백두산 북파로 천지를 답사하고 그 다음날 도문교 한 가운데까지 걸어가 북쪽 지역을 기웃거려 봤다. 점심을 먹은 곳이 두만강이 내려다보이는 숲속의 밥집이었다. 아주 한적한 곳인데도 여행사들과 잘 연계돼 있었는지 단체손님을 맞는 태도에 전혀 거리낌이 없었다. 반찬 차림도 한국인 관광객들의 향수를 자극하는 걸로 잘 개발돼 있었다. 어릴 때 먹던 시골 음식 그대로라며, 양재기에 나물반찬을 쓸어 담아 비벼대면서 희희낙락하는 사이 옥수수막걸리가 밥상 위를 오고갔다. 방송가에서 꽤 이름난 세련된 여성작가들이 반찬 가지를 헤집으며 옛날식 조리법을 늘어놓았다. 건강 문제로 막걸리에 관심을 두게 되었다는 한 중견작가는 재료가 된 옥수수 품종이 좋다고 여러 번 감탄했다. 일정이 거의 끝나가는 때라 모두들 긴장이 풀렸다. 나도 겁 없이 몇 잔을 받아 마셨다. 그래도 용케 속도 조절을 했다. 내 음주습관을 아는 작가 한 사람이 여행하는 내내 내게 알게 모르게 눈치를 주어 왔는데 그 집에서는 그런 기척도 없었다. 나는 길어지는 식사자리를 피해 화장실을 찾았다가 혼자 바깥채 뒤로 나갔다.

강 건너 남쪽 땅에 북한 수령들의 초상화가 붙은 건물이 한눈에 들어왔다. 그 아래로 트럭이 몇 대 오가고 인민군들 모습도 어렴풋이 보였다. 장마라도 있었는지 누런 강물이 수량이 만만치 않는 흐름을 보이고 있었지만 강폭은 크지 않았다. 눈대중으로는 지금이라도 당장 바지를 걷어 올려 걸으면 몇 걸음 만에 건너갈 수 있을 거리였다. 점심을 먹으며 종업원 아줌마한테 탈북자가 여기로 많이 넘어오는가 하고 물어봤다가 "일없슴다"라고 퉁명스런 답을 들은 터였다. 괜한 울분 같은 게 가슴을 쳤다. 울컥, 하는 기운에 눈물도 찔끔 난다 싶었다. 손등으로 눈물을 닦고 보니까, 내가 어느새 설핏 잠이 들었다 깬 거였다. 일행이 찾는 소리가 난 줄 알았는데, 그런 소리는 들리지 않았고, 어느 땐가부터 나무 등걸에 기대고 누운 내 몸을 보는 인기척이 느껴졌다.

가까이에는 사람은커녕 밥집에 들어갈 때 꼬리 치면서 마당을 뱅뱅 돌던 개들 중 한 마리도 따라와 있지 않았다. 그런데도 나는 어떤 기운을 느끼며 몸을 일으켜 사방을 두리번거렸다. 내가 누운 자리 주변은 덩치 큰 나무 등걸들 사이로 잡목들이 어지러이 뒤엉겨 있었다. 그 사이의 어느 지점에선가 사람의 눈빛이 뿜어져 나오고 있었다. 그 눈빛의 발원지는 내가 앉은 자리 뒤편 숲속의 멀지 않은 지점이었다. 숲에 가려져 선명하지는 않았지만 양 옆에 두 개의 고목 둥치를 기둥삼아 세워진 철망이 보였다. 필시 닭장 같은 걸로 쓰이던 자리였을 그 안에 사람이 머물고 사는 듯 이부자리가 이리저리 너부러져 있었다. 거기 사람이 있었다.

나를 보는 눈빛은 한쪽 귀퉁이에 쪼그리고 앉은 한 여자아이의 것이었다. 철망 안이라 마치 횃대에 앉은 것처럼 보이기도 했다. 예닐곱은 됐을까 싶은 작은 몸뚱이가 여름에 어울리지 않게 니트로 된 누런 원피스 드레스로 감싸진 형국이었다. 얼마 동안 나를 보고 있었는지, 또는 실제로 나를 보고 있었는지 사실 정확하게 알 수 없었지만 아이는 내가 다가가는 동안 내 눈을 피하지 않았다. 내가 가까이 다가가자 경계하듯 몸을 더 오그렸으나 나를 올려다보는 눈빛은 아무 흔들림이 없었다. 당황한 쪽은 나였다.

"거기서 무얼 하고 있니?"

묻고 보니 내가 바보 같다는 느낌이었다. 잠시 귀를 토끼처럼 쫑긋 세우는 듯하던 아이는 이내 아무것도 기대할 게 없다는 듯이 고개를 앞섶으로 꺾었다. 앞으로 모은 두 손에 찐옥수수라도 들려 있었는지 얼굴을 앞으로 처박고 옥수수 알 같은 걸 입으로 옮겨가더니 오물오물 씹기 시작했다. 눈길은 다시 내가 앉아서 내려다보던 두만강 쪽을 향하고 있었다. 아이의 눈에 뭔가 새로운 것이 보이나 싶어 나도 닭장 앞에 서서 두만강 건너편을 한참 내려다보았다.

그날 내가 겪은 일은 그런 정도에서 크게 더 나아가지 않는다. 내가 아이와 함께 두만강 쪽으로 내려다보고 있을 때 잠깐 인기척이 나기는 했다. 숲 쪽에서 아이의 아버지로 보이는 사내가 모습을 드러냈다. 사내는 망태기 같은 것에다 옥수숫대를 가득 담고 철망 문을 열다가 나를 발견하고는 멈칫 하고 경계했다. 더 이상의 사건은 없었다. 이상하게도 사내의 몰골이나 표정이 더는 기억에 남아 있지 않다. 마침 식사를 끝내고 밥집 밖 여기저기 흩어져 쉬고 있던 일행들이 관광버스로 모여든 게 보여서 나는 사내와 아이를 번갈아 보다 말고 아래로 내려갔던 것 같다.

중국에서 돌아온 지 한 달 뒤 나는 어느 잡지에 난 탈북자 가족 얘기를 보다가 갑자기 두만강 밥집 뒷숲에서 만난 닭장 안 소녀를 떠올렸다. 그로부터 그 소녀가 주인공인 동화 한 편을 완성한 것은 일주일이 채 걸리지 않아서였다. 몇 번을 읽어봤지만 오타도 하나 없어서 나는 터무니없이 '명작은 운명처럼 탄생한다'라는 격언을 지어 따로 메모해 두기까지 했다. 그 동화의 출간이 그처럼 힘들 줄은 짐작도 하지 못했다.

내용은 이러했다. 강을 건넌 소녀 가족이 살 곳이 없어 어느 숲속에서 닭장을 개조해 살게 되었다. 가족들이 안전하게 살고 있던 어느 날 저녁 수탉 가족이 찾아와 자기 집을 내놓으라며 아우성을 쳤다. 서로 자기 집이라고 우기는 통에 잠을 잘 수 없게 된 숲속 동물들이 몰려와 닭장의 주인이 누구인가를 두고 재판을 시작했다. 집을 내팽개치고 갔으니 주인이 될 수 없다고 주장하는 아버지와 원래는 자기 집이었다고 주장하는 수탉이 팽팽하게 맞섰다. 동물들의 다수결 결정으로 소녀네 가족이 쫓겨나는 신세가 되었다. 그때 강을 건너온 사람들이 소녀네 가족을 잡으러 재판정을 덮쳤다. 숲속 동물들은 힘을 합쳐 추격자들을 수렁에 빠지게 하고 소녀네 가족을 구해 준다. 소녀네 가족들은 동물들의 협조로 새로운 땅을 찾아 안착한다.

먼저 쓴 동물동화가 교훈적으로 흐른 것이 아쉬웠는데 둘째 것은 동물과 사람이 함께 싸우고 화합하는 활달한 스토리가 펼쳐져 뒷맛이 개운했다. 특히 내가 두만강변의 숲속에서 본 닭장 속 소녀 이미지가 동화적으로 잘 살아난 게 무엇보다 마음에 들었다. 소녀는 어려서 세상의 이치를 잘 모르지만 신비한 눈빛으로 수탉을 비롯한 동물들의 마음을 읽어냈다. 동물들은 악독하게 남을 해치려 하다가 소녀의 눈빛에 절로 마음이 풀렸다. 소녀는 그들을 위해 노래도 불러주고 춤도

추었다. 탈북자 가족이 중국이나 다른 나라를 떠돌면서 겪는 고통을 그리는 걸로도 이만하면 의미가 상당하다 싶었다. 다만, 먼저 낸 동물동화가 독자층이 불분명하다는 약점을 어쩌지 못한 채 4쇄 발간에 그친 것처럼 그 동화 역시 글의 주제와 내용에 비해 그림을 많이 넣어야 해서 독자층을 특정하기에 어려움이 있었다. 하지만 나로서는 그런 동화를 세상에 내놓을 수 없는 출판시장이야말로 한국문화의 서글픈 현장이라고 주장하고 싶었다.

어쨌거나 이 동화를 쓴 시기는 용옥이를 만나기 전의 일이다. 내가 용옥이를 알기 수 년 전에 이미 써놓은 동화로, 책으로 나오지 못한 가제본 상태에서 용옥이한테 넘겨주었을 뿐 용옥이하고는 아무 상관이 없었다. 나는 두만강변의 숲속에서 본 소녀를 탈북 가정이라 유추해 동화에 담았고, 용옥이는 연길에서 태어나 살다가 한국에 돈 벌러 온 할머니를 따라와 학교에 다니고 있는 아이였다. 국적도 나이도 달랐다.

"애들이 그렇게 말한 건 네가 동화를 실감나게 잘 낭독해서 그런 거 아닐까?"

나는 나도 모르게 할아버지 같은 느긋한 어투를 흉내 냈다. 용옥이는 미간을 좁히고 고개를 절레절레 흔들었다.

"제가 동화 읽어줄 때 할아버지가 쓰신 작품이라고 얘기했거든요. 그런데도 애들이 자꾸 쑤군대는 거예요, 짜증나게.

나만 아니면 그만이다 싶어서 처음에는 모른 척했어요. 그런데 반 아이 둘이가 오늘 나를 부르더니, 할아버지가 내가 탈북한 걸 다 눈치채시고 그런 동화를 써서 보라고 주신 거라는거예요. 이게 말이 돼요, 할아버지?"

용옥이는 물기 어린 눈으로 다시 나를 쳐다봤다. 따지고 보면 내 동화가 그만큼 그럴싸하게 들렸다는 얘기다. 또 용옥이가 정말 낭독을 잘했다는 뜻이기도 할 터였다. 나는 이런 독자를 만난 적이 없다. 발간도 안 된 동화를 읽어 주고 진짜 이야기로 들리게 한 수준 높은 독자였다. 연길에서 조선족의 딸로 태어나 한국에 유학 와서 여러 가지 문화적 차이와 심각한 따돌림을 겪으면서도 적극적으로 학교생활에 임하고 있는 대견한 아이였다. 나는 용옥이가 자랑스러웠다.

"용옥아…!"

나는 정말 인자한 할아버지처럼 가능한 한 부드럽게 용옥이 이름을 불렀다. 그러다 갑자기 목이 메어 왔다. 나는 닭장에서 사는 탈북 소녀와 용옥이가 전혀 다른 사람이라고 말하기 어려웠다. 단지 함경도 말투와 조선족 말투가 닮은 데가 많아서가 아니었다. 다시 뒤져보면 금세 밝혀질 테지만, 실제로 내가 쓴 동화 속 소녀와 용옥이는 매우 닮은 이미지를 하고 있는 것임에 틀림이 없었다. 두 손을 모아 무언가를 앞에 품고 있는 소녀의 납작한 이마와 붉은 광대뼈, 겁을 먹은 큰 눈에 어린 알 수 없는 물기…. 동화 속의 소녀도, 한국에 유학 온 조선족 용옥이도, 그들에게서 스토리와 이미지를 따와 글을 쓴 나도, 모두 눈앞에 두터운 장벽을 대하고 있는 거였다. 그 장벽 앞에서 나는 통곡하고 싶었다.

갑자기 옆집에서 왁자지껄한 아이들 소리가 나더니 사무실 창밖으로 매화나무가 흔들리는 게 보였다. 봄은 여태 오지 않고 있다. (2014)

구부러진 물길

## 1. 보리수 아래

내가 오십대 때 만난 한 칠십대 독자는 '아침에 눈을 뜨면 여기가 이승인가 저승인가부터 가늠해 본다'고 했다. 이제 내가 그 나이가 되었다. 그 독자는 팔순을 넘어 거의 아흔 살이 될 때까지도 나와 문자 메시지를 나누었다. 그 뒤로 언젠가부터 소식이 끊어진 상태이지만 어쩌면 지금도 매일 아침 일찍 일어나 창으로 들어오는 햇살을 맞으며 소파에 앉아 신문을 읽고 있을지도 모른다. 실은 나도 그분의 칠십대처럼 이승 저승을 가늠하며 아침을 맞거나 하지는 않는다. 그래도 최근 들어 "이번이 마지막일 거야." 하고 일을 시작하는 때가 잦아진 건 사실이다. 특히 먼 길을 나설 때면 그렇다.

"이게 마지막이겠지?"

나는 여권 유효기간을 확인하면서 중얼거린다. 물론 그건 단지 중얼거림일 뿐인 건데, 그게 단번에 꼬리가 잘리곤 한다.

"마지막? 마지막이라고 한 게 십년 전, 아니 십년 전이 뭐야, 이십년, 삼십년 전부터야. 자기가 한 말을 기억도 못하면서 어딜 자꾸 싸돌아다닌다고 그래?"

아내는 찬 콧바람을 일으키며 여행가방 속으로 내 옷을 던져 넣어준다. 아내의 이런 말이 시작된 것도 십년 아니, 이십년은 족히 됐을 것이다.

6년 전 이곳에 왔을 때, 적어도 여기에는 다시 올 일이 없겠거니 했다. 이곳뿐 아니라 다른 나라에도 갈 일을 더 만들지 않을 거라 마음먹기까지 했다. 나이가 들수록 느끼는 일이지만, 장시간 비행기 좌석에 앉아 가는 것도 그렇고 기후가 다른 낯선 곳에서 잠자는 것 자체부터 안이 까칠한 속옷을 입은 듯 전에 없이 불편해지곤 한다. 한창 때는 크게 느껴지지 않던 시차가 새삼스럽게 체감돼 잠을 제대로 못 이루는 날도 생겨났다. 이즈음은 여행 중에 이다음 여행을 계획하는 부류에 어울려 한두 마디 말참견을 하다가도 이게 아니지, 하고 의식적으로 꽁무니를 빼곤 한다. 그러나 그러고도 지난 6년 동안 가까운 일본과 중국에 한번씩, 앙코르와트에 한 번, 이

146

스탄불에 한 번 다녀왔다. 이전까지 매년 꼭 한 차례 이상 나가던 데서 횟수가 좀 줄어든 게 달라진 거라고나 할까. 다행히 그 중에 두 곳은 아내와 함께였다. 하긴 뭐, 다행이랄 것도 또한 없었다. 그건 연년으로 이어진 나와 아내의 칠순 잔치 대신 아들딸들이 돈을 모아 보내 준 효도관광이었으니.

6년 전에 카트만두를 거쳐 이곳에 왔을 때는 이틀 일정에서 하루를 빼 한 사람을 찾는 일에 바쳤다가 그게 수포로 돌아가는 바람에 이래저래 아쉬움이 컸다. 히말라야 설산에 일출이 반사하는 장면을 보기라도 했다면 그나마 다행이었을 텐데 공교롭게도 날씨가 흐려 그마저 헛심만 쓴 꼴이 됐다. 기온이 예상보다 낮아 난방 시설이 안 돼 있는 호텔방이 추워서 애를 먹었던 기억도 선명했다. 다음날 바로 국경을 넘어 인도로 가는 일정이라 더는 어쩔 수 없었다. 그때 일은 귀국하고 나서도 한동안 나를 찜찜하게 했지만 그래도 다시 올 거라는 생각까지는 못했다. 그 무렵, 내가 그때 찾던 그 사람이 당시 이미 죽은 뒤였다는 걸 알게 됐다.

국내에 이름이 꽤 나 있는 한 공공건축가가 히말라야의 솜치에 텔레비전 방송국을 짓기로 했다는 기사를 접한 것은 작년 겨울이었다. 호기심에 자료 수집을 할 때만 해도 대상은 그 사람이었지 솜치라는 장소가 아니었다. 우연이 겹친 거라 봐야 했다. 내가 여러 해 전부터 '가 보고 싶은 곳'이라는 여행기를 연재하고 있는 잡지사의 사장이 현장 사진만 잘 나온다면 체재비 정도는 지원할 수 있다는 말을 해 오던 터였다. 때마침 인도에 있는 한인문화원에서 6년 전 방문으로 인연을 맺은 우리 측 작가 몇에게 초청장을 보내 온 것이다. 이번에 추가로 초대된 작가 한 사람이 발 빠르게 인도와 네팔을 잇는 일정을 짜서 여러 여행 애호가를 모집했다. 초청 지원비에 잡지사의 후원금을 보태 쓸 수 있는 나로서는 개인 경비를 들일 게 없었다.

고령에다 한번 다녀간 경험까지 있는 내 의견이 반영돼 인도 쪽 답사가 먼저였고 네팔의 포카라가 일정의 끝이었다. 어제 새벽에는 6년 전 못 본 히말라야 설산의 일출 장면도 눈에 넣고 왔다. 새로 지어 날림공사 티가 나긴 했지만 숙소는 그때보다 난방 사정이 훨씬 나았다. 레스토랑의 운치도 한결 더했다. 일행들은 오늘 아침에 귀국을 위해 예정된 대로 카트만두로 향했고, 나는 같은 호텔에 남아 느긋하게 아침을 즐겼다. 아주 넉넉한 건 아니지만 나는 이 지역에서 나흘을 더 머물게 돼 있었다. 오지의 방송국 취재는 이틀을 예정했고 나머지는 6년 전 못 이룬 만남의 후반부를 성사시킬 참이었다. 날씨도 쾌청했다. 레스토랑 2층 테라스 쪽 자리에 앉아 스크램블을 먹고 있는 내 귀에 호텔 밖 길 건너편에서 색소폰 소리가 들려왔다.

호텔 정문 건너편으로 마차푸차레 봉의 그림자를 은은히 드리고 있는 페와 호수가 보였다. 호숫가에 수령이 삼백년은 너끈히 됐을 법한 보리수는 6년 전에 와 본 그대로였다. 어제까지는 그 나무 아래 치렁치렁한 복장에 각각 아코디언과 바이올린을 든 국적 불명의 거리 악사 둘이 자리해 있었는데, 오늘은 동네 사람들이 둘러싸인 그곳에서 부드러운 색소폰 소리가 났다. 방금 전까지 '베사메무초' 같은 귀에 아주 익숙한 곡이더니 이번에는 최근 국내 텔레비전 가요 프로그램에서 새삼 관심을 끌어 전성기 못지않은 인기를 누리는 곡이었다. 아니나다를까 구경꾼들 사이로 얼핏 보이는 색소폰 연주자는 이번 일정을 함께해 오던 우리 일행 사내였다. 모자를 매일 새로 바꿔 쓰는 룸메이트는 늘 하던 대로 연주자 사내 앞에 모자를 두고 멀찍이 떨어져 지켜보는 중인 듯했다. 여행 내내 매사에 어찌나 죽이 잘 맞던지 일행들이 동성애 사이냐고 대놓고 놀리는데도 그럴지도 모른다는 식으로 서로 손을 맞잡고 깍지를 끼는 시늉까지 해 보이며 호응해 온 두 사람이었다. 어제 새벽 히말라야 일출을 보고 내려온 연주자 사내가 갑자기 가이드한테 히말라야 트래킹 신청을 하자 모자 쓴 짝꿍 사내도 일초의 망설임도 없이 "나마스테!" 하며 손뼉을 쳤다. 어젯밤 일행들의 여행 마무리 파티가 와인으로 풍성할 수 있었던 것도 두 사람이 여행 중에 색소폰 연주로 거둬들인 두

둑한 동전뭉치 덕분이었다. 오늘 일행이 공항으로 떠나고 둘은 그보다 일찍 트래킹을 나섰거니 했는데 일정이 좀 달라진 모양이었다.


## 2. 비릿한 냄새

송란이 나타난 것은 내가 그렇게 한눈파는 사이였다. 내 눈길이 난간 밖 길 건너편에 가 있는 동안 그 아래 호텔 정문 쪽으로 송란의 자동차가 닿고 있었던 셈이다. 카운터 앞에 서서 한참 레스토랑 안을 두리번거리면서 나와 눈을 맞추려 했던 듯했다. 자신을 만나러 온 사람이 테라스 쪽 자리에 앉아 혼자 식사를 하고 있는 한국 노인이라는 걸 눈치 채지 못했다기보다 모국에서 온 그 늙은 남자가 과연 믿을 만한 사람인가 하는 의구심을 진정시키는 시간이 더 필요했을 터였다.

"제가 너무 일찍 왔나요?"

풍성하게 보이면서도 스카프로 가슴 섶까지 여민 단단한 풍모여서 얼핏 현지인이 아닌가 싶기도 했다. 그러나 젊음도 체구도 예상과 다르지 않았고, 약속한 시간보다 이르게 온 것으로도 그리 당황스럽지 않았다. 곧 이어, 이곳 사람보다는 도리어 백인에 가까울 정도로 희고, 젊고, 아직은 충분히 아름다운 척할 수 있는 여성성이 풍겨 왔다. 그와 동시에 조건 반사처럼 내 코와 입 사이 어느 지점에서 이상한 비린내 같은 게 분비돼 나왔다. 외면해야 하는 풍만한 근친의 여체를 보고 있는 느낌이랄까. 실제로 형의 이혼으로 어릴 때 보고 오래 못 보다 다 큰 처녀로 나타난 조카딸을 만났을 때가 이랬다.

"여기 커피 맛이 좋던데."

나는 종업원을 불러 음식 접시를 물리고 내가 마실 커피까지 청했다. '커피를 사 가져가는 게 좋겠다'고 중얼거리기까지 했다. 그러고 보니 우리 일행 중에 이곳 커피를 사 갈 생각을 아무도 안하고 있었던 것도 이상하긴 했다.

"영광이에요, 책에서 작품으로 읽은 분을 이렇게 직접 뵙게 돼서."

어색해 하는 상대의 기분을 풀어줄 줄 아는 성미일 듯싶었다. 느릿한 한국어에 '뵙게'라고 할 때 입술이 앞니에 살짝 물리는 모습이 왠지 그런 신뢰감을 더하게 해 주었다. 그저께 통화에서 직접 찾아가겠다는 내 말에 망설이면서도 결국 내가 머물고 있는 곳으로 오겠다고 한 것도 그런 성정 때문이 아닌가 싶었다.

"선생님 소설, 이런 거 기억나요. 제목은 기억 안 나요. 대금, 피리처럼, 이렇게 부는 거요… 이 나라 악기 반수리처럼 생긴 건데."

송란은 피리가 아니라 분명히 대금 부는 시늉을 하고 있었다. 이 지역에서는 닮은 악기가 반수리인 모양이었다. 나는 고개를 끄덕여 주었다.

"대금 맞죠? 대금 잘 부는 사람 이야기. 그 사람은 불에 데어서, 그러니까 화상을 입고 얼굴을 많이 다친 사람이죠. 아주 흉측한 얼굴. 그렇죠? 부잣집 여자가 그 사람 연주하는 거 좋아해서 둘이 결혼을 하지요. 그 남자는 나중에 결국 자살? 이런 것 맞지요?"

"오, 대단한데!"

20세기 단편들을 정리해 놓은 선집 중에 든 내 소설을 용케 읽은 모양이었다. 거기 내 작품 3편이 실렸는데 모두 1980년대에 발표한 것으로 그 중 한 편이 화상 입은 대금 명인 이야기였다. 사실 그 작품은 1990년대 들어 장편으로 개작을 했고, 전통문화를 다룬 덕에 어느 지역 문화예술단체에서 주는 문학상을 받기도 했다. 단편에서 주인공이 자신의 음악에 한계를 느껴 자살하는 걸로 암시하면서 마무리한 걸 장편에서는 산속에서 득음의 경지에 이르는 과정을 새로 이으면서 훨씬 이야기도 풍성해지고 신비로움도 얻게 되었다고 할 수 있다. 텔레비전 단막극으로도 방영이 되었는데, 그 시기 한동안 나를 베스트셀러 작가로 만들어주지 않을까 제법 설레게 한 작품이기도 했다.

"처음에 쩌멜리한테 선생님 얘기를 들었을 때만 해도 기억이 안 났어요. 그런데, 그저께 선생님하고 통화를 하는데 학교 운동장에서 실내로 달려오는 애들 소리에 신경 쓰다가 갑자기 떠올랐어요. 그때 어디선가 대금 소리 같은 게 나지 않았나 몰라요. 다른 소설도 몇 편 더 읽은 것 같은데, 기억이 잘 안 나요."

"어떻든, 이건 내가 도리어 영광이네요. 그 소설이 드라마도 했고, 또 영화까지 될 뻔했다는 거 모르죠?"

내친 김에 여유를 부려 보았다.

"제가 호주에서 태어났어요. 일곱 살 때 한국에 처음 갔어요. 그 뒤로 몇 번 왔다갔다 하다가 고등학교를 한국에서 다녔는데, 한국 소설을 가장 많이 읽었을 때가 대학 입학시험을 봐 놓고였을 거예요. 한국 대학은 다니다 말았지만. 정말 닥치는 대로 읽었는데요. 그때 선생님 작품, 읽었어요. 드라마 할 때는 누가 대금 명인 역을 맡았어요?"

송란은 뭔가 기억을 더 떠올리려 하는 듯했다. 사실 영화사에서도 연락이 오기도 했고, 그래서 주인공을 누가 맡을 건지 상상해 본 기억은 확실한데 텔레비전 단막극에 출연했던 배우들은 전혀 기억이 나지 않았다. 아마도 유명배우가 아니었거나 좀 알려졌다 해도 그 이후에 존재감이 미미해진 연기자인 것 같았다.

"제가 한국 책을 읽은 게 그때가 거의 마지막이 아닐까 싶네요. 그 무렵 집에 복잡한 일이 생겼고. 그때부터 한동안 책은 완전히 끊어 버렸죠. 영국에서 대학 다닐 때도 도서관에 갈 때마다 저도 모르게 한국 책을 찾아 놓고는 그냥 두고 나오곤 했어요. 한국 사람도 안 만나고. 그러다 낙제도 여러 번 하고. 거지처럼 유럽을 떠돌면서 제 국적을 지우려 했지요."

이야기가 겉돌고 있다는 느낌을 송란도 받은 듯했다. 나는 쩌멜리 얘기를 꺼냈다. 쩌멜리는 내가 6년 전 여기 왔을 때 여행 가이드였다. 카트만두와 포카라 2박 3일 일정을 맡고 우리 일행을 석가모니의 탄생지 룸비니까지 안내하는 게 쩌멜리의 임무였다. 찾던 사람이 실은 그 당시 죽었다는 사실을 알려온 것은 내가 인도 여행까지 모두 마치고 나서 한 달 뒤쯤이었다. 쩌멜리가 송란의 연락처를 알려준 것은 그로부터 2년 뒤였다. 죽은 사람의 딸이 어머니가 와서 살던 히말라야에 들어와 살고 있더라는 얘기였다. 이메일 사정이 좋지 않은 곳이라 해도 그때 곧바로 연락을 취했으면 송란과는 보다 쉽게 교신할 수 있었을지도 모른다. 그러나 나는 그러지 못했다.

"쩌멜리가 그러더군. 왜 자기가 일러주었을 때 송란을 바로 만나겠다고 하지 않고 이제 와서 찾느냐고."

내가 쩌멜리와 다시 교신하기 시작한 것은 이번 일정이 확정되었을 때부터였다. 쩌멜리는 가이드 일을 그만두고 인도

국경에서 목재 중개업을 하고 있었다.

"액티비티! 제가 만난 네팔 여자 중에는 가장 진취적인 사람이에요. 제가 쩌멜리를 알게 된 지 사오 년 되는데요, 한국에서 온 어떤 분이 우리 엄마를 찾더라는 얘기는 들은 건 얼마 되지 않아요. 그렇게 뒤늦게 기억을 떠올리더니 마치 저를 직접 한국에 데려다 줄 것처럼 큰소리로 떠들었어요."

"허, 쩌멜리의 음성이 귀에 쟁쟁거리는 듯하구만!"

나도 웃고 송란도 웃었다. 아무튼 쩌멜리가 아니었으면 이번에 와서 송란을 못 만나고 그냥 돌아갈 뻔했다. 그랬다면 나는 여전히 이메일 따위로는 송란을 만나려 하지 않을 것이고, 그렇게 된다면 내가 간직하고 있던 한 인간의 순결한 비밀은 이 지상에서 영원히 사라질 터였다.

"어머니를 찾던 그분이 소설 쓰는 분이라고 하면서 선생님 이름을 제대로 들려준 것도 지난달 모처럼 쩌멜리를 만났을 때였어요."

많은 말을 준비해 왔고, 게다가 보여줄 원고까지 가져왔지만 말문을 제대로 여는 건 생각한 것 이상으로 어려웠다. 상대가 여자로서 낯선 사람을 만날 때 가지는 경계심 같은 걸 말끔 걷어내고 남을 편하게 해 주려는 몸에 밴 태도를 드러낸 게 확연했는데도 그랬다.

"란, 이라는 이름은 누가 지었어요?"

나는 본론으로 들어가기 위해 급히 물었다. 그래 놓고 나도 깜짝 놀랐다. 전혀 준비해 온 말이 아니었다. 송란, 그 이름을 왜 그제야 특별하게 느꼈는지 나도 몰랐다. 송란은 입을 살짝 벌리고 나를 쳐다보았다. 때마침 카운터에서 기웃거리는 사람 쪽으로 송란의 시선이 돌아갔다. 색소폰 연주를 마감하고 아마도 동전을 좀 모아 왔을 사내들이 이쪽의 나를 보고 손을 흔들어 보였다.

## 3. 까치집 방송국

— 소설은 인간의 행적을 쓰고, 시는 자연의 행적을 쓰는 것이다. 소설이 자연을 묘사하는 것은 그 자연이 인간의 배경이 될 때이고, 시가 인간을 묘사하는 것은 그 인간이 자연의 움직임을 보여줄 때이다.

한때 서두를 멋지게 잡았다가 결국 완성하지 못한 내 소설의 한 인물이 한 말이다. 중심인물이고 당연히 사건의 흐름 한가운데 있지만 작중의 현재적 시간 상황에는 한번도 직접 등장하지 않아서 주인공이라고 말하기에는 어려웠지만 매우 상징적인 의미를 부여하려 한 존재였다. 그 사람이 하는 이 말을 소설 전체를 이끌고 가는 상징적 구심점으로 삼으려는 게 그 당시 내 계획이었다.

사실 이런 유의 말을, 나는 즐겨 쓰는 편이 아니었다. 어떤 사실을 불변의 진리처럼 명제화한 표현들 말이다. 그런 말들은 대개 얼핏 들으면 매우 그럴싸하지만 한 겹만 파고들면 금세 허점이 드러나 버린다. 소설은 인간의 행적을 쓰고 시는 자연의 행적을 쓰는 거라고? 이건 시와 소설을 서로 대비하면 그렇다는 것이다. 결국 상대적 가치를 절대적 명제로 정리하고는 그걸 현실을 통찰하는 진리로 설파하는 이런 계략이 나는 낯간지럽다. 나는 결국 작중의 다른 인물을 통해 이런 말에 비판을 가하려고 대비해 두기도 했다. 가령, '높이 나는 새가 멀리 본다'라는 말을 '낮게 나는 새가 자세히 본다'라는 세속적인 격언으로 희롱하고, '일찍 일어난 새가 벌레를 많이 잡는다'라는 말을 '일찍 일어난 새가 일찍 잡아먹힌다'라는 패러디로 비트는 식이었다.

나와 동년배로 해외에까지 꽤나 이름을 알린 한 작가는 옛 선배 작품의 멋진 문장에 밑줄을 그으면서 문장수업을 했고 그 덕에 자신도 독자가 밑줄을 많이 치는 작가가 될 수 있었다고 했다. 그런데 그때의 밑줄 치기란 무엇인가. 그건 우둔한 독자가 자신의 지적 욕구를 채우기 위해 금세 눈에 띄는 그럴싸한 격언을 붙드는 거나 마찬가지가 아닌가. 그건 삶의 진의를 갈구하는 독자의 순수한 열망이 작가의 교묘한 언어

조작술로 거듭 훼손되고 농락돼 온 것이랄 수 있다. 한때 우리 문학을 오래도록 포장해 오던 미사여구를, 급진적인 산업화 이후 대중문화의 소비풍조를 비판하는 값싼 아포리즘이 대신하는 거라고 나는 말하고 싶었다. 나는 내 작품이 어디 맺히고 머물고 할 것 없이 물 흐르듯 흐르는 그런 문장으로 이어지길 바랐다. 독자가 단 한 줄 밑줄을 긋지도 못하고 어느 한 대목 베껴 쓸 수도 없는 작품이 될지라도 부분으로서가 아니라 오직 전체로서 생명력을 지니는 작품을 쓰겠노라 고집 피우듯 해 왔다. 그래서인지 내 책 뒤에 해설을 부치게 된 어느 평론가가 '선생의 작품은 어느 대목을 인용해야 할지 또렷이 잡히지 않는다'고 했다. 나는 내 작품이 많은 독자들에게 외면되는 현실은 바로 그런 점 때문에서라고 진단했다.

　내 작품에 독자가 적은 것이 어찌 그 탓만일 수 있으리! 사실 겉으로 오만하게 버텨 왔으나 실은 나는 진작부터 속으로 항복을 한 상태였다. 내 작품에는 어느새 행동하는 사람보다 사색하는 사람이 더 많이 등장하고 있었다. 인물보다 서술자에 무게가 실렸다. 지문에 못잖게 대화에도 현학취가 발휘되었다. 때로는 수십년의 시간과 여러 지역의 공간을 넘나든 인물의 인생사가 단 몇 마디 말로 정리되기도 했다. 당연한 거겠지만 독자가 늘어나는 기미는 없었다. 다만, 그동안 내가 복잡한 사건을 다루는 데 바치느라 힘에 부치던 문장이 적절

한 대상을 찾아 은유되고 환유되면서 한결 부드러워졌고, 전체적으로는 꽤나 고상한 풍취를 내면서도 읽기에 부담이 덜한 작품이 되었다고 할 수 있다, 라고 자위하며 견디지 않았나 싶다.

　도시의 삶과는 달리 전혀 다른 세계에서 새로운 가치를 발견하고 사는 사람들에 관심을 두게 된 것도 이런 달라진 내 태도와 관련이 깊다 할 수 있다. 내가 젊은 날 전통예술을 하는 인물을 살려낸 건 사실 우연이었고 또한 치기였다. 그 시대 사회정치적 상황에 대한 환멸이 잠시 내 시선을 옛것으로 돌리게 했다고 할 수 있었다. 그 뒤로는 도시화된 삶을 비판하는 게 특기라면 특기가 됐다. 경제 성장의 그늘에서 자신도 모르게 속물화되고 있는 삶의 현장이 주된 공간이었다. 어쩌면 그런 내 관심을 다시 세상 밖으로 이끌어 준 게 여행인지도 모른다. 아니 도시에 관심을 잃기 시작하면서 절로 여행을 많이 하게 된 거랄 수 있다. 내 눈길은 어느새 도시 쪽으로는 초점이 잡히지 않았다. 현란한 도시의 불빛도 에스컬레이터를 타고 오르내리는 처녀들의 미끈한 종아리와 골 안이 들여다보이는 가슴 섶도 실감으로 묘사되는 일이 없었다. 고층 아파트 베란다에 서서 흐리멍덩한 시선으로 도시의 밤거리를 내려다보고 있는 인물이 눈앞에 날아든 한 마리 풍뎅이를 바라보며 돌연 눈빛을 밝히는 장면이 나도 모르게 내 작품에 들어차고 있었다.

 히말라야 오지에 텔레비전 방송국을 짓고 있다는 건축가 하림 씨를 주목한 것도 그 연장선에서였다고 할 수 있다. 하림 씨는 21세기 들어 자비를 들여 지은 특별한 건축물을 새로 조성되는 대단위 주택단지에 제공한 일로 화제를 모았다. 이후 정작 돈이 될 만한 주문이 많이 밀려드는데도 이를 거절하고 일부 자선단체들의 부탁만 받아들여 여러 지역에 특별한 집들을 지어 선보였다. 미로 모양의 도서관, 해변의 모래밭을 연상케 하는 공연장, 시골집 마당 같은 느낌을 주는 복지관, 방에서 바로 휠체어 타고 밖으로 나가는 장애인 시설 등이 그 사람의 작품이었다. 히말라야에서도 바람이 가장 많은 곳으로 알려진 솜치라는 곳에 짓게 된 텔레비전 방송국은 까치집 모양으로 바람을 완충하는 공법을 활용한 거라 했다. 개발도상국을 지원하는 국제협력단의 부탁을 받아 일년 전부터 준비해 와서 마침내 준공을 하게 된 거였다. 이번 답사를 준비하면서 나는 이미 국내에 있는 하림 씨의 건축물을 모두 둘러봤다. 그러는 동안은 잡지사에서 사진작가를 딸려 주기도 했지만 나 나름으로 촬영연습을 하는 시간이 되기도 했다.

 나의 방문은 솜치 텔레비전 방송국의 개국에 맞추었다. 네팔 국영방송국에서 헬리콥터를 제공했고 거기에 이미 한국어를 구사할 수 있는 리포터가 타고 있었다. 네팔에서 개최한 한국어 대회에서 2년 연속 일등을 하고 상금으로 한국에 유학까지 다녀온 이 친구가 아니었더라면 여러모로 힘든 여정일 뻔했다. 산허리를 타고 비스듬히 넘어가다 계곡에 도사리고 있던 돌개바람을 만나 휘청하는 헬리콥터 안에서 대단한 경험자처럼 내 몸을 잡아 주었다. 이 나이에 무슨 오지 탐험인가 싶다가도 이런 곳을 드나들며 바람 속에도 굳건한 방송국을 지은 내 나이 또래의 건축가 하림 씨를 생각하고는 뭔가 숙연해지는 듯한 느낌도 받았다. 그런 느낌은 예감과도 같았다. 파견 나와 있는 방송국 요원들이 숙소로 쓰는 통나무집에 닿았을 때, 하림 씨는 전날 바람에 떨어져 나간 지붕을 고치는 데 동참했다가 계단에서 미끄러져 허리가 삐끗해 반쯤 누워 있는 상태였던 것이다. 그 지독한 바람을 그대로 받아들이면서도 유연하게 지탱하는 건축물이라는 데 의미를 두어 까치둥지 모양의 건축물을 생각해 냈다는 하림 씨는 마치 그곳 사람들처럼 낙관적인 얼굴을 하고 있었다. 말은 방송국이라 했지만 히말라야 서쪽 밀림 일대에서 일어나는 크고작은 사건을 취재해 송출하는 일을 주업무로 하는 일종의 출장소였다. 방음이 잘 된 스튜디오 둘과 카메라 석 대, 취재 차량 석 대에 소장 겸 피디 겸 작가가 한 사람, 기자 겸 아나운서 겸 모든 프로그램의 사회자가 두 사람, 취재를 보조하는 리포터 요원 몇, 그리고 촬영이나 기술을 담당하는 현지인 몇이니 그래도 방송국 흉내는 다 내고 있다고 할 수 있었다. 나중에는 헬리콥터 두 대가 추가된다고 했다.

"여기는 나무로 모든 게 다 돼요. 그중에 지붕에 박은 나무 못 하나가 힘을 제대로 못 쓰는 바람에 어제 나무쪽 하나가 날아갔더라구요. 그걸 새로 박는 데 도우러 나섰다가 그만…."

방송국 분위기는 내내 개업하는 신축 건물 같기는 했지만 개국 특집 프로그램은 특별한 것이 없었다. 하림 씨와 소장이 직접 출연해서 개국 소감과 앞으로의 계획을 밝히는 대담을 한 데 이어, 아마도 최초의 외부 출연자로 기록될 한국 작가인 나의 인터뷰가 꽤 길게 이어졌다. 네팔 국영방송국 측과의 이원 중계 형식이 동원된 게 시골 방송국으로서는 그나마 특별하다고 할 수 있는 있겠다 싶었다. 말이 통하지 않는 나를 위해서는 동행한 리포터가 통역자로 나섰다. 생방송이 끝나자 하림 씨가 곧바로 숙소에서 허리를 바닥에 대고 누워 있는 통에 이 리포터와 둘만 방송국 안팎을 돌아다니며 사진을 찍었다. 방송국이 잘 내려다보이는 둔덕에 오르자 신기하게도 인가가 전혀 보이지 않는 주변 숲속 어딘가에서 동네 아이들이 몰려나와 어느덧 나를 에워싸다시피 했다. 관광지마다 몰려들던 인도의 걸인 아이들에 비하면 이곳 아이들은 그저 나를 보는 게 신기할 뿐 아무것도 바라지 않는 듯한 눈빛이었다. 그 초롱초롱한 눈을 하고 따라다니는 모습까지 사진에 잘 담아 보았다. 정말 바람이 거세 몸이 여러 차례 휘청거렸다. 바닥에 놓은 카메라 가방이 한참을 굴러간 적도 여러 번이었다.


## 4. 자기애(自己愛)

몇 마디 나누는 대화 내용으로도 잡지사에서 바라는 여행기는 어렵지 않을 터였지만 나는 그래도 하림 씨 얘기를 많이 들어두려 했다. 이 나이에 뚜렷한 직업도 없고 돈도 풍족하지 않으면서 많은 사람을 접하고 살 수 있게 된 것이 그나마 남의 얘기에 귀 기울여 주는 내 습성 덕분인 거였다. 일어나 앉은 하림 씨와 다시 어울린 건 밤이 이슥해서였다. 개국 파티랍시고 저녁 식사를 할 때 내놓은 와인과 케이크가 많이 남아 있었다. 나이가 엇비슷해서 성장기 때 얘기부터가 서로 잘 통한다 싶었다. 내가 태어난 곳에 하림 씨 아버지가 피난 와 살았다고 했다. 그때 태어난 형님 중 한 분이 최근에 그곳 한 동네에 귀촌해 산다는데 지명이 낯설었다. 내가 아주 어린 나이에 그곳을 떠난 탓이었다. 화제는 하림 씨의 특별한 건축 경력으로 넘어갔다. 그때쯤 하림 씨가 내가 만난 다른 많은 예술가들 이상으로 자기애가 무척 강한 사람이라는 걸 알아차렸어야 했다. 솜치의 방송국 신축 과정에는 내가 미리 알아둔 것과는 전혀 다른 뒷얘기가 담겨 있어 그래도 흥미로운 구석이 있었다. 하림 씨가 하는 말이 전혀 이해되지 않고 있다는 걸 깨달은 건 한참 뒤였다. 간간이 건축 철학이 아닐까 싶은 그런 얘기를 하는데 곱씹을수록 그건 해독 불가능한 암호문처럼 여겨졌다. 이를테면, "내 건축은 하늘과 대화하는 방식이라 하늘도 잘 알지 못해요." "죽은 사람이 산책하는 공간도 있는 거니까요." "체내의 어느 장기에 암종이 자라듯 건축적 외관에 이끼가 끼는 거예요." "우리 정부가 하는 짓이 중세시대 프랑스에 살던 사마리아 인이 하는 짓하고 똑같아요." 이런 식이었다. 지금은 아니지만 오십 대까지만 해도 젊은 시인들의 낸 시집을 꽤나 읽은 나로서도 도무지 따라잡을 수 없는 수사였다. 더 놀라운 것은 내가 알아듣든 말든 전혀 상관없다는 듯한 하림 씨의 표정이었다.

종잡을 수 없는 것이 인간이다. 따지고 들면, 내가 하림 씨를 이해할 수 없는 것처럼 누군가 내가 늘어놓는 내 얘기를 듣는다 해서 나를 이해할 수 있을까. 하림 씨 같은 사람이 아니라 해도 세상에는 이해하기 힘든 말을 하고 이해하기 힘든 삶을 살면서도 나름대로 자기 가치를 실현하고 있는 인생도 있는 거다. 내가 최근 몇 년 동안에 얻으려 했던 게 바로 그런 사람들의 삶을 몇 마디 말로 요약해서 설명해 줄 때 느끼는 절묘한 쾌감 같은 거 아닐까. 나는 더욱 오묘한 사람을 찾고 있었다. 아니, 더욱 오묘하게 표현될 대상을 찾고 있었다. 실제로 많은 사람을 만났고 많은 대화를 나누었다. 만날 때마다 뭔가, 내 의식을 뒤흔드는 듯한 그런 게 있었다. 그런 경험이 그런데, 거듭되기만 할 뿐 축적되거나 하지 않는 게 이상했다. 나는 그들을 만나러 가는 여정을 담은 여행기를 많이 써서 발표를 했지만 정작 내가 만난 그 특별한 사람이 내 소설에 들어차는 사례는 한 건도 없었다. 그랬다. 나는 21세기 들어서까지도 계속 작품을 발표하고 책도 내 왔다. 지난 세기에 쓴 두어 편이 그나마 문학전집에 수록된 덕에 그럭저럭 작가 행세를 하며 살았던 듯하다. 그런데, 어느결에 나를 원하는 지면이 줄어들었고, 나 스스로 창작물 완성품이 확연히 줄어들어갔다. 작가라는 후광으로 여행기를 써서 발표하고 여행책 같은 걸 내서 밥벌이나 하고 있을 뿐, 나는 결국 실패한 작가가 되어 갔다. 나는, 작품을 쓰지 않고 있는 그 자체로 이미 실패한 인생이었다. 그 사이 습관적인 여행이 이어졌고 역시 습관적으로 많은 여행기를 썼다. 젊은 때 취미삼아 해 온 사진 촬영이 늙으면서 도리어 쓰임을 제대로 만난 꼴이 되었다. 나는 늙었으되, 글과 사진을 아우를 수 있는 여행작가로 이런저런 지면과 인터넷 블로그를 장식하면서 정작 작품은 쓰지 못하는 '왕년 작가'로서의 공허감을 달래고 있는 상태였다. 직책 난에 여행작가가 아니라 '소설가'라 명기해 주는 편집자에게 경의를 표하면서. 때로 21세기 한국사회에서 가장 유행한 용어의 하나인 문화콘텐츠 산업의 이론을 빌려 소설가가 쓰는 창작소설도 여행가가 쓴 여행기도 모두 지면을 장식하는 하나의 콘텐츠라는 점에서는 동등한 지위를 누리는 거라는 식으로 나를 합리화해 보기까지 했다.

차동하의 처가 나를 찾아온 것은 정확히 8년 전, 그러니까 차동하가 교통사고로 죽은 지 2년 하고 6개월이 지난 때였다. 차동하의 장례를 치르고 나서 산재 보상을 받는 문제로 도움을 주려고 몇 차례 통화했던 기억이 났고 다행히 보상도 잘 된 것으로 알고 있었다. 차동하는 오십 중반까지 궁핍하게 살다 갔다. 그래도 유족들은 차동하가 남긴 집에 적지 않은 보상금, 그리고 연금까지 물려받을 수 있어서 주택 융자금을 탕감하고도 적어도 몇십 년 기본 생활은 할 수 있겠거니 했다. 그러나 내 앞에 나타난 차동하의 처는 불과 2년 반 새 표나게 야위었고 그래서 그런지 행색도 초라해 보였다. 날이 꽤 추울 때이긴 했지만 좁은 커피숍 실내에서 그리 떨 일은 없을 듯했는데 유난히 안쓰러워 보이는 몰골이었다. 그나마 내게 보여주려고 차동하의 원고를 넣어온 큰 핸드백만은 유행에 그리 뒤처져 보이지는 않았다.

"그런 것도 발표하면 안 되나요?"

결국 느낌대로였다. 차동하 처가 한 한 마디 말에 나는 금세 싸늘하게 얼어붙어 버렸다. 차동하 처의 얼굴에는 죽은 남편의 묵은 원고가 어떤 내용을 담고 있는지에는 조금도 관심이 없다는 게 그대로 드러나 보였다. 발표를 해서 돈이 되기만 하면 그만이라는 표정! 차동하 처가 넘긴 원고를 받아든 나는 기대하지 말라고, 잘라 말해 버렸다. 그러고는, 어떻게 살고 있느냐는 의례적인 물음도 하지 않았다. 만나자마자 딸이 대학 졸업반으로 중견기업에 인턴사원으로 뽑혔다는 얘기를 들은 정도에서 궁금증도 연민의 정도 끊어져 버렸다. 차동하의 처는 실망하는 눈빛이면서도 끝내 미련을 버리지 않았다.

"그래도 자세히 훑어보시고 살릴 수 있는 거면 선생님이 손을 좀 봐 주셔서 공개하면 좋지 않을까요? 이런 자료도 필요로 하는 사람이 있다고 들었는데."

식자우환이었다. 내가 소개한 연구소였고, 연구소 일을 하던 중에 사망한 거라 내 충격의 크기도 누구 못지않았다. 물론, '나 때문에 차동하가 죽은 게 아닐까' 하는 죄책감도 컸다. 어떻든 나와 차동하는 30년 넘어 우정을 쌓아온 사이다. 내가 차동하의 생전 삶에 의미부여를 하고 유족들에게도 보다 많은 혜택이 돌아가려 최대한 신경을 쓴다는 걸 모를 수가 없었다. 차동하의 동료 연구원들이 일일이 다 확인해 분류했다는 파일을 굳이 달라고 해서 다른 후배 몇과 함께 꼼꼼히 훑었고 그중 작품으로 보이는 걸 찾아냈다. 유고 작품집 수준에는 못 이른다는 판단이 섰지만 나름대로 아이디어를 총동원해서 추하지 않을 만큼의 추모작업을 시작했다. 30년 전 시집 한 권으로 상당한 주목을 받은 뒤로 거의 절필 상태로 지내다 사망한 차동하를 문학 현장에 다시 불러내 재조명하는 지면을 두 군데나 만들었고, 남긴 파일에서 건진 쓸 만한 시 아홉 편을 정리해 유작으로 내놓았다. 잠시였지만 그 다음 호 지면부터 그 시가 평가되는 움직임마저 있었다. 차동하의 처로서는 신혼 초기 말고는 작품료라는 걸 받아본 적이 없다가 뒤늦게 원고료로 몇 십 만원 챙기고는 저작료라는 가치를 새로 알아차린 게 분명했다. 당시 유작을 소개한 잡지에 친필 원고가 그대로 복제되기도 했다. 차동하의 처는 자신이 들고온 원고뭉치가 작품은 안 돼도 그런 자료가치는 될 것이고, 그게 다 돈으로 이어질 거라는 생각을 하고 온 거였다. 남의 집 사정을 알 바 아니지만 차동하가 그런 처와 30년이나 함께 살았다고 생각하니 내가 다 울화통이 차올랐다.

자정이 되어 송출을 마감한 까치집 방송국은 깜깜한 암흑 속에 갇혔다. 그보다 더 무섭게는 태풍의 눈 속에 와 있는 듯 싶게 만드는 바람소리였다. 그게 바람이 방송국의 까치집처럼 된 그물 벽에서 머물고 지나는 동안 일어나는 기괴한 마찰음이라는 걸 이해하기까지 내 의식은 극심한 공포감과 싸워냈다. 한바탕 자기 얘기만 늘어놓다 자리에 누운 하림 씨는 허리가 다시 아파오는지 몸을 자주 뒤척이는 기척이었으나 그런 소리 정도는 기괴한 소리에 쉽게 묻혀 버렸다. 내가 누운 곳이 고립무원처럼 느껴지기도 했다.

차동하의 처를 떠올리다가 내 처는 그보다 백번 낫다는 터무니없는 위로감이 들어 미친 듯이 웃어 보기도 했다. 내 웃음도 곧 바람소리에 먹혔다. 나는 무엇 때문에 이 낯선 곳에 와 있는 것일까. 이번의 오지 여행으로 내가 쓸 원고는 겨우 원고지 스무 장씩 3회 연재로 이을 분량이었다. 그중 이곳에 오는 여정 중에 들른 인도와 네팔의 분위기를 전하는 내용을 빼면 2회 분량이나 될까. 물론 아무나 오지 못할 곳이고 그 누구도 느낀 적 없는 분위기가 있는 거니까 내 필력에 괜찮은 사진 장면을 얹어 제법 신비로운 느낌을 주는 지면이 되기는 할 터였다. 그러지 않고서야 잡지사에서 내게 돈을 주고 지원할 리 없는 거다. 등반객들이 즐기는 히말라야의 바람 많은 계곡, 그 바람이 담벼락에 와서 미친 소리를 내면 머물다 가는 방송국, 그 방송국을 지은 건축가, 인가도 안 보이는 곳에서 나타났다가 사라지는 아이들, 길고긴 밤과 짧은 낮, 그곳을 찾은 처량한 한 전직 작가… 그 작가는 도대체 누구에게 무슨 풍경과 느낌을 전하려고 이곳에 와서 여행기랍시고 자신의 머릿속을 어지럽히고 있는 것일까.

## 5. 방향 감각

아침부터 온몸이 공중에 떠 있는 듯한 기분이었다. 어제 두통이나 감기 기운 같은 것도 없어서 괜찮을 거라 여겼더니 고산병이 온 게 아닌가 싶었다. 그래도 해발 1,200미터라면 포카라에 비해 조금 더 높은 정도이고 우리나라 한라산 정상에도 못 미치는 건데, 이럴 수는 없지 하고 머리를 흔들며 중얼거려 봤다. 숙소 밖으로 나가 안개가 자욱해 앞이 안 보일 지경인 곳에서 거칠게 심호흡을 하면서 돌아다녔다.

이즈음 한국은 안개마저도 오염된 거라는데, 거기 비하면 솜치의 안개는 밀림이 뿜어주는 피톤치드를 머금은 듯 알갱이 하나하나가 살아 있다는 느낌이 들었다. 평소에 수준 높은 독서를 하면 안이 꽉 차서 언젠가 밖으로 뿜어지게 되는데 그게 속을 다지고 다져서 절로 입이 벌어지는 석류 같은 거다. 바로 한 알 한 알이 보석알 같은 석류 말이다. 내가 쓴 글 어딘가에 이런 식의 비유를 구사한 적이 있는데 그 석류알을 베어 먹듯이 억지로 크게 벌려 봤다. 입을 다물었다 벌렸다 하는 사이 아아, 하고 탄성이 내뱉어졌다. 그 소리는 이내 안개 속에서 먹먹해졌고 그러자 몸 전체가 안개한테 모두 잡아먹힌 그로테스크한 그림 속 존재가 된 듯했다.

그때 잠자고 있던 바람이 일제히 일어나 단숨에 주변을 덮쳐 왔다. 나는 안개에 먹힌 몸을 모두 빼낸 대신 가슴 전체로 바람을 맞고 쓰러질 듯 뒷걸음쳤다. 내가 휘청, 하는 기회를 본 듯 안개는 단번에 씻은 듯이 사라졌다. 눈앞의 빽빽한 숲으로 아침 햇살이 드리워졌다. 그 숲 사이사이에 어제 못 보던 집들이 바람을 견디기 위해 온몸을 꽁꽁 싸맨 듯한 모습을 드러냈다. 아침을 짓고 있는지 그 집들의 지붕마다 밑둥을 가린 굴뚝에서 연기가 하얗게 나고 있었다. 숲 뒤로 멀리 측면에서 햇빛을 받은 빙산들이 그때껏 자신의 몸에 드리운 짙은 그늘을 한쪽에서 다른 쪽으로 밀어내면서 하얗게 맞섰다. 한동안 세계는 태양이 와서 빙산을 어루만지고 가는 시간에 잠겼다.

기분이 웬만큼 나아졌다 싶었는데 아침 식사를 하기 위해 식탁에 마주앉은 하림 씨를 대하자 다시 우울해졌다. 어제 저녁 개국 기념 파티를 주도하던 현지인이 우리를 위해 애써 안친 밥 같았지만 역시 쌀이 문제였다. 하림 씨는 잘 잤느냐는 말만 슬며시 붙여 보일 뿐 나한테는 전혀 무신경했다. 다른 사람도 아니고 자신의 건축물을 취재하러 고국에서 멀리까지 온 취재원이자 모르긴 해도 20세기 후반 한국소설사의 한 모퉁이에 이름 정도는 등재될 동년배 소설가에게 그토록 관심이 없을 수 있단 말인가. 하긴, 내가 아는 한 선배 작가가 꼭 그랬다. 오직 자신이 필요할 때만 사람을 찾고 자신이 말을 하기 위해서만 상대에게 물어보고 자기 스스로 흥을 돋울 때만 음악을 틀게 하고 자기가 먹고 싶은 음식 외에는 누가 무얼 먹고 싶어하는지 전혀 관심이 없는 사람이었다. 술값이라도 잘 내느냐 하면 그것도 아니었다. 셈을 치르는 척하다 다시 주머니 안으로 집어넣는 지갑 안에 지폐가 두둑한 걸 나는 몇 번이나 목격했다. 그런데도 주변에 찾아오는 사람이 많은 것은 줄곧 평판작을 발표해 온 오랜 경력에 저절로 생기게 마련인 일종의 문화권력 덕분이라 할 수 있었다. 선배는 자신도 모르는 사이에 그 권력을 자신의 외로움을 무난하게 달래는 데 썼다. 선배의 이름이 커지기 전부터 어울려 오던 후배들이 하나둘 떨어져 나간 것은 당연한 수순이었다. 그나마 내가 십수 년 모시듯 가까이 지내며 선배를 찾아오는 사람들과도 교분을 넓히는 행운을 누린 편이지만, 나도 갈수록 심드렁해져서 마침 대상포진을 앓던 때를 빌미로 선배로부터 떨어져 나왔다. 연전에 수를 누리다 간 그 선배의 빈소에서 나는 말없이 소주 두 병을 비웠다. 그건, 죽을 때까지도 자기밖에 챙기지 않은 삶을 깨닫지 못한 한 작가에 대한 연민 때문이라 할 만했다. 그래도 그 선배의 소설은 언제나 일정한 결을 유지했고, 나는 그걸 질투했다. 아니, 또 결이 일정한 그만큼 그 작품의 한계도 명백하다고 나는 생각했고, 이를 넓혀 이해하면 그런 게 한국소설의 한계라고 나는 생각했다. 나는 선배작가의 한계 때문에 우울했고 그 한계가 곧 한국소설의 한계인데 그걸 나처럼 심각하게 생각하는 사람이 없어 더욱 우울했고, 그 한국문학 안에 나라는 존재가 겨우 손톱만큼 한 자리를 차지할까 생각해 보는 나 자신 때문에 더더욱 우울했다.

"훈! 여기서 푼힐 쪽으로 바로 갈 수 있는 방법을 알아주게!"

나는 스프를 뜬 숟가락을 내던지듯 놓으면서 소리쳤다. 훈은 나를 솜치까지 안내해 주고 줄곧 가이드 역할을 해 준 리포터에게 내가 붙인 우리 식 이름이었다. 그 이름이 한국에서 여자들한테 가장 인기가 좋은 남자 이름이라는 설명에 정말 해맑게 웃으며 좋아했다. 때문에 나와는 쉽게 친숙해졌다. 솜치로 오는 헬리콥터 안에서부터 내내 나를 잘 챙겨 준 것도 그 덕이었다. 눈치는 눈치대로 빠른 친구였다. 훈은 어젯밤 무슨 일이 있었을 거라 짐작하고 하림 씨 쪽을 힐끔거렸다. 하림 씨는 당근을 수프에 찍어 우적우적 씹어먹으면서 먹는 자신에게 심취한 표정을 지어 보였다.

"헬리콥터 기사하고 상의해 보겠습니다."

원래는 솜치에서 2박이 예정돼 있었다. 까치집 방송국을 주 대상으로 해서 건축가 하림 씨의 사연을 적당히 버무려 넣는 걸로 구상했고, 나머지 시간에는 인근 마을을 산책하면서 밀림의 기를 받아가는 아주 여유 있고 가치 있는 일정으로 꾸밀 계획이었다. 하림 씨와 와인을 마시기 시작할 때까지는 그랬다. 그러나 밤사이 다른 일정이 잡힌 거였고, 나는 하마터면 그걸 잊을 뻔했다. 방송국의 다른 직원들과 간단히 술자리를 하고 일찍 잠자리에 든 훈이 화장실을 들락거리다가 막 하림 씨와의 술자리를 벗어나 침소로 가던 나한테 붙들리는 바람에 어젯밤 내 술자리는 한 차례 더 이어졌다. 솜치의 밀림 중에 유럽 쪽에 크리스마스트리 재목으로 수출되면서 인기를 끄는 편백나무의 군락지까지, 방송국 차를 얻어 타고 가면 멀지 않다는 얘기를 훈이 했고 '거기 가 보자'며 내가 몇 차례 다짐을 받았다. 잠자리에서 뒤척이는 바람에 결국 나는 그 다짐을 스스로 잊었다가 헬리콥터를 알아보라는 말을 내 입으로 하고 나서야 떠올린 거였다.

풍힐이라고 말은 했지만 나는 포카라에서 헬리콥터를 타고 솜치로 향하는 순간부터 방향감각을 잃어버렸다. 솜치에 와서는 지도를 펴내는 것도 귀찮아진 상태였다. 포카라를 기준으로 하면 안나푸르나 쪽이 정확히 북서 방향이라고 할 수 있었고, 솜치는 그로부터 더 서쪽으로 히말라야의 반대편 기슭에 놓인 걸로 기억했다. 헬리콥터를 타고 과연 히말라야의 측면 한 능선을 따라 풍힐 쪽으로 갈 수 있을지에 대해서는 나는 전혀 생각한 적이 없었다. 가고 말고가 중요한 게 아니다. 나는 송란을 만나는 게 중요했다. 당초 생각한 대로 이틀 뒤 포카라의 호텔로 나가 송란을 만나면 되는 거였다. 그렇다, 나는 송란은 만나기 위해 혼자 포카라에 남은 것이다. 내 목적은 다른 데 있는 게 아니었던 것이다. 솜치로 온 건 송란을 다시 만나기 위한 기다림의 시간을 채우기 위함이었다. 까치집 방송국도 건축가 하림 씨도 내게는 엑스트라에 불과했다. 그러니 하림 씨의 짙은 자기애가 나에게 많은 우울한 기억을 떠올리게 했건 아니건 대단할 게 없었다. 나는 송란을 다시 만나기만 하면 되었다. 송란을 만나 그동안 누구에게도 하지 못한 한 남자의 얘기를 마무리하는 걸로 이 답답한 여정은 끝이 나게 돼 있었다. 그 다음은 귀국하면 됐고, 그 다음은 잘 나도 모른다.

차동하와 나는 1977년 같은 해 같은 신문사에서 주최하는 신춘문예 당선으로 문단에 등단했다. 이십대 후반인 차동하에 비해 삼십대 중반에 도달하던 내 쪽이 설렘이 더 컸다. 줄기를 싹둑 잘라낸 무청 같은 모양을 한 넥타이를 매고 시상식에 가서 그 모양이 부끄러운 줄도 사진을 팡팡, 찍어댔으니…. 무식하면 용감하다 했으니, 그해 두 군데 잡지에 작품을 발표하고 나서 전업을 하겠다며 멀쩡하게 잘 다니던 회사를 박차고 나가서는 그 뒤 얼마나 파란만장한 시간을 보내야 했던지…. 이에 비하면 차동하는 청탁이 줄이어지더니 그 작품마다 월평 대상이 되면서 금세 주목받는 신예로 부상했다. 그게 소설과 시의 장르 차이라고 나는 자위했다. 차동하 쪽은 정말 조짐이 좋아 보였다. 주목받는 시만큼이나 잘 풀리는 인생이다 싶었다. 당선할 때 석사학위 논문을 준비하고 있었는데 어느새 박사과정에 진학했고 곧바로 시간강의를 맡아 대학 두 곳으로 출강까지 했다.

시상식 때 축하객으로 온 친구들을 보고 짐작했지만 차동하는 시보다 사람이 더 좋아 보일 정도였다. 시보다 사람이 좋은 시인이라면 이미 뛰어난 시인이 될 수 없다는 속설이 통하던 때였는데, 차동하는 아주 예외처럼 보였다. 논문도 척척 잘 써 냈고 강의 평판에서나 선후배와의 관계도 언제나 고평을 받았다. 당시 문단의 흐름에 대해 분석하는 통찰력이나 그런 말을 할 때, 농을 섞으면서도 결이 느껴지는 화술과 안정된 중산층 집안 출신으로 드러내는 몸놀림이 다 그랬다. 만만찮은 주량에, 적당한 주사까지 있어 더 인간적으로 느껴졌다. 모르긴 해도 따르는 여자 후배 몇하고는 꽤 진하게 놀아 봤을 것이다. 그 중 한 여자가 차동하 때문에 혼자 애를 태우다 손목을 그었네 어쨌네 하는 소리도 있었다. 나중에 물어 보니 그 여자가 술에 취해 자기 자취방 옥상에 올라가서 차동하를 불러다 주지 않으면 뛰어내리겠다고 동네방네 시끄럽게 굴었던 게 잘못 알려진 거라 했다. 여학생 하나가 차동하가 술에 취해 돌아오는 골목에서 기다렸다가 기습적으로 달려들어 안겼다는 얘기는 사실로 확인되었다. 나중 일이지만, 싱싱하고 상큼하고 돈도 많은 여자들 다 두고 무얼 봐도 밑져 보이는 여자와 결혼한 차동하에게 '너 취미 한번 고상하다'며 놀리는 친구도 봤다.

주변의 질투가 없을 리 없었는데 그에 대처하는 태도도 구김살이 없었다. 친구들이 자기 시를 낮게 평가하려 들면 차동하는 억울해 하며 적극적으로 해명하는 자세로 임함으로써 그 친구들과 동등해졌다. 건방져 보인다 싶으면 어느새 상대 분위기에 맞춰 자신을 낮추는 임기응변도 좋았다. 나로서도 같은해 같은 지면에 당선한 동급생 아니냐는 듯 어물쩍 넘어가는 말투가 거슬릴 때가 없지 않았지만, 여섯 살 위인 선배한테 까불지 말라고 경고해 둘까 싶어하는 내 심정이 도리어 나를 더 자존심 상하게 만들었다. 나를 포함해 주변의 친한 사람들에게 이 친구, 나를 끝까지 챙겨 줄 친구로구나 하는 신뢰감마저 들게 만드는 힘이 차동하에게 분명히 있었다.

하지만, 한 인간의 생애는 하나하나 채워지는 것이지 결코 단숨에 이루어지는 게 아니다. 차동하도 이에는 예외일 수 없었다. 짐작컨대 차동하는 자신의 생애가 너무 쉽게 완성돼 가는 게 아닐까 스스로 조심해 할 만큼 자신의 미래를 믿고 있었을 것 같다. 등단 4년 만에 시집을 내서 또 한 번 크게 주목

받은 차동하는 이듬해 결혼을 했고 그 이듬해 모교 교수로 임용되었다. 대학가가 광주의 상처를 추스를 새 없이 새로운 군부 세력 밑에서 신음하던 중이었지만, 그래도 이전과는 확연히 다른 세상이었다. 간밤에 오가던 은밀한 말들이 어느새 대자보로 나붙었고, 범인이 색출되는가 싶으면 다른 대자보가 나붙곤 했다. 홍길동 같은 의적이 똑같은 옷을 입고 전국 방방곳곳을 휘젓고 다니고 있는데 그걸 다 잡으려면 몇 세기는 지나야 할 것 같은 그런 나날이 와 있었다. 차동하 교수의 이름이 대자보에 나붙은 건 1984년 5월이었다.


## 6. 굽이굽이

— 형님. 여기 기억나십니까. 이렇게 유연하게 구부러진 건 정말 오랜만이군요. 내 몸이 우리 산하를 닮은 걸 그동안 잊고 살았네요.

차동하가 교통사고를 당하기 일주일 전 사진 한 장과 함께 내게 보내 온 문자 메시지였다. 그런 매체에서 흔히 그러듯 띄어쓰기나 구두점 같은 게 무시되기는 했지만 뜻은 잘 짐작되었다. 그 무렵 다년 간 민통선 지역으로 답사를 다니고 있다는 걸 알고 있었는데 사진 역시 남쪽 철책 쪽에서 북쪽의 임진강을 내려다보고 찍은 거였다. 그 한가운데 비무장지대가 있고 휴전선이 있을 거라는 건 쉽게 추측되었다. 바로 내가 군대 생활을 한 지역이었고 차동하는 그 사실을 잘 기억한 거였다. 형님인지 행님인지 혼동되는 차동하의 독특한 발음이 사진으로 모처럼 묻어 나와서 나는 슬그머니 추억에 젖었다. '내 몸이 우리 산하를 닮았다'라는 표현은 차동하와 내가 함께 쓰던 것으로, 1980년대 중반 당시 위세를 떨친 민중문학의 상투적 화법을 자조적으로 빗대던 표현이었다. '내 몸은 한반도의 굽은 허리 같아서, 모든 아픔을 안으로만 끌어안는다.' '오, 우리나라여, 내 상처여!' '도처에 지뢰가 깔린 내 몸이여, 내 조국이여!' 이런 식의 말을 우리는 술자리마다 해댔고, 그때마다 웃었고, 또한 비통해졌다.

나는 임진강 근처 부대에서 철책선 근무를 할 때 처음 비무장지대 안으로 들어가 보았다. 그때껏 나는 비무장지대를 전후 휴전협정을 맺을 때 남북의 군사를 각각 2km씩 후방으로 물리는 데 합의해 생긴 공간이라는 의미로만 알고 있었다. 최근 가장 가까운 남북한 진지의 거리가 800m쯤 돼 있다는 얘기를 들었는데, 그때 이미 그 거리 좁히기가 한창 시작돼 있었을 것이다. 북한 군사의 진지는 밤사이에 성큼 우리 쪽으로 가까이 들어와 있었다. 그런 다음날에는 하루종일 확성기 소리가 웅웅거렸다. 우리도 질 수 없어 또 그만큼 밀고 올라갔다. 우리 쪽 확성기는 간드러진 트롯 가요였다. 양쪽은 그렇게 가까워지고 있었다. 게다가 말이 비무장이었지 매설된 지뢰나 수색과 매복을 임무로 하는 군사의 출입으로 군사적 충돌에 대한 긴장감을 늦출 수 없었다.

임진강은 그런 지대에 본류를 두고 있었다. 북동쪽에서 북방한계선 안쪽 비무장지대의 산과 산 사이의 계곡을 굽이쳐 흘러 우리 주둔지를 지나며 서쪽으로 흘러갔다. 내가 처음 배치를 받고 그 부대로 갔을 때 얼마 전 북한 병사 하나가 강을 타고 내려와 귀순한 일이 있어 경계근무가 크게 강화돼 있었다. 센 군기에 거듭되는 야간 근무로 그야말로 이를 갈면서 지낸 신참 시절이었다. 대신 휴가를 나와서는 그런 고생담 대신 '월남전 스키부대' 같은 스토리를 늘어놓아 이목을 끄는 재미가 쏠쏠했다.

나도 '군대 가서 축구한 얘기'를 안할 수 없는 남자였다. "내가 지뢰밭에서 똥을 누고 일어서는데 뒤에서 부스럭거리는 소리가 나는 거야. 큰일났다 싶어 몸을 날려 풀숲에 누웠는데, 뒤에서 뻥 하고 지뢰가 터진 거야. 날 쏘려던 놈들이 지뢰를 밟아 죽어 버린 거지." 이게 내가 한 20년은 우려먹은 스토리였다. 언젠가 비무장지대에서 남북 병사들이 서로 만나 몰래 어울려 노는 장면을 담은 영화를 함께 보고 나와서 내 아들한테도 '나도 옛날에 그랬다'라며 그런 식으로 뻐기다가 도리어 '지금이 어느 땐데 그런 뻥을 치느냐'고 핀잔을 듣기도 했다. 요행히 내가 복무하던 시절에는 큰 사고가 없었다. 비무장지대에 들어갔을 때도 북한 병사들을 멀찍이 떨어져 근무하는 모습만 봤지 한번도 가까이 맞닥뜨린 일은 없었다.

차동하의 장례가 있고 난 며칠 뒤 사진에 드러난 북한 구역의 두 봉우리 이름이 버티고개와 노리고개였다는 사실이 갑자기 생각나기도 했다. 그 시절과는 지형이 아주 달라졌으나 복무 시절 두 고개 사이로 어른거리는 북한 병사를 지켜보는 게 내 주된 임무의 하나이기도 했던 것이다. 임진강은 그 앞으로 굽이쳐 흘렀다. 차동하는 그렇듯 유연하게 구부러진 강물을 보는 게 참으로 오랜만이라는 얘기를 한 거였다. 그동안 우리가 보아온 강물은 잘 구획된 땅 위에 미리 정해 놓은 물길을 따라 흐르는 인공하천 같은 거였지 낮은 곳으로 제 스스로 길을 내며 흐르는 자연스런 강물이 아니었다는 뜻이었다. 휴전선 지역에서 모처럼 구부러진 물길을 보면서 새삼 감회에 젖었고, 그래서 그곳에서 근무한 나를 떠올린 거였다. 비무장지대, 북녘에서 남녘으로 흐르는 임진강의 유연한 물줄기를 보면서 자신의 굴곡 많은 삶을 생각했다는 얘기였다. 그 사진은 나 말고 누가 더 받았는지 모르지만, 문자는 확실히 나에게만 보낸 거였다. 그렇게 느낀 순간, 정말 나 역시 정말 너무 오래, 굽이굽이 흐르는 강물을 잊고 살았다는 자책이 일었다. 그 자책이 차동하를 잃은 충격을 대신이라도 하는 듯 나를 한동안 특별히 힘들게 했다. 불덩이 같은 게, 삼켜지지도 않고 내뱉어지지도 않은 이물감으로 가슴속에서 돌아다니는 듯했다. 아무것도 게워내지 못하면서도 하루 종일 구토증에 시달리는 사람처럼 나는 안절부절 못했다. 실상은 그 충격, 그 자책은 모두 한 가지였다.

　내가 차동하의 운명에 처음으로 직접 개입한 것은 차동하가 교수직에서 물러난 지 이태 뒤였다. 집을 나와 가족과 별거하다시피 하면서 친구가 하는 인쇄소에서 관리 사무를 봐주고 있다는 차동하를, 나는 잘 아는 선배가 있는 고등학교에 추천했다. 그로부터 다시 2년 뒤, 차동하는 다시 제 발로 그 학교를 나가야 하는 상황에 직면했다. 그게 또 나와 관련이 깊었다. 차동하 선생은 방학을 이용해 특활반 학생 십여 명과 당시 대금 명인을 다룬 소설로 그 지역에서 이름을 날린 한 작가가 머물고 있는 섬으로 소위 작가 탐방을 갔다. 물론 그 작가는 나였고, 나도 차동하도 그리고 함께 한 학생들도 모두 그 시간을 기꺼이 즐겼다. 머지않아 광풍이 몰아쳤다. 누가 어디 가서 무슨 얘기를 했는지, 차동하 선생은 입시를 앞둔 애들을 데리고 다니면서 문학입네 시네 하면서 들뜨게 해놓아 애들 성적을 망친 무책임한 교사로 몰렸다. 차동하는 버텨내지 못했다. 더더욱 가슴 아픈 일은 그때 함께 문학답사를 다닌 한 학생이 서울대를 수석으로 합격하고 그 소감에 차동하 선생을 언급하면서 그 능력 있는 교사를 다시 불러와야 한다는 여론이 그 학교에서 들끓었다는 사실이다.

그 뒤로 차동하가 어떻게 살았는지에 대해 기억하는 일도 나로서는 괴로운 일이다. 어쩌면 그 정도에서 나와의 특별한 인연을 끊어 버렸다면 차동하는 적어도 교통사고 같은, 운명의 신의 야비한 술책에 희생되지는 않았을 것이다. 내가 지난 세기말 몇 편의 여로형 소설을 쓴 데 이어 새로운 세기 들어 여행 쪽에 눈을 돌리면서 이런저런 지면을 장식하지만 않았어도, 그 덕분에 지역답사 프로그램에 초대되는 일이 잦아지지만 않았어도, 어느 행사의 뒤 끝에 분단 접경지역 주민들의 문화환경을 조사하는 프로젝트의 연구단장을 만나지만 않았어도 나는 차동하를 가까이 불러낼 생각을 하지 않았을 것이다. 학원가에 교재를 대는 집필진의 일원으로 봉급생활을 하고 있던 차동하는 결국 내가 소개한 연구소로 자리를 옮겨 소위 분단 접경지역을 답사하면서 조사를 하는 연구원으로 활동했다. 그렇게 3년을 지내던 어느날 임진강 부근을 불러보고 돌아가는 길에 비극을 맞았다. 향년 55세.

나는 차동하가 사냥꾼의 총을 맞고도 허공을 움켜잡은 독수리처럼 버텨냈다고 생각해 보기도 했다. 그걸 모르고 사냥꾼들은 그동안 숲속 어딘가에 처박혀 있을 독수리를 찾고 있었던 건데, 내가 그 사냥꾼들을 위해 독수리가 피 흘리며 배회하고 있는 허공의 한 그늘을 가리킨 꼴이 아니었던가. 그것도 두 번씩이나! 나는 그렇게 차동하와의 인연을 정리하려 해보기도 했다. 그리 되기만 했어도 내 괴로움을, 차동하를 우연히 죽음으로 이끈 자책에서 비롯된 것이라고 치부할 수 있었다. 그러나 차동하는 자기 몸을 말하고 있었다. 죽음을 예감했을 리는 없지만 스스로의 생을 남북을 경계하는 접경지역을 굽이굽이 흘러가는 강물 같은 그런 구부러진 몸으로 정리한 거였다. 그 구부러진 몸을 또한 내가 살아가고 있었던 것이다.

나는 결국 훈을 다그치듯 해서 헬리콥터를 타고 푼힐에 닿았다. 네팔 국영방송국에서 당초부터 제공한 헬리콥터를 이용한 거라 해도 그건 나만을 위해 쓸 수 있는 건 아니었다. 까치집 방송국 개국에 맞춰 포카라에서부터 인원과 장비를 함께 수송한 거였고, 돌아갈 때도 다시 몇 사람을 태워 포카라쪽으로 가야 했다. 그걸 내가 코스를 바꾼 거였다. 다만 나만내리고 훈을 비롯해 방송국의 다른 요원들도 그대로 포카라로 이동하는 걸로 했다. 그러나 훈이 굳이 내려서 내가 송란이 만나는 장소와 시간을 정확하게 잡는 걸 확인하고서야 다시 탑승했다.

차동하의 처가 내게 주고 간 원고뭉치는 친필 자료는 거의 없었고 대부분 컴퓨터에서 출력한 한글 원고였다. 장례식 직후 컴퓨터 하드디스크나 USB에 내장돼 있던 파일 내용과 겹치는 부분이 여러 개 나왔다. 다른 사람의 책을 읽고 쓴 독후감 같은 것도 있었고, 그때그때 떠오른 시구를 적어놓은 듯한 것도 있었다. 좋은 시구가 될 법한 메모는 친필로 된 거였는데, 어쨌거나 그걸 시작품으로 살려내는 건 무리가 있어 보였다. 오려 놓은 신문기사 쪽들은 글감으로 스크랩해 둔 것처럼 느껴졌다. 세미나 발제집이나 일정표 같은 것도 그 사이에 끼여 있었다. 아예 처음 보는 듯한 글도 꽤 있기는 했지만 대개는 거기에 첨삭이 많이 가해지고 종이가 빛도 바래 보여서 복원할 가치가 희박하게 느껴졌다. 쓸 만해 보인다 싶다가도 차동하 처의 표정이 떠올라 애써 의미부여를 하지 않은 것도 있었다.

그 중 단 하나, 차동하의 습작으로는 보기 드문 긴 서술체 작품은 오래도록 나를 붙들었다. 그건 놀랍게도 소설작품처럼 화자가 있었고, 캐릭터가 있었다. 물론 미완성인 데다 두서없이 첨삭한 흔적이 여러 군데 있어 차동하로부터 소설을 쓴다는 얘기를 한번도 들은 적이 없는 나 같은 사람이 아니면 눈여겨볼 마음이 생기지 않을 터였다. 그러나 그건 소설이었다. 차동하는 분명 소설을 쓰려 하고 있었고, 그것도 자신이 오래 숨겨온 비밀 이야기를 극적인 방법으로 털어놓으려 하고 있었다. 게다가 그게 자신의 갑작스런 죽음을 예감한 듯한 스토리였다.


## 7. 스토리 스토리


　교수 자리를 내놓고 물러나 있던 차동하는 이듬해 내가 다리를 놓아준 한 고등학교에 교사로 출근을 하고 있었다. 이 학교로 송상민이라는 사람이 찾아온다. 차동하가 대학에 출강할 때 복학생으로 수강한 적이 있다고 했다. 송상민이 용건이라고 하는 말에 차동하는 경악하고 말았다.

　— 부탁합니다, 교수님. 부탁만 들어주시면 저희들은 이 나라를 떠나겠습니다. 이미 이민 갈 계획을 모두 세워 뒀습니다. 이민 가서 살 집, 일할 직장까지 모두 알아두었습니다. 부탁합니다. 다시는, 다시는 교수님 앞에 나타나는 일이 없을 겁니다.

　아무리 허구라 하지만 소설은 리얼리티를 잃어서는 안 된다. 그러나 리얼리티는 어디서 얻어지는가. 그건 있을 수 있는 이야기에서 얻어진다. 있어서는 안 되지만, 있을 수 있는 이야기 말이다. 차동하는 그런 얘기를 쓰고 있었다.

　— 저에게는 능력이 없습니다. 아내는 교수님만을 원하고

있고요. 교수님이라면 들어주실 거라고 했어요. 부탁합니다. 그리 어려운 일도 아니지 않습니까. 그리고 이건 저희 부부가 무덤까지 가져갑니다. 떠납니다. 다시는 한국에 안 돌아옵니다. 교수님, 부탁합니다.

송상민의 말이 횡설수설이었다. 문제는 차동하가 동요하기 시작한 데 있었다. 어차피 시작된 불행한 운명이라면 도리어 그걸 새로운 창조로 이어가는 것도 시인다운 일 아니겠는가. 더 이상 시를 쓰지 못하게 된 시인에게 남아 있는 시심이란 바로 그런 창조의 의지가 아니겠는가. 차동하는 결국 병원으로 향했고, 자신의 정자를 자신을 파멸의 길에 이르게 한 부부에게 선물했다. 송상민은 아내 조애수의 몸에 차동하의 정자가 착상된 것을 확인하고 약속을 지킨다. 이후 두 사람은 영원히 차동하 앞에 나타난 적이 없다.

차동하가 꾸민 얘기는 대략 이런 식이었다. 생략된 게 있다면 1984년 5월 대학가에 붙은 대자보 사건. 소설 형식이지만 그걸 기억해 내는 일은 나 같은 진짜 소설쟁이라도 쉽지 않은 일일 터. 스무 살 어린 조애수는 젊은 강사 차동하를 처음 본 순간부터 구애에 열을 올렸다. 차동하가 단 한번 실수로 조애수의 몸에 손을 댄 적이 있었다. 조애수를 짝사랑해 온 송상민이 그걸 알게 되었고, 마침내 조애수를 차지하겠다는 일념으로 그 사실을 대자보로 폭로하기에 이른 거였다. 이 일로 차동하는 교수직을 물러나게 되었다. 차동하를 절망에 빠뜨린 건 조애수가 당시 학교 당국의 조사에서 대자보에 붙은 내용이 사실 그대로라고 진술한 일이었다. 그 조애수가 송상민이 부부로 나타나서 차동하에게 정자를 요구했고, 차동하가 실제 정자를 제공했다는 믿을 수 없는 스토리.

나는 차동하가 쓰다만 소설에 생략된 부분을 채우면서 새로운 스토리로 이어가고 싶었다. 죽은 차동하를 제대로 살려내는 소설. 꾸미지 않아서 그대로 소설 같고, 소설 같아서 또한 그대로 현실일 수도 있는 바로 그런 소설. 그리고 내 이력의 마지막 줄을 이 작품으로 새기고 싶었다. 나는 작중에서 1977년 주인공 차동하와 신춘문예 당선을 함께 한 선배로 화자의 역할을 맡았다. 차동하가 촉망받는 교수 시인으로 지내다가 뜻하지 않은 운명에 맞부딪쳐 교수직에서 물러나 일생을 정착하지 못하고 전전하다가 비명에 간 과정을 긴 분량의 단편으로 써 내려갔다. 그건 실화이자 소설이었다. 조애수에게 정자를 제공한 일은 실제로는 확인할 길이 없었지만 그게 사실이 아닐 리 없었다. 이어 두 사람이 호주로 이민 가서 살았다는 것, 두 사람이 이듬해 출산한 것 역시 그랬다. 소설에서는 작중 화자가 일상에 쫓기는 틈틈이 이런 사실을 전율을 하며 깨닫는 것으로 묘사했다.

송상민이 호주에서 화재사건으로 사망한 것은 차동하가

사망하기 1년 전 일이었다. 그 이후 조애수도 둘 사이에 난 딸 송란도 호주를 떠난 것으로 파악되고 있었다. 내가 처음 네팔을 거쳐 인도 기행을 기획할 때쯤 조애수가 히말라야의 한 학교에 있다는 사실을 알게 된 거였다. 그때 이미 조애수마저 트래킹을 하러 온 학생들을 가이드하러 나섰다가 빙벽에서 굴러떨어져 사망한 뒤라는 걸 나는 몰랐고, 그래서 지난번 여행 때 조애수를 만나려고 애썼던 거였다. 그때까지는 소설을 완성하기 전이었다. 나는 조애수를 만나 차동하의 최후를 전해 주는 과정에 얹어질 조애수의 반응과 소설 속 화자로서의 내 태도를 깔끔하게 묘사함으로써 차동하에 대한 예의도 다하고 내 소설도 마무리 지으려 한 거였다. 그런데, 조애수는 만날 수 없었고, 곧 죽었다는 소식을 들었다. 그건 내게 느릿느릿한 충격으로 다가왔다. 차동하의 종말을 전해들어야 할 조애수가 없는 히말라야의 깊은 계곡에 와서 설산을 바라보는 화자의 처지로 마무리하기에는 차동하의 생애가 억울했고 그 소설이 억울했다. 내 소설은 한 줄도 더 나아가지 못했다. 아울러 나는, 한때 주목 받는 소설 두어 편 선보였으나 육십대 들어서는 변변한 작품 하나 발표하지 못한 작가로 죽어갈 것 같았다.

내게 문학적 생기가 살아나기 시작한 건 조애수의 딸 송란이 히말라야에 와 있다는 얘기를 듣고 나서였다. 송란을 처음 만났을 때 근친의 젊고 풍만한 육체를 보는 듯 잠시 당황했던 것도 단 한 점의 정자에서 알몸 아기로 태어나 성숙한 여인으로 성장하는 과정을 그만큼 오래 그려 와서라고 할 수 있다. 그 상상 속에서 송란을 만나지 않고도 소설은 절로 마무리되었다. 부모를 잃고 방랑하던 송란은 결국 히말라야의 부름을 받고 조애수의 자리를 지키러 와 있었다. 이를테면 송란은 어머니 조애수의 몸으로 받은 차동하의 빛이었다. 나아가 송란은 차동하의 시를 삶으로 이어가는 존재라 할 수 있다. 나는 그렇게 소설을 마감했다. 그러나 그건 내가 그토록 경계해 온 적당주의의 소산으로서의 잠언과도 다름없는 결론이었다. 그래서는 차동하에 대한 예의가 아니라는 쪽으로 생각이 몰렸다. 차동하는 내게 다시 소설을 쓰게 한 원천이었다. 동시에 한동안 타협해 온 내 작법에 대한 지독한 참회를 불러일으켜 창작을 지연시킨 훼방꾼이기도 했다.


## 8. 강물소리처럼


"란이라는 이름을 누가 지었느냐고 물으셨죠?"

마치 오래 앉아 있었던 듯한 송란의 나지막한 음성이 들려왔다. 벌써 해가 지는 듯 사위가 어두워져 있어서 송란의 모습은 제대로 볼 수 없었다. 내 눈이 더 문제였다. 나는 헬리콥 터에서 내린 푼힐에서 거의 정신을 차릴 수 없을 정도로 지쳐 있었다. 송란의 자동차가 빨리 와 닿지 않았더라면 나는 푼힐 전망대 입구에서 아무데서나 널브러져 있었을지도 모른다. 차에 실려오면서도 내내 눈을 감고 있었을 것이다. 그나마 흥 미로운 사실은 포카라의 호텔 앞에서 색소폰 연주를 하던 친 구들이 송란의 자동차로 함께 나를 마중 나왔다는 사실이다. 두 사람은 송란이 안내하는 트래킹 관광객의 일원으로 와 있 다가 내가 온다는 소리에 일부러 나와 준 거였다.

"이럴 때는 커피보다 차가 낫더라구요."

낮에 도착한 뒤로 그대로 잠에 빠져 있었던 모양이었다. 그 게 약이 된 건지 생각보다 머리가 아프지는 않았다. 송란이 권하는 차를 마시기 위해 나는 몸을 반쯤 일으켰다. 조금은 센 맛이 느껴지는 향이 입안에 오래 머물렀다. 허기가 지는 게, 역시 오늘은 아침부터 제대로 먹지 않았다는 거다. 송란 이 그걸 알고 희미하게 웃었다.

"여기 음식은 먹을 게 별로 없지만 수프 하나만은 속을 데 우는 데 일품이에요. 준비하고 있으니까 조금만 기다려 주세 요."

나도 다시 마음 깊은데서 일어나는 조바심을 진정시켰다.

히말라야의 밤은 포카라에서보다 두어 시간은 이르게 체

감되었다. 송란이 저녁을 차려놓았을 때 이미 밖이 캄캄해졌다. 그 사이 트래킹 관광객들이 들어와 저녁식사까지 마쳤는지 색소폰 친구 둘이 숙소 쪽에서 세면장으로 가던 길에 잠시 식당으로 들어와 내게 인사를 하고 갔다.

내가 수프를 비우고 다시 찻잔을 들 때까지 전등은 여러 차례 점멸했다.

"제 몸에 시인의 피가 흐르나 보죠? 사실 히말라야에 와서 저도 모르는 시 구절 같은 걸 적어놓은 공책이 열 권은 될 거예요."

송란의 얼굴에 묻어나는 홍조를 보다가 잠깐 섬뜩한 느낌이 들었다. 정말 차동하와 닮은 표정이었다.

"선생님 주신 소설을 다 읽었어요. 처음에는 무슨 얘긴지 몰랐어요."

나는 또 무슨 말인가를 하려다 말았다.

"고등학교에 찾아온 옛 제자의 엉뚱한 제안. 그걸 듣고 분노도 아니고 체념도 아닌 이상한 상태가 된 교사. 이런 거요. 제자 부부가 부탁을 들어주면 호주로 이민 가서 돌아오지 않겠다고 하는 대목에서는 왜 하필 호주 이민일까, 한가하게 이런 걸 생각했어요."

송란의 눈에 결연한 빛이 서렸다. 불빛이 흐려서 더 그렇게 느껴지는 것이 아닌가 했다. 그런데 아니었다.

"선생님 소설, 나중에는 소설이 아니고 사실 그대로가 많아서 소설이 아닌 듯도 하지만 그냥 소설이라 할게요. 사실이 아니고 소설이라고 해도 빠뜨린 게 많은 것 같더라구요."

나는 바짝 긴장했다. 송란 쪽에서도 그게 잘 느껴지는 모양이었다. 그러나 송란은 이번에는 내 감정을 배려하겠다는 뜻이 없어 보였다.

"제 아버지 송상민 씨는 저를 무척 사랑했답니다. 저는 그 사랑을 한번도 의심한 적이 없습니다. 그런데…"

송란의 얼굴에 짙은 그늘이 졌다. 송란은 한참만에 말을 이었다.

"제가 말대꾸하는 걸 무척 싫어하셨죠. 제가 좀 똑똑하게 굴었나 봐요, 어릴 때부터. 아버지가 결정해서 하려는 일에 제가 다른 의견을 내면 몹시 화를 내셨죠. 그런 날은 반드시 어머니와 싸우다가 결국은 어머니를 폭행하고 말죠. 제가 그걸 말리려다가 그만 저도 폭행을 당하고. 이런 일이 되풀이돼 엄마는 저를 한국의 외가로 보낸 거예요. 그 덕분에 제가 한국어를 깨쳐 선생님 소설도 읽게 된 거죠. 선생님의 이번 소설은 그런 아버지의 폭행이 어째서 생겨났는지를 짐작할 수 있게 해 줬어요."

"송상민은 자기 콤플렉스를 극복하지 못한 거라구! 란을 한국으로 돌아오게 했으니 차동하 시인과도 약속을 지킨 게 아닌 셈이군."

　나는 겨우, 내가 쓴 소설에 그런 내용이 잘 예측돼 있다고 생각한 건지 송상민의 실제 상황을 생각한 건지 나도 모를 말을 했다. 송란의 표정이 일그러진다 싶더니 그건 전등이 가물거린 탓이었다. 마침내 정전이 됐다.

　우리는 깊은 어둠 속 식탁에 마주 앉아 있었다. 건너편 숙소에서 웃음소리가 났다. 어둠은 함께 있는 사람들을 더 친숙하게도 한다. 누군가 요청을 한 건지 색소폰 연주가 시작되고 있었다. 이르고 어두운 밤을 추억으로 새기려는 방편일 터였다.

　"어머니는 옛날부터 입버릇처럼 히말라야 산속에 가서 묻히고 싶다고 하셨죠. 아버지가 화재사고로 돌아가시자 어머니는 마침내 결단을 내린 거지요. 어머니는 이곳에 오신 지 사년 만에 빙벽에서 굴러 떨어져 돌아가셔요. 그게 자살이란 걸 알게 된 건 얼마 전입니다. 자살 원인을 알게 된 건 선생님이 주신 글을 읽은 직후, 바로 어젯밤이고요."

　내가 찾은 스토리는 내가 전혀 예측하지 못하는 방향으로 흘러가는 듯했다. 송상민의 폭행까지는 짐작할 만했다. 당초 여자를 자기 것으로 만들기 위해 스스럼없이 남을 가해할 수 있는 사람이었다. 대자보 폭로 사건으로 한 남자를 파멸에 이르게 한 것이 그걸 증명했다. 그리고 그런 폭력성은 전혀 치유되지 않은 채 잠복돼 있다가 자신의 약점에 자극을 받을 때면 어김없이 표출되곤 했다. 그러나 조애수의 자살을 짐작할 만큼 나는 냉정하지 못했다. 조애수는 사건의 모티브이긴 했으나 차동하의 삶의 굴곡에 절대적인 영향을 준 인물은 아니라야 했다. 더구나 나는 내 소설의 절정 대목에 자살이라는 상투적인 소재는 전혀 효과적일 수 없다고 생각해 왔다. 그러나 스토리는 그 정도에서 끝나지 않았다.

"읽고 곰곰 생각해 봤어요. 아버지가 화재사고로 죽은 거요. 엄마가 그랬거든요. 아빠가 죽었다는 소식을 전하면서 엄마는 이메일에 이렇게 썼어요. 아빠를 멀리 보냈으니 란, 이제 너는 너 자신을 찾아가라. 그때껏 란이라는 이름에서 느껴 온 것하고는 전혀 다른 느낌이 든 때였죠."

어둠 속에서 송란의 눈빛이 반짝거렸다. 그 빛은 어둠을 뚫고나가, 내가 낮 동안 고통스럽게 시달리며 지나온 히말라야의 계곡을 향하고 있는 것처럼 느껴졌다.

"어제 란이라는 말이 무슨 뜻인가 물으셨죠? 선생님도 이제는 아셨어요? 저도 엄마한테 란이 그냥 한자 뜻이기만 한가 하고 물은 적이 있었어요. 엄마가 그게 강물소리 같지 않으냐고 그랬던 적이 있었지요. 그냥 그래서 지은 이름이라고요. 선생님 소설을 보고서야 느꼈지요. 란, 차동하 시인이 상상 속에서 펼쳐놓은 강물일 거라는 거. 엄마는 자기 몸으로 그 강을 받아 흐르게 하고 싶었던 거죠. 물론 그렇게 하기 위해서는 엄청난 고행이 따라야 한다는 걸 엄마는 너무나 뒤늦게 깨달았던 거죠."

"그래, 그래. 란이라는 이름은 나도 여기 와서 란을 만나고 나서야 깨달았는데, 아직 이해가 되지 않는 건, 엄마, 조애수, 란이라는 이름을 차동하한테 받아 전하게 한 조애수의 내면을 잘 이해할 수 없네!"

나는 자꾸 멍해지게 만드는 충격 속에서도 작가로서의 추리력을 놓치지 않으려 간신히 버텨냈다.

"저도 잘 모르겠지만요, 분명히 알게 된 건 있어요. 호주 집에서 화재사건이 났을 때 엄마는 아버지 송상민을 불구덩이 속에 그대로 두고 혼자 살아나왔어요. 그 뒤로 엄마는 히말라야로 갔고, 저는 저대로 충격이 커서 방황하면서 살았고요. 엄마를 만나면 죽은 아버지가 생각나서 괴로웠어요. 엄마가 죽지 않았더라면 저는 히말라야에 안 왔겠지요. 엄마에게는 유품이 전혀 없다시피 했어요. 엄마가 하던 일을 하면서 엄마가 죽음을 준비해 온 것을 알았죠. 엄마가 차동하 시인의 교통사고로 죽었다는 걸 알았다고는 보지 않아요. 당신 행동이 차동하 시인에게 얼마나 큰 영향을 주었는지에 대해 깊이 생각했는지 아닌지도 알 수 없고요. 어쩌면 저를 보고 사랑하고 괴로워하는 일로 차동하 시인에 대해 갚아야 할 빚을 갚고 있었다고 생각한지도 몰라요. 그러나 아마도 술에 취해 폭행을 자행한 아버지 송상민을 불구덩이에 남겨 죽게 한 걸 참회하면서 살았던 건 분명하죠. 그게 자살이었고, 결국, 저는 이곳으로 왔고, 이곳에 남아 히말라야의 계곡에서 흐르고 있는 거죠."

울컥, 하는 소리가 송란의 것이었을까, 아니면 내 몸에서 나는 소리였을까. 잠깐 사이 전등이 밝아졌다 다시 어두워졌다. 송란의 눈빛은 그 사이에 더 그윽한 형광을 드러냈다. 어둠 속으로 긴 강물이 펼쳐지고 있었다. 그 강물을 따라 내 몸이 구부러져 간다는 느낌이 들었다. 나는 더 살 수밖에 없었다. 더 많은 여행지를 다니고, 더 깊은 수렁에 빠져야 할 것이다. 내 삶의 마지막은 이제 다시 고쳐 써야 할 한 편의 소설에 달려 있었다. (2014)

---

＊ 이 소설의 작중 인물이 오래전에 쓴 것으로 설명되는 작품 중 다수는 실제 한국 문학사의 소설들(유익서 장편소설 『민꽃소리』 등)이지만 작중 스토리는 그 작가들의 실제 이력과는 아무 관련이 없습니다. 이 소설의 한 배경이 된 '솜치 방송국' 등 여러 장소는 실제 히말라야 지형이나 지명, 건축물을 참조해 꾸민 것입니다.

사람의 별

얼마가 지났을까.

엄마가 이마를 짚어보고, 아빠가 볼에 입을 맞추고 간 뒤. 몸이 한결 가벼워진 듯하다. 잠시 일어나 창밖을 내다본다. 눈이 부시다. 마당에 널린 빨래들이 가지런하다. 파란 하늘 아래 논밭들이 싱싱한 기운으로 되살아났다. 무서운 흙탕물로 넘쳐나던 개울물도 이제 평온한 흐름을 되찾았다. 징검다리 건너 소년이 걸어오는 게 보인다. 개울 한가운데 선 소년은 누군가를 찾는 듯 주위를 두리번거린다. 쪼그리고 앉은 소년이 물을 움켜쥐는 모습이 보인다.

나는 손을 흔들어본다.

— 어, 어!

손이 말을 듣지 않는다. 이상한 일이다. 나는 방바닥에 누운 채 몸을 가누지 못하고 있다. 누가 몸을 묶은 게 아니다. 기운이 빠져 나간 몸에서 내 의식이 들락날락하고 있다. 머나먼 별에서 희미한 기운이 내뿜어지는 게 보인다. 그 기운이 온 세상을 덮어 버렸다. 내 몸 위에 그림자 하나가 일렁거리는 게 느껴진다. 그림자의 실체는 하늘에 있다. 커다란 새 한 마리가 태양을 등 뒤에 두고 허공에서부터 천천히 선회하며 내릴 곳을 찾고 있다. 마을 밖을 어른거리고 집을 덮쳐오는 새의 그림자는 몸집보다 더 거대하다. 내 몸이 그걸 알고 조금씩 떨리기 시작한다. 어디선가 본 새다.

— 저 새를 돌려보내야 한다!

나는 몸부림친다.

— 저 새의 날개가 우리 집을 삼켜 버리면 안 된다!

나는 힘차게, 눈까풀을 밀어냈다.


그동안 몇 차례 고비는 있었지만 그때마다 잘 넘어갔다.

처음 돌멩이를 주워 날릴 때, 손에 맞춤하게 쥐어 오는 쾌감에 팔매질에 힘이 들어갔다. 하마터면 소년의 뒤통수를 맞힐 뻔했다. 나도 모르게 소리를 질렀다.

— 이 바보!

소년은 용케 이튿날에도 개울로 나와 주었다. 소년은 내가 묻는 말에 뭐든 잘 대답해 주었다. 많은 걸 잘 알아서 그런 것 같지는 않았다. 어눌한 대로 뭔가 자기 진심을 다 드러내고 싶어 하는 느낌이 재미있었다.

이곳은 우리가 오래전 잃어버린 세상 같았다.

하늘과 구름, 햇빛과 바람, 물과 돌….

내 어렴풋한 기억 속에 익숙하게 살아 있는 것들이었다. 그런데 그 익숙함이 실은 그냥 그렇지 않았다. 그 속에 어떤 것들이 있었다.

나는 물속에 손을 넣었다. 거기 뭔가 살아 움직였다. 그 살아 있는 것들을 만지는 재미로 시간 가는 줄 몰랐다.

피라미….

송사리….

소금쟁이….

나는 이런 생물들의 이름을 되뇌어 봤다. 그럴 때마다 그것들이 제 이름을 들은 듯 내 손등을 간질이고 물거품을 일으키면 돌아서곤 했다.

소년은 그러는 내 모습을 신기해했다. 내 가늘고 흰 손에도 눈길을 주었다. 나는 불쑥 돌멩이를 던지고 싶어 주먹을 쥐었다. 그때도 위기라면 위기였다.

— 이게 뭐지?

나는 얼른 손을 펴 보였다.

— 비단조개.

여러 번 외운 거지만 내 기억력에는 한계가 있었다. 비, 단, 이라는 말이 물속에 사는 생물에도 쓰이는 말이라는 걸 금세 이해하기 힘들었다. 그게 또 조개라는 말과 합쳐져 그토록 어감이 좋아질지 몰랐다. 이름을 불러주면 이름에 맞는 빛깔과 향기가 생기는 거라고 어디선가 배운 듯도 했다. 어쨌거나 말 둘이 하나가 되어 희한한 말맛이 났다.


소년하고 어쩌다 함께 벌판을 내달리게 됐는지 모르겠다.

함께 다녀도 되는 건지, 좀 이른 게 아닌가, 매일 일기를 쓰며 되물었다. 아무리 물어도, 그래서는 안 된다는 답은 나오지 않았다. 그런 답을 나 스스로 일부러 하지 않은 건지도 모르겠다.

대신 스스로 감정을 미루는 연습은 자꾸 했다. 소년 얼굴을 그리다 지우고 그리다 지우고 했다. 며칠 개울에 나가지 않아 보기도 했다. 그러다 다시 개울에 나가면 소년을 만났고, 나는 묻고 소년은 답하고 그랬다.

— 이건 뭐지?

— 마타리꽃.

이상한 냄새가 나는 꽃이었다.

— 그건?

— 도라지꽃!

두 번째 위기는 여기였다. 나는 그 보라색이 싫었다. 그래서 갑자기 그걸 팽개치고 그 자리를 떠나고 싶었다. 내 아득한 기억 속에 그 색깔은 아름다운 것들이 마지막 사라질 때 남는 어떤 기운 같았다.

그때 세상은 뿌연 안개 속에서 높고 낮은 건물들 사이로 크고 작은 차들이 오가고 있었다.

내 표정을 본 소년이 겁먹은 얼굴이 되었다. 나는 미안했지만, 그냥 뿌리치듯 돌아서서 뛰고 말았다. 요행히 소년이 곧 뒤따라 왔다. 나는 안도했다. 소년은 나를 의심하지 않았다. 그래서 더욱 미안해졌다. 우리는 꽃들 사이, 풀들 사이, 곡식이 익어가는 들판 사이를 뛰어다녔다.

위기는 그렇게 넘어갔다.


더 큰 문제가 있었다. 실은 소년을 만나고부터 위기는 계속되고 있었는지 모른다. 소년은 꽃을 뿌리친 나를 따라왔다. 이곳 소년들은 나처럼 가는 몸과 하얀 피부를 지닌 소녀를 선망하는 듯했다. 소년은 그런 중에도 더 순박했다. 아무것도 모르는 소년을 생각하면 마음이 아프다. 나는 스스로에게 물었다. 나는 지금 이렇게 소년과 함께 벌판을 달려도 좋은가.

정말 좋은가.

— 아!

나는 비탈길에서 미끄러진다. 나무를 붙들고 간신히 몸을 지탱한 나를 소년이 잡아 올린다. 그 나무가 칡덩굴이라 했다. 소년이 어딘가로 달려갔다 오더니 내 무릎에 난 상처에 미끈한 액체를 발라준다. 송진이라 했다. 소년은 정말 아는 게 많았다. 내가 모르는 게 많다는 뜻이기도 했다.

나는 벼슬하는 선비 가문의 가난한 후손 집에서 태어나 이 마을에 와 있다. 처음에는 서울에서 살았지만 서울에 대해서도 아는 게 없다. 이 나라 이 민족이 처한 현실도 잘 몰랐다. 그게 당연했다. 나는 지구인이 아니었으니까.

시골에 오고 며칠 뒤 나는 심하게 앓았다. 아빠 엄마가 일하러 나간 그날, 한번도 본 적이 없는 커다란 새가 마당에 내려왔다. 나는 꼼짝도 못하고 누워 있었고, 새가 내 머리맡에 와서 속삭이는 말을 들었다.

나는 먼별에서 살다 지구인으로 다시 태어났다. 내가 살던 별은 화려한 문명을 자랑하다 자연의 세계를 모두 잃어버렸다. 식물과 동물이 죽어갔다. 살아 있는 모든 것들이 새로운 생명을 이어가지 못하게 됐다. 별의 주인들도 종족을 이어갈 수 없게 됐다. 별의 주인들은 새로 태어날 새 세계를 찾아내야 했다. 그들은 우주 곳곳으로 탐사선을 보냈다. 나는 그런 탐사단의 일원이었고, 내 탐사지역은 지구였다. 나는 응축된 유전자로 사람 몸에서 다시 태어났다. 나는 지구에서 살아 어른이 돼야 했다. 어떤 조건도 버틸 수 있어야 했다. 어른으로 살아남아야 했다.

내 별의 유전자가 알 수 없는 성질로 불쑥불쑥 드러났다. 그 때문에 몇 차례 위기가 있었다. 그런 것들은 어쩌면 아무것도 아닌지 몰랐다. 가장 큰 문제는 소년이었다. 소년을 대하는 내 마음이었다. 혼자 있을 때 자꾸 그려지고 둘이 만나면 설레고 기쁘고 그러다 싫고 하는 내 감정이었다. 그날만 해도 아침에 분홍 스웨터와 남색 스커트를 입을 때까지 그 짧은 시간 동안 얼마나 많은 생각이 끼어드는지 몰랐다. 이 감정의 시간을 통과해야 한다는 사실이 괴롭고 힘겨웠다. 아니, 뭐가 뭔지 모르겠다. 괴롭고 힘겨운 것도 아니었다.

아, 나는 놀랍게도 지구의 한 소녀로 살아 있었다. 나는 설레고 외롭고, 그리고 사랑을 느끼는 지구의 어린 소녀였다. 이 시간을 견디면, 이 시간을 견뎌 어른이 되면, 내 별의 주인들은 이제 하나둘 이 지구로 와서 지구인들과 어울려 살며 미래를 열 수 있게 된다.

지구인들은 느낌과 실제, 생각과 현실 이 둘 사이에 무엇을 진정으로 힘겨워 하는 걸까.

나는 적어도 지구인들이 힘겨워한다는 것 중에 느낌, 생각 등의 총체인 사랑이라는 감정을 참으로 내 것으로 만드는 데 성공한 듯하다. 이 사랑의 시간을 잘 견뎌가고 있는 것이다. 나는 드디어 지구인으로 살아내는 것이고, 이렇게 어른이 되면 우리 별 친구들에게 새로운 세상을 열어줄 수 있게 되는 것이다. 이 어마어마한 임무 수행에 나는 가슴이 벅차올랐다.

그런데 내 몸은 그렇지 않다. 지구인들의 삶은 그렇게 손쉬운 게 아니었다. 그들에게는 느낌, 생각의 세계 못지않게 실제와 현실의 세계가 있었다.

그날 산을 내려오는데 삽시간에 주위가 보랏빛으로 변해 있었다. 그래, 보랏빛이었다. 그 순간만큼은 지구의 한 귀퉁이 순박한 소년이 살고 있는 시골 벌판은 내 별에서 많은 생명이 사라져 갈 때와 같이 보랏빛이었다.

곧이어 굵은 빗방울이 쏟아졌고, 빗줄기가 눈앞을 가로막았다. 소년은 벌판 한가운데 둥근 지붕 집을 가리켰다. 원두막이라 했다. 비가 새는 원두막에 올라 오돌오돌 떨었다. 소년이 겉옷을 벗어 내게 덮어 주었다. 소년은 다시 아래로 뛰어 내려가 수숫단 속으로 나를 이끌었다. 나 혼자 비를 피하기 미안해 소년을 안으로 들어오게 했다. 우리는 좁은 수숫단

안에 쪼그리고 앉아 한참을 기다렸다. 소년의 몸에서 무럭무럭 김이 솟았다.

소나기는 멎었으나 집으로 가는 도랑에 물이 엄청나게 불어나 있었다. 소년이 업히라고 등을 내밀었고 나는 그냥 자연스레 소년 등에 몸을 얹었다. 어색해서 몸을 딱 붙이지 못했지만, 구수했다. 도랑을 건너가던 소년이 몸이 기우뚱할 때부터는 어쩔 수 없이 소년의 목에 매달렸다. 등에 아예 착 달라붙었다. 거기서 잠깐 졸았던 듯도 싶다. 위험한 별에서 살다 유전자로 응축돼 지구인으로 다시 살아온 오랫동안 그렇게 평온한 시간이 언제 있었던가 싶다.

며칠 졸음이 줄어들지 않았다. 엄마가 타온 감기약을 먹고 나니 더 그랬다. 아빠는 맥없이 혀만 찼다. 나는 소년 등에 여전히 업혀 있지 않나 싶게 좀 편안하기도 했다. 그러나 내가 살던 별과 지구를 오고가는 혼돈에 빠지곤 했다. 온몸에서 열이 났다.

— 서툴러서 일을 그르쳤구나.

큰 새가 속삭였다.

— 아니에요.

나는 도리질쳤다.

— 이걸 보렴.

큰 새는 눈에 익은 스웨터를 펼쳐 보였다. 내 분홍 옷이었다. 비 맞은 옷을 엄마가 빨래해 마당에 널어놓은 것이다. 나는 새를 올려다봤다. 새는 분홍 옷에 묻은 얼룩을 가리키고 있었다. 소년 등에 업혔을 때 물이 밴 자국이다. 그게 빨래로도 지워지지 않았다.

— 네 임무!

큰 새는 쇳소리를 냈다.

— 아.

나는 절망했다. 말문이 막혔다.

내가 살던 별에서는 이런 흔적을 남기는 관계는 있을 수 없다. 내가 지구인으로 살면서 가장 어려운 일이 바로 그거였다. 드러내야 할지 감춰야 할지 모르는 미세한 감정의 움직임을 어떻게 설명한단 말인가. 바로 그런 감정을 이해하지 못하는 세상이어서 그 별은 이제 생명을 후손에 이어가지 못하는 멸망의 별이 되어간 것이다.

— 사랑.

나는 사랑, 이라는 감정에 대해 설명하고 싶었다. 드러내지도 감출 수도 없는, 분명하지 않아도 소중한 그런 감정, 이런 감정이 얼마나 많은 새로운 것을 만들어내는 힘이 되는가를 말하고 싶었다.

그러나 새는 단호했다. 날개를 펼쳐 내 몸을 실으려 했다.

나는 어쩔 수 없이 죽음만 남은 나의 별로 돌아가야 한다. 새는 내 분홍 스웨터를 집어 던지려 했다. 나는 소리쳤다.

— 이 옷만은 가져갈게요. (2015)

흰 산 기슭

## 1. 만년설

동진은 시동을 끄고 나오면서 곧바로 고개를 가로젓는다. 앞서 가던 수잔의 발길이 먼저 멈춰 섰기 때문이다. 오늘따라 공원 입구까지 나와 앉은 노숙자들 탓인가 했다. 수잔은 공원 옆 4차선 도로 횡단도로로 가까이 가지 않고 건너편을 보고 있다. 음식점들이 즐비한 거리다. 발레파킹 요원들의 움직임이 활발하다. 외부로 툭 튀어나온 패스트푸드점 2층 유리창이 햇빛을 받아 번들거린다. 동진도 손등으로 햇살을 가리고 그곳을 보았다. 수잔이 동진의 팔짱을 낀다. 동진은 수잔의 손을 한쪽 팔로 힘주어 끼고 노숙자들을 우회해 공원 안쪽으로 방향을 잡는다.

따뜻해진 날씨 덕에 당분간 한산한 월요일을 기대하기 어렵게 됐다. 노숙자도 그렇지만, 유색인들이 확연히 눈에 띈다. 동진과 수잔은 서로의 얼굴에 번진 웃음기를 확인한다. 자신들이 바로 유색인이라는 생각에 미친 거다.

"기분 괜찮아?"

"어."

표현은 조금 다르지만 늘 하던 익숙한 대화였다. 일요일에 교회 가는 때를 빼면 둘이 함께 하는 외출은 이날뿐이다. 교회에서는 스스로 지은 잘못을 회개하고, 휴무인 이날은 한 주일을 노동할 수 있는 기운을 담는다. 늦게 아침을 먹고 함께 장을 보고 함께 패스트푸드점에서 느긋하게 점심을 해결하면서 두어 시간을 머문다. 공원 산책은 그다음인데 오늘은 순서가 뒤바뀌게 됐다. 가끔 있는 일, 이 정도 어긋나는 건 아무것도 아니다. 더구나 공원 곳곳 쌀알 같은 눈을 노랗게 틔운 나무들에 싫지 않을 정도의 설렘까지 생긴다.

공원 안을 반 바퀴나 돌고 나오니 조금은 숨이 찼다. 배도 적당히 고파온다. 패스트푸드점은 예상보다 더 번잡하다. 백인이 하나면 유색인은 둘이다. 한국어도 간간이 들린다. 2층 창가 자리에 앉은 이는 히스패닉계 청년 셋이다. 아래 건너편에서 올려다볼 때 있던 그 친구들 그대로라면, 한 시간 이상은 족히 있는 거다 싶다. 패스트푸드점에서 그 정도 시간은 과하다. 물론 동진과 수잔이 그보다 더 오래 앉아 있지만 앉은 시간 이상의 매상을 올려주는 이른바 단골이다. 둘은 사내들로부터 서너 테이블 떨어진 데 빈 협탁을 발견하고 주문을 마친다. 창밖을 향해 앉은 세 사내는 여전히 보기 좋은 창밖 풍경은 외면하고 서로 장난치듯 음료수 컵을 부딪쳤다 뗐다 하며 킬킬거리고 있다. 동진과 수잔이 앉은 데서 보이는 창밖은 가로수 가지들과 그 사이의 허공뿐이다.

겨울이 긴 고장이다. 길지 않은 봄여름에는 비가 많이 온다. 겨울은 맑은 날이 많아도 춥고, 여름은 더위가 적당하지만 비가 잦다. 백인들은 겨울에도 볕만 나면 밖으로 나온다. 공원 안 호수 주변은 한겨울에도 조깅을 즐기는 백인들이 꽤 있다. 심지어 맨발도 보인다. 유색인들은 그 점에서 여유롭다. 실내에서 창으로 들어오는 빛만으로도 광합성을 이룰 수 있으니까. 더욱이 겨울 내내 눈이 내리고 그 눈에 빛을 잔뜩 머금은 만년설 산봉우리가 가까이 있다.

눈이 영원히 녹지 않는 산, 미국에서 만년설을 볼 수 있는 곳은 알래스카 지역을 제외하면 몇 되지 않는다. 서북부의 캐스캐이드 산맥의 동남쪽 산악의 주산, L산이 그 한 곳이다. 4000미터를 훌쩍 넘는 최정상에서부터 사방으로 넓고 깊게 만년설을 퍼뜨렸다. 청아한 날씨에는 산허리까지 채운 눈의 굴곡을 드러낸다. 흐린 날의 만년설 봉우리는 태평양 연안의 하늘과 바다 사이, 그 어딘가의 허공에 떠 있는 것 같다. 외지 사람들은 실체를 조금이라도 가까이 가서 보기 위해 L산 국립공원 깊이 몰려 들어간다. 그러나 이 지역 사람들은 그냥 흩어져 산다. 가끔 쳐다보고 만년설의 한 귀퉁이라도 보는 것으로 위안을 얻고 자긍심을 유지한다.

"아, 일어서네."

"어쿠!"

수잔이 따라 일어나다가 콜라를 엎지른다. 둘이 옮겨가는 창가는 국립공원 밖에서 만년설을 가장 온전하게 볼 수 있는 자리다. 사람들이 분주히 드나드는 패스트푸드점에 그런 곳이 있다니! 그걸 아는 사람이 좀 있기는 하겠지만 막상 그 자리를 오래 차지하고 앉을 사람은 없다. 동진은 수잔이 좋아하는 햄버거를 일주일에 딱 한번 같이 먹는 것으로 정하면서 이자리를 알았다. 둘은 월요일 낮 그곳에 앉아 햄버거 몇 개를 차례로 주문해 먹으며 눈에 만년설을 채워 넣는다.

이 지역 한인들은 그 산에 흰 산이라는 이름을 붙였다. 'L Mountain'이나 'snow mountain', 'white mountain' 식으로 말하다가도 꼭 한번은 '흰 산'이라 또랑또랑 발음한다. 흰 산. 동진은 그 말을 들을 때마다 어떤 그리움에 가슴이 먹먹해진다. 수잔 또한 한번도 가 본 적 없는 어머니 나라의 산들을 연상하며 동진과 엇비슷한 감정에 젖는다.

"히언 산, 휘인 산…."

둘이 이 도시에 와서 산 지 3년이고, 이 패스트푸드점을 드나든 지 1년 반째다. 수잔에게는 여전히 흰 산이라 발음하는 경로가 복잡하다.

"an icecap…, 만년설…, 흰 산."

동진은 수잔을 위해 설명하고 발음해 준다.

"희인 산."

수잔의 발음이 정확해지고 있다.


## 2. 불청객


중절모를 쓴 사내가 윗목에 앉아 있다. 양반다리다. 형광등 불빛에 드러난 하관이 길쭉하게 늘어나 보인다. 풍채가 좋아 보이지 않는데도 위압적이다. 아랫목에는 그 사내를 향해 무릎 꿇은 사내가 있다. 그 옆으로 이불을 대강 밀쳐내고 속치마에 허술하게 스웨터를 걸치다 만 여인이 한 무릎을 세우고 앉았다. 중절모 사내가 무슨 소린가 웅얼거리는데 그때마다 무릎 꿇은 사내는 자다가 일어난 엉거주춤한 등 뒤로까지 불안을 뿜어낸다.

그, 그때, 그게…. 무릎 꿇은 사내는 무슨 변명을 하고 있다. 그게, 그러니까, 그때…. 그 소리는 중절모 사내의 추궁을 이겨내지 못한다. 중절모 사내의 말은 끊어졌다 이어졌다 한다. 한쪽 손을 들었다 놓았다 할 때마다 손바닥이 불빛을 받아 하얗게 빛났다. 아랫목 사내의 등은 여전히 수그렸다 폈다 하고, 고개를 아예 구십도 각도로 꺾은 여인의 어깨는 울음이 터져 나오는 걸 견디고 있다.

"…까지 어찌 할 것인지…!"

매듭을 지으려는 듯 단호한 어투의, 중절모 사내의 말이 안으로 잦아든다. 순간, 그 사내의 눈길이 방안 사내의 등 뒤 아랫목 이불 속에서 눈알을 빛내고 있는 소년을 향한다. 소년은 재빨리, 아무것도 모르고 자고 있는 아이처럼 눈꺼풀을 스르르 닫는다. 눈썹이 떨리지 않기를 기대하면서. 고개를 옆으로 돌릴 틈은 없었다. 소년은 자신의 얼굴 위로 쏟아지는 눈길을 느낀다. 그 시간이 길다. 몸을 움직이지 않으려다 근육이 굳어지는 게 들킬까 맘 졸인다. 중절모 사내가 허리를 쭉 빼면서 상체를 소년 쪽으로 낮게 구부린 게 분명하다. 그걸 알아챈 방안 부부가 더욱 안절부절못하는 숨결도 들린다.

"아들인가?"

이 소리는 또렷하다. 또렷하다 못해 섬뜩하다고 해야겠다. 아들인가…. 그 소리가 최소한 '보기 좋구나!'가 아니라는 걸 소년은 알아차린다. 야심한 때에 찾아온 불청객이 무언가 추궁하고 또 추궁하고, 그러다 말고 짧게 물은 한 마디 말이지만, 그 소리에는 강단이 있었다. 필시 의심을 내재한 강단이므로 그 말의 의미는 혼란스럽다. '딸이 아니고 아들인가?'일 수도 있다. '너희 아들인가?'일 수도 있다. '너희가 어떻게?'일 수도 있고, '진짜 네 아들이냐?'일 수도 있다. 방안 사내가 "이 아이는, 그게, 그러니까…" 하고 대답하는 사이, 여자는 무릎걸음을 다가와 소년이 덮은 이불 한 모퉁이를 잡아 턱까지 끌어 올려준다. 자라, 그냥 자라. 소년은 여자가 이를 악물고 속으로 하는 말을 듣는다.

  소년의 식구는 그 집에서 일 년을 더 살았다. 그 집을 떠나기 얼마 전 남동생이 태어났다. 이사를 두 번이나 더 하고나서 여동생이 태어났다. 그때껏 살던 집이 속초였고, 그다음에 동해안을 따라 남쪽으로 두어 도시를 옮긴 뒤 목포에 와서 정착했다. 중절모 사내가 다시 찾아온 적은 없다고 소년은 알고 있다. 소년은 자라면서 그날 밤에 있었던 일을 그 누구에게도 말한 적이 없었다. 꿈이라고 치부하고 잊으려 해도 그게 잘 안 됐다. 어느 날 밤의 불청객 사내와 방안의 부부… 그들은 어떤 관계일까. 부부는 무슨 말 못할 죄를 지었으며 중절모 사내는 무엇을 추궁하고 싶었던 것일까. 그 일이 내일 꼭 해가야 할 숙제처럼 조금도 기억 밖으로 사라지지 않았다. 그리고, 자신도 모르게 중절모 사내의 얼굴을 떠올려보는데 그 얼굴은 언제나 희미한 윤곽으로만 그려질 뿐 한번도 제대로 된 모양을 갖춘 적이 없었다.


### 3. 습3의 체제

한가운데 습3이 앉았다. 장난감 같은 작은 나무의자에 앉은 건데, 알몸에 삼각팬티다. 팬티는 중심부만 간신히 가렸고 겉으로 드러난 건 지방덩이, 팬티마저 입지 않았다면 돼지나 하마가 앉은 걸로 보일 법하다. 검은 장막이 배경이고 습3의 머리 위에서 강한 조명불이 내리비치고 있어서 알몸의 하얀 부분이 더욱 돌올하다. 그 몸에 핏물이 덕지덕지 묻었다. 누군가에게 줄곧 고문을 당해 온 형상이다.

습3은 팔다리가 의자에 묶였고, 의자는 바닥에 단단히 결박됐다. 습3이 그걸 벗어나려 몸을 비트는데 그림자들이 그 주위를 에워싼다. 그림자들은 서서히 장교(남), 농부(여), 중학생(남), 의사(남)의 네 사람으로 모양을 드러낸다. 넷의 손에 뭔가 든 게 보인다. 각각 젓가락 두 짝, 옥수수와 감자, 확성기, 도끼를 들고 습3 둘레로 빙글빙글 돌아간다. 넷 모두 하체가 없다. 하체는 보이지 않는 게 아니라 아예 없는 거다.

빙글빙글 도는 그들이 한 차례씩 습3 가까이 다가가는 시늉을 할 때마다 습3은 격렬하게 몸을 떨며 두려워한다.

습3의 비명을 지우면서 우렁찬 군가소리가 퍼진다. 넷은 잠시 한쪽 손을 들고 차렷 자세를 취했다가 습3에게 나치군 경례 동작을 취해 보인다. 음악이 흥겨운 행진곡으로 바뀌자 넷은 리듬을 타고 몸을 흔든다.

장교가 다가가 젓가락으로 습3의 코를 집어 비튼다.

"네놈이 극장에 사람을 모아놓고 혼자서 담배를 피울 때마다 내가 재떨이를 받치고 있어야 했어."

장교는 젓가락을 높이 쳐들었다가 습3의 코 양쪽을 뚫어 코뚜레로 꽂아둔다.

"네놈이 피는 담배연기에 내 코가 녹고, 그리고…!"

장교가 남은 젓가락을 다시 습3의 가슴을 겨눈다.

"그 연기가 내 폐를 다 망가뜨렸어!"

장교의 젓가락이 습3의 가슴에 박히자 피가 솟구친다.

한 사람이 습3에게 린치를 가할 때마다 습3은 비명을 지른다. 검은 장막에 피가 튀거나 전류가 흐르는 모양이 연출된다. 그 사이 음악소리는 낮아졌다 높아졌다 하고 남은 셋은 그것에 맞춰 기이한 춤동작을 취한다.

장교에 이어 농부가 옥수수와 감자를 각각 든 두 손을 빙글빙글 돌리면서 습3에게 다가간다.

"이거 알아? 이건 옥수수야. 이거 보여? 감자야!"

습3은 농부의 동작만으로도 뭔가 눈치를 채고 바들거린다.

"옥수수밭에도 안 가 보시고, 응? 감자밭에도 안 가 보시고, 응? 그러고는 입만 열면 농업혁명을 해야 한다 하셨지. 농업혁명, 농, 업, 혁, 명! 좋지, 좋아! 오늘 농업혁명은 진짜 어떻게 하는 건지 보여줄까, 응? 자, 똑똑히 봐, 보라구!"

습3이 비명을 지르는 그 입에 감자를 쑤셔박는다. 이어, 옥수수를 습3의 한쪽 눈에 박는다.

다음, 중학생이 확성기를 습3의 귀에 댄다. 행진곡 소리가 귀청을 찢을 듯하다. 음악은 잠시 열병식 방송중계 소리로 바뀌기도 한다.

"네놈은 날마다 우리를 광장으로 불러내 음악을 틀어놓고 행진을 시켰어! 이렇게, 이렇게 음악을 틀어놓고, 걸어라 뻗어라 외쳐라 소리 지르면서!"

확성기 소리 사이사이로 비명이 끼어든다.

다음, 의사가 한 손으로 도끼를 들고 한 손으로 습3의 머리를 잡고 뒤로 젖혀 수박을 만지듯 쓰다듬는다.

"이놈 머리통이 크기만 큰 줄 알았더니 에구, 무겁기도 하네. 십 킬로? 이십 킬로?"

의사는 도끼를 높이 쳐들었다가 내리찍는 시늉으로 습3의 머리통 각 부위에 옮겨 갖다 대면서 설명한다.

"이놈의 머리를 단면으로 쫙 자르면 말이야, 요렇게 크게 양쪽으로 하나씩 있는 게 대뇌야. 이 뒤쪽 아래로 이어지는 게 소뇌. 이 나머지 부분을 간뇌라고 하지. 이걸 에워싸고 있는 단단한 뼈가 곧 두개골인 거지. 이 부분은 전두엽, 이쪽이 후두엽, 여기 연수를 거쳐 척수로 해서 온몸의 신경으로 연결되는 거지."

의사는 자세를 고쳐 서서 의학사전을 외우듯 기계적으로 말한다.

"뇌는 사람이 하는 행동 대부분을 관장하고, 신체를 일정하게 유지하며, 인지와 감정, 기억과 학습 등 사람의 모든 인식과 감정을 담당하는 인체의 필수기관이다. 뇌 기능이 손상되면 사물을 인지하는 능력이 없어지고 기억을 잃게 되며 정체성을 유지하지 못하고 심하면 모든 의식적인 움직임이 불가능한 상황에 이르거나 죽게 된다."

의사 옆에 다른 셋도 굳은 자세로 선다.

"그런데 어떤 인간의 뇌는 전혀 다른 모양을 하고 있지. 두개골 안에 대뇌, 소뇌, 전두엽, 후두엽 이런 것 아무 상관도 없이 제멋대로 배치돼서 지 맘대로 기능하는 뇌!"

의사가 설명하자, 그 다음 장교가 받는다.

"혼자 담배를 피우면서 재떨이를 받들게 하고도 뻔뻔스러움을 모르는 뇌!"

그 다음 농부.

"밀농사, 타조사육, 연어 양식…. 하는 정책마다 다 말아먹고 저 혼자 산해진미로 먹고 마시고 놀면서 쾌락에 탐닉하는 뇌!"

그 다음 학생.

"어린 아이들이 광장에 모여 하루종일 자기 찬양하는 노래를 부르고 행진을 하는 걸 보며 쾌락을 느끼는 뇌!"

뇌, 하고 말을 끝맺음할 때마다 뇌! 뇌!로 소리치는 일동.

의사가 셋의 뜻을 모은다.

"바로 이놈의 뇌가 어떻게 생겨먹었는지를 확인해야겠지? 응? 응?"

모두 그렇지 그렇지 하고 고개를 끄덕인다. 의사가 도끼를 높이 쳐들고 습3의 머리를 내리찍으려 한다. 셋이 힘을 합해 준다.

습3의 비명이 극에 달한다.

조명과 음악이 마구 뒤엉킨다. 도끼가 내리찍힌다.

음악과 빛이 폭발할 듯하다.

갑자기 음악이 멎으며 암전.

한동안 침묵이 흐른 뒤, 무대 가운데서 여자아이의 목소리가 또렷이 들린다.

"아빠!"

그 소리가 신호가 돼 잠깐 조명이 들어왔다 다시 어두워지는 사이, 습3을 고문하던 넷이 동작을 멈추고 깜짝 놀라는 표정을 드러낸다.

깜깜한 무대 한쪽에 다시 조명이 들어오면, 노란 베레모를 쓰고 자줏빛 모피를 덧댄 코트를 입은 열 살 소녀가 서 있다. 그 외 습3도 넷도, 아무도 없다. 소녀는 습3이 있던 자리를 향해 다가가며 "아빠!" 하고 부른다.

여전히 깜깜하다. 소녀는 아빠를 몇 번 부르다가 갑자기 자기 몸을 더듬는다.

하체가 없다! 소녀의 몸은 상체만 보인다. 소녀는 몹시 당혹스러워한다.

"아빠, 아빠, 나, 이거 뭐지? 엉덩이도, 다리도, 아무것도 없네. 나, 이거 뭐지?"

소녀는 미친 듯이 자신을 만져본다.

"아빠, 나, 없어요. 아빠, 나 누구예요?"

소녀의 말소리가 몇 차례 에코가 되는 사이 암전.


## 4. 멀리서 바라보고

결론부터 말씀 드리겠습니다. 저, 이번 일 접겠습니다.

6개월 만에 연락을 주시면서 저에 대한 의혹(아, 제가 의심 받을 만한 일을 한 것이 없으니 이런 표현을 그대로 쓸 까닭도 없지만 표 선생님이 쓰셨으니 그대로 쓰는 겁니다)을 두 가지나 표하셨더군요. 정말 어이없는 일이군요. 요약하면 이거네요. 제가 이 사업에 아무 조건 없이 기술 제공을 하는 저의(표 선생님이 이런 표현까지 쓰셨다니 참!)를 밝히라는 것. 그리고 또 하나는, 정말 예상치 못한 건데, 표 선생님한테 이게 어떤 정보가치가 있는 건지는 모르겠지만, 제 딸이 2년 전 한국에서 잠적한 십대 프로 바둑기사가 아니냐 하는 것. 뭐, 좋습니다. 세상에 저 같은 사람도 드물 테니 표 선생님이 기이하게 생각했을 법도 합니다. 그러나 제 제안에 대해 관심을 주시고 열정적으로 질문을 하시던 분이 일방적으로 연락을 끊었다가 갑자기 사업 얘기는 하나도 없이 의혹이니 저의니 하시니, 정말 너무하시네요. 저야말로, 이러시는 표 선생님의 저의가 궁금합니다.

　까짓것 좋습니다. 이제 사업 얘기는 더 할 필요는 없어졌으니 그만두고 표 선생님이 제기하신 의혹에 대해 해명하는 것으로 마무리하지요. 우선, 제 딸이 한국의 프로 바둑기사 출신이라는 말. 그건 도대체 어디서 온 말인지요? 제 딸은 미국에서 태어났고 한국에는 한번도 간 적이 없는 아이입니다. 바둑은 어릴 때부터 두었고요, 열 살 넘어서부터는 제 수준을 훨씬 뛰어넘더군요. 최근 수년간 제 바둑교실을 찾아오는 한 중일 출신 그 누구도 제 딸과 대국해서 이긴 사람이 없답니다. 그러나 여기서는 입단이란 걸 할 데가 없으니 뭐, 그냥 취미, 아니 제 바둑교실의 수입원이기도 한 셈이니 직업도 되겠지만, 어떻든 프로는 아닙니다. 말씀드렸다시피 제 딸은 시각적인 형상과 관련해 천재적인 소양이 있습니다. 그림 솜씨도 상당하다 말씀드렸고요, 실은 손으로 그리는 그림이 더 훌륭한데 좀 예술적인 경향이 있어서, 정밀함을 요하는 것은 모두 컴퓨터로 그리게 하고 있지요. 미세한 먼지부터 거대한 쓰나미까지 정말 눈앞에 있는 듯 작업해 냅니다. 표 선생님도 제가 보내드린 도면의 상세 그림을 보고 능력을 인정하셨잖아요. 딸은 낮에는 바둑을 두고, 밤에는 그림을 그리거나 게임을 하며 지냅니다. 제가 요구하는 도면 같은 건 잘 그리지 않으려 해서 애먹을 때도 있지만, 희한하게도 표 선생님 사업 관련해서는 꾀부리질 않더군요. 잘못된 걸 지적해서 새로 그리게 할 때는 갓 익힌 햄버거를 몇 개씩 갖다 바쳐야 했지만. 어떻든 제 딸은 한국에서 잠적한 여자 프로 바둑기사하고는 거리가 멉니다. 따지고 보면 완전한 한국인도 아니고요.

다음, 순서상 이걸 저의 운운하면서 먼저 물으셨지만, 제가 제 기술을 무상으로 제공하는 까닭, 이건 뭐 어렵게 설명드릴 것 없습니다. 표 선생님이 30년 전 사업을 시작할 때 어떤 금전적인 보상도 바라지 않고 오로지 자기 돈과 자기 기술로만 진행하셨다고 했지요? 물론 그 뒤로 많은 분들이 후원을 해 주어서 언젠가부터 큰 부담 없이 사업을 진행했다지만. 저역시 표 선생님의 초심과 같은데, 그러나 저는 이후에도 어떤 후원도 바라지 않습니다. 표 선생님과는 인생이 다른데 왜 그러느냐구요? 글쎄, 그건 설명하기가 쉽지 않네요. 다만, 사람은 멀리서 바라보고 염원하는 일 하나쯤은 있어야 살아도 사는 느낌을 가질 수 있는 거라는 말로 답하고 싶습니다. 됐나요? 말하고 보니 표 선생님 역시 처음에는 저와 비슷한 느낌으로 일을 시작하신 게 아닌가 싶기도 하네요.

위 두 가지 의혹은, 중대한 일을 진행하시는 표 선생님으로서는 품을 만도 한 것이라 생각합니다. 그러나 표 선생님과 제가 서로 작업 내용을 공유하며 진행해 온 것이 일년입니다. 그러다 지난 6개월 동안 일방적으로 소식을 끊고 이메일 계정과 스마트폰 번호까지 바꾸시고는 이제 와 저를 의심하다니오! 사람을 이런 식으로 대하는 것은 예가 아니라고 봅니다.

긴 말 필요 없겠습니다.

저, 이번 일 접겠습니다. 행운을 빕니다.


추신 : 표 선생님이 연락을 끊은 동안 제가 쓴 글 몇 편을 보냅니다. 늘 습관처럼 써지는 대로 쓰던 거라 하찮은 내용일

수도 있겠지만, 근자에 인공지능의 도움을 받아 나름대로 모양을 갖췄다 싶네요(아, 오해 마십시오. 딸이 그린 도면은 컴퓨터 작업만으로 완성하는 겁니다. 이 문제만큼은 아직 인공지능과는 대화를 하지 않고 있답니다). 표 선생님이 저를 의심하는 데 대한 답이 될 듯도 합니다. 제 사생활이 너무 드러난 것 같아 망설여지기도 하고요. 관심 없으면 그냥 삭제해도 됩니다.

첨부한 것 중에 만년설 이야기가 있어요. 이곳 도심의 햄버거 가게에서 잘 보이는 L산 만년설 봉우리가 있는데, 언젠가는 그 봉우리 가까이 들어가서 살겠다는 생각을 하고 있습니다. 두 번째 이야기는 어릴 때 밤에 우리 집에 찾아온 손님 얘기예요. 언젠가부터 새록새록 그 장면이 떠올라 써 봤습니다. 원래는 아버지가 돌아가신 뒤 제가 동네 기원 아저씨와 친해지면서 바둑을 익히는 얘기까지 이어지는 내용인데 글 후반부가 엉망이 되어 버려 적당한 데서 끊고 마무리한 것입니다. 세 번째는 표 선생님 사업의 표적이 되는 인물 이야기라는 걸 대번에 아실 겁니다. 제가 한때 영화 관련 일을 하다 보니 연극이나 영화 장면 같은 걸 자꾸 끼적이게 되더군요. 그 인물에 대해서는 평소에 제가 자주 분노감을 느끼곤 하지만, 그래도 이런 글이 이렇게 쉽게 나올 줄 몰랐습니다.

한데 이런 글을 정리해 첨부하면서, 표 선생님에 대해 실망감을 느낀 것과는 달리 고마운 마음도 생겼다는 사실을 전해 드립니다. 국내외에서 통일 사업을 하는 많은 인물 중에 제가 굳이 표 선생님을 찾아내 사업 제안을 하고 아무 조건 없이 도면 제공을 하려는 이유를 이제야 찾은 것 같거든요. 이만 총총.

## 5. 78수는 어디에

78. 이 숫자는 21세기 바둑계에 가장 상징적인 수가 되었다. 인간과 인공지능의 공식 대결에서 인간이 마지막으로 승리한 대국, 이 대국에서 상대에게 결정적인 패착을 이끌어낸 수가 바로 78번째 수다. 그때 인간 기사는 한국의 바둑고수 이세돌. 상대 인공지능 기사는 알파고(AlphaGo). 2016년 3월이었고, 양자 대국 총 5전 중 앞 3전은 알파고의 불계승, 4국 이세돌 불계승, 5국은 다시 알파고 불계승. 그 이후 수년에 걸쳐 알파고를 능가하는 돌바람, ZEN, 카타고, 절예 등 새로운 인공지능 프로그램이 나왔고, 이들은 어떤 인간계 고수라도 쉽게 이겨 버린다. 78수는 인간이 인공지능에게 승리한 마지막 대국의 그 위대한 수다.

바둑 역사는 수천 년으로 알려져 있는데, 실제 기보로 남은 것은 200여 년 전부터의 16만 건 정도라고 한다. 인공지능은 이 16만 건에서 얻은 3천만 수를 바탕으로 '인공신경망(artificial neural network)'을 통해 '딥 러닝(deep learning)'을 거듭했다. 이제 인공지능 바둑은 알파고 시대의 '체험에서 판단하기(the judge by experience)'를 넘어서서 '이성으로 판단하기(the judge by reason)'로 나아가는 상태다. 이세돌 같은 당대 최고수 기사라도 인공지능 바둑을 이길 수 있는 길은 접바둑밖에 없고, 앞으로 그 접는 수 차이도 점점 늘어날 수밖에 없다.

이 시대의 바둑 연습생들은 인공지능으로 반복 연습해서 '항상 최상의 이득을 얻는 수'를 익혀서 실전에 나온다. 실전의 바둑고수란 인공지능의 판단과 일치하는 확률이 높은 기사를 뜻하게 됐다. 바둑시합 중계도 인공지능에서 모범답안을 구해 "지금 인공지능은 이 지점에 두는 것을 최상이라고 판단하는군요." 식으로 판세를 해설한다. 복기할 때도 어느 수가 패착이고 어느 수가 승착인지를 인공지능의 풀이에 의존해 알아낸다. 인공지능이 두라는 대로 두면 백전백승이 되는 현 상황을 무시할 수 있는 전문가는 아무도 없다. 한때 인간이 만든 가장 고급한 두뇌게임이라는 바둑은 이제 그 권위를 완전히 잃어버렸다.

상황이 이렇다 보니 대국 중인 바둑기사가 인공지능의 수를 몰래 보는 이른바 '치팅(cheating)' 사건이 종종 일어난다. 특히 대면 대국이 아닌 인터넷 대국은 치팅을 실행하기가 그만큼 편하다. 대면 대국일 때도 대국 중 화장실에서 인공지능을 참조한다거나, 귓병을 핑계로 귀에 이어폰을 끼고 붕대를 감은 채 인공지능의 수를 수신하거나 하는 방법을 쓴다. 어느해 K국의 프로입단 대국에서 이어폰 청취로 인공지능의 수를 받다가 적발된 사례가 있다. 또 같은 나라의 한 천재적인 10대 프로기사가 공식 인터넷 대국에서 치팅을 한 것이 들통나는 바람에 사과문을 올리고 자격정지 1년을 받기도 했다.

C국 20위권 랭킹의 한 바둑기사는 최근 2년 동안 승률이 80% 이상으로 치솟고 세계대회에서도 상위 랭커들을 잇달아 꺾고 결승에 진출해 우승까지 하는 등 돌풍을 일으키고 있다. 이를 두고 세계 랭킹 5위권의 같은 나라 한 기사가 "대국 중 화장실에 가지 말고 나랑 스무 판만 붙자. 내가 한 판이라도 더 지면 은퇴하겠다"고 도발해 큰 화제가 되었다. 문제의 기사가 치팅을 했다고 확신한 이 발언에 C국 바둑협회 측은 발언자에게 경고를 주는 등으로 사태를 무마했다는데, 의혹 여론이 만만치 않은 상황이다. 세계 랭킹 1위인 K국 기사는 상대 C국 대표 기사가 자신이 대국 중에 화장실에 몇 번 간 것을 두고 '의심스럽다'는 식으로 말한 것에 화가 나서 '말조심하라'는 식으로 경고를 한 일도 있다.

인간이 인공지능을 이겨 '신의 한 수'가 된 78수. 나중에 분석한 결과 이 수는 절대적인 묘수가 아니라 충분히 대응 가능한 수임이 밝혀졌다. 그건 신의 한 수가 아니라 인간의 수인 것이고 그때 알파고의 수준으로는 합당한 수로 대응하지 못한 거였다. 인간의 수로 인공지능을 이긴 거니까 그것이 비록 완전한 수가 아니었다 해도 더욱 기억해야 할 것도 같다. 그런데 이제는? 지구의 바둑리그에는 인공지능들만 출전하는 메이저리그와 그 아래 고만고만한 수준의 인간들의 마이너리그가 있는 건가? 인공지능에게 패착을 이끈 인간의 수 78수는 영영 불가능해진 것일까?

## 6. 끌림과 울림

햇빛이 한 차례 거실을 스쳐 지나 커튼을 빠져 나가는 기척을 느낄 때 내 의식은 아주 빨리 명료해졌다. 나는 그녀에게 이끌렸으나 그녀를 참아냈다!

나는 그녀에게 이끌렸다. 그녀는 부부싸움 끝에 차를 몰고 바닷가로 나가는 길에 귀가 중인 내 차를 발견하고 따라왔다. 나는 바닷가 마을의 다가구 주택에서 혼자 살았다. 그녀는 변호사인 내 친구 H의 부인으로 딸 하나를 두었다. H는 내가 알기보다 한결 권위적이었다. 나는 영화소품 회사에 다니고 있었다. 영화 관련 일로 알게 된 단역 여배우와 동거하다가 결별하고 나왔다. 두 번째 동거여서, 앞으로는 영원히 여자를 멀리하고 살겠다고 작심했다. H와는 내가 첫 여자와 동거 중일 때 회사의 소송 의뢰 건으로 만나 바둑을 두면서 친해졌다. 둘 다 골프는 싫어했다. 다니는 교회가 서로 가까운 데 있던 것도 친해진 이유였다. 예배를 마치면 자주 H의 집에서 차를 마시면서 바둑을 뒀다. 그녀가 옆에서 함께 했다. 나는 그녀에게 이끌렸다.

H와 그녀는 자주 다퉜다. 다툴 낌새가 있으면 나는 자리를 피해 집으로 돌아왔다. 동거녀 문제로 힘겨워하면서 귀가를 미루는 일이 잦아졌고 어쩔 수 없이 H의 집에 머무는 시간이 길어졌다. 둘이 싸우는 동안 나는 이층에서 딸과 놀곤 했다. 내가 영화소품 얘기를 들려주면 아이는 눈동자가 반들반들해졌다. '빙하시대의 패자'에서 공룡 알이 부화하는 모양이나 '도서관 대탐험'에 나오는 화석 반지 모양을 만드는 과정을 설명하면 그걸 스케치북에다 그림으로 그려냈다. 나무가 틔운 싹이 사람 눈이 된다든지, 발가락 티눈이 구슬이 된다든지 하는 장면도 쓱싹쓱싹 잘 그려냈다. 마술사가 시체로 누운 관 뚜껑이 열리면 거기서 비눗방울이 뿜어지는데, 그 비눗방울마다 마술사가 울고 웃고 하는 모습이 새겨 있다는 얘기를

하다가 실제로 비눗방울을 만들면서 놀기도 했다. 싸움을 끝낸 H와 그녀가 외출하자고 부르는 소리를 듣지 못할 때도 있었다.

H는 베트남전쟁 고아로 보트피플이 되어 미국으로 건너왔다. 위탁생활을 전전했다. 그중에는 한국계 가정도 있었다. 고등학교 때부터 프랑스계 할머니 집에서 지냈다. 변호사가 되었을 때 할머니로부터 적지 않은 유산을 물려받았다. 그녀가 H를 만난 것은 미국에서 대학을 마치고 인턴생활을 할 때였다. 귀국하라는 아버지의 명을 거역하기 위해서라도 미국에 남으려고 발버둥 칠 무렵 잠자리를 한 것이 H였다고 했다. 두 사람 사이에 사랑이 없다고 할 수는 없지만 서로 원하는 것이 달랐다. H는 모국에 대한 집착이 컸고 그녀는 H의 모국도 자신의 모국도 염두에 두지 않았다. H는 수임료를 적게 받았지만 꼼꼼한 변론으로 승소율이 높았다. 그녀는 다양한 주식투자로 많이 따고 한꺼번에 많이 잃었다. H는 딸에게 역사를 가르치려 했고 그녀는 딸에게 승마를 가르치려 했다. 베트남전쟁에서 한국과 베트남이 처지가 달랐던 일을 두고도 서로 격렬하게 다퉜다. 각자의 모국어로 하는 욕설이 엇비슷하게 들렸다.

H와 그녀는 식사를 하다가 식탁을 엎곤 했다. H가 칼을 들면 그녀는 총을 꺼내 왔다. H와 그녀는 싸우다 말고 나한테

가끔 의견을 물어보기도 했다. 내가 망설이면서 이런저런 대안을 내놓았는데 그것이 둘 모두에게 신뢰를 주었다. 변호사도 아니고 동거 경력 두 차례의 독신인 내가 부부의 중재자가 되어갔다. 부부는 이혼을 하려 했고 나는 만류했다. 한번은 둘이 저녁식탁에서 싸움을 시작했는데, 싸우다가 나를 가끔 찾곤 해서 집에 가지도 못하고 있었다. 이층에서 딸의 책상 앞에 엎드려 자다가 둘이 부르는 소리에 불려 내려갔다. 둘이 헤어지기로 했고 딸의 양육은 서로에게 맡길 수 없어 후견인의 결정을 따르기로 했다는 거였다. 내게 그 후견인이 되어 달라고 했다.

나는 그녀에게 이끌렸다. 그날 밤 와인을 마시며 그녀의 하소연을 듣다가 그녀에게 자꾸 이끌렸다. 나는 어릴 때 한밤중에 찾아온 남자 얘기를 했다. 처음이었다. 아버지와 어머니가 그 사내 앞에서 벌벌 떨던 장면을 말했다. 그 사내는 그 이후 나타난 적이 없었지만, 아버지와 어머니는 한평생 서로 죄 지은 표정을 지으며 살았다. 동해안을 따라 남하하다가 목포에 정착했다. 아버지가 뱃일을 하다 병을 얻어 일찍 죽었고, 나는 어머니의 분식집 일을 도왔다. 같은 건물에서 기원을 경영하는 아저씨가 두 번째 아버지가 되었다. 나도 모르게 그 얘기를 하면서 나는 그녀에게 더욱 이끌렸다.

"전쟁 전에 삼팔선을 넘어 월남하는 사람들이 많았는데 그

때 그 지역 지리를 잘 알고 짐도 날라주고 길도 안내해 주는 짐꾼들이 있었다고 해요. 별일이 다 있었겠죠? 짐을 온전히 잘 날라주고 돈을 꽤 모은 짐꾼도 있었을 거고, 길을 잘못 안내해 곤욕을 치른 짐꾼도 있었겠죠? 귀중품을 지고 날라주다 주인을 외면하고 도망친 짐꾼도 있었겠죠? 신혼부부를 안내하다 몰래 신랑을 유인해 해치우고 아무것도 모르는 신부만 데리고 간 짐꾼도 있지 않았을까요?"

그녀는 자신이 고등학교 때 읽은 분단소설 얘기를 했다. 그 소설은 읽은 적이 없지만 내가 어릴 적부터 상상한 스토리 중 하나였다. 그녀가 나를 위로했다.

"요즘도 그런 사람이 있나 봐요. 돈을 받고 두만강이나 압록강을 건네다 주는 사람이 있다지요. 중국 대륙을 거쳐 라오스나 베트남으로 넘어갈 때도 그렇고요. 중국에서 몽골 국경까지 안내하는 사람도 있었다지요. 돈을 벌기 위해 전문적으로 안내인 노릇을 하는 사람도 있고, 그냥 순수한 목적으로 안내해 주는 사람도 있고 그렇다지요. 그 과정에서 당국에 고발해서 포상금을 받는 사람도 있고, 돈을 받고 팔아넘기는 사람도 있고, 또 남자를 고발해서 붙잡히게 하고 여자만 동행하는 사람도 있고 그렇다는군요."

그녀는 교회에서 미국에 정착한 한 탈북자의 간증을 들은 기억을 떠올렸다. 그건 내가 더 잘 아는 얘기였다. 그녀는 나를 위로했다.

"나는 당신이 궁금해졌어요."

그녀는 나에게 이끌렸다. 나는 전쟁이 끝난 지 20년이 지나서 태어났고, 탈북민들이 이렇게 많은 때가 오리라고는 상상도 못하고 자랐다. 내 부모는 아주 어릴 때 전쟁을 겪은 세대이고 둘 다 이북 출신도 아니다. 그런데 중절모 사내에게 무슨 잘못을 한 것일까. 어째서 갑작스런 방문에 추궁을 당하면서도 제대로 대답도 못한 것일까. 그 뒤 무엇 때문에 도망치듯 남쪽으로 이사를 거듭해 갔을까. 자식을 셋이나 낳고 살면서 어째서 죄 지은 사람처럼 의욕을 잃고 살았을까. 나는 혼자서 수없이 상상했다고, 처음으로 말했다. 그녀는 나에게 이끌렸다. 그녀는 내 첫 번째 동거녀와 두 번째 동거녀 얘기를 했다. 첫 번째는 인도계였고, 두 번째는 백인이었는데 묘하게 닮은 데가 있더라고 했다. 다만 두 번째 동거녀는 가슴이 컸는데, 가끔 그 가슴에 짓눌린 내 얼굴이 생각난다고 했다.

새벽까지 그랬다. 나는 그녀에게 이끌렸다. 그녀는 나에게 이끌렸다. 서로 술에 취해 횡설수설했다. 누가 먼저 춤을 추자고 했는지, 서로 붙들고 춤을 추다가 넘어졌다. 함께 뒹굴었는지는 모르겠다. 눈을 뜨자 소파 위였고 해는 중천, 그녀는 옆에 없었다. 옆에 누운 흔적이 없었다. 나는 그녀에게 이끌렸으나 그녀를 참아냈다. 그리고 땅울림이 있었다. 지진이었다.

## 7. 비눗방울 프로젝트

　뉴스 보고 많이 놀랐습니다. 그래도 표 선생님은 안전하다고 해서 한숨 돌립니다. 요즘 같은 세상에, 한국에 그런 방화범이 있다니요. 하긴 뭐, 위험은 언제 어디에든 잠복해 있는 거니까 세상에 안심할 곳이 단 한 곳도 없기는 하지요. 더구나 표 선생님은 늘 독침 테러를 당할 위험을 안고 살아온 분이니까 더 말할 게 없지요. 어쨌든 이번 사건의 표적이 표 선생님 자체가 아니었고, 창고만 온전히 불탔을 뿐 표 선생님이 직접 위해를 입지 않은 건 정말 다행입니다. 범인을 잡고 자초지종을 알아내는 과정이 남아 있기는 하지만요. 그런데 표 선생님이 탈이 없다는 것에 안심하면서, 제가 이번 사건을 보고 꼭 전할 말씀이 있어서 연락을 다시 드립니다. 실은 이번에 제가 놀란 것이 따로 있었습니다.

　지난해 표 선생님을 가장 안타깝게 한 것은 공중전단살포금지법이었다고 알고 있어요. 이 법이 공포되면 표 선생님이 30년 동안 자부심을 갖고 해 오신 전단살포를 더 이상 못하게 된다고 안타까워하셨지요. 법이 공포되고 나서도 전단살포를 계속한다면 범법자로 감옥에 갈 수도 있지요. 또 국내 여론이 더 나빠지고, 그 여론에 편승해 반대세력들이 기승을 부려 실제 실행할 수도 없게 되지요. 표 선생님도 바로 이런 상황을 세상에 널리 알려서 어떻게든 법 공포를 막아보고자 하신 거잖아요. 여러 차례 국내외 언론 인터뷰로 문제제기를 하면서 답답함을 하소연하셨고 그 소식은 마침내 저에게도 들려왔습니다. 바로 그때 제가 법의 공포나 집행과 상관없이 전단살포 이상의 효과를 낼 수 있는 방법을 제안한 것이었습니다.

기억나시지요? 그때 제 제안을 비눗방울 프로젝트라 했습니다. 도면 여러 개를 보내면서 실행 방법을 그림을 보태 꼼꼼하게 설명 드렸고요. 짧은 시험영상까지 제작해서 보내드렸습니다. 표 선생님도 크게 관심을 두시고 몇 차례 질의를 하셨고 그때마다 제가 보충설명을 해드렸어요. 특히 제작비나 안정성 면에서 매우 효율이 높을 거라고 좋아하셨지요. 시행 일정이 잡히는 대로 제가 최종 설계도면을 드리겠다고 약속했지요. 그런 상태에서 아무 연락도 없다가 6개월이 지나서야 연락을 주시면서 사업 얘기는 꺼내지도 않고 저에 대한 의심을 표하셨어요. 엉뚱하게 제가 운영하는 바둑교실과 제 딸 얘기를 하시면서 국내의 치팅 사건을 예로 들기도 하셨고요. 제가 이 사업의 대가를 조금도 원하지 않는다는 데 대해서는 의혹이라는 말까지 쓰셨어요. 그 사이 법이 공포되었는데 이에 대해서는 일언반구 말이 없으셨고요. 제가 그런 의심을 사면서까지 도와드릴 생각은 없어서 그때 결국 표 선생님과는 연을 끊은 것이지요.

제가 다시 이메일을 보내게 된 것은 이런 연유입니다. 솔직히 말씀드리지요. 이번 방화사건에서 불에 타 전소됐다는 창고를 보고 저는 표 선생님이 어떤 분이라는 것을 한눈에 알았습니다. 여전히 전단살포에 대한 미련을 버리지 않고 있다, 비눗방울 프로젝트를 보고 열정적으로 반응한 것은 모두 가식이었다, 습3 체제를 붕괴할 목적은 뒷전이고 자신이 살아갈 명분만을 위해 행동한다, 30년 전의 초심은 이미 온데간데없다…. (차마 표 선생님이 돈벌이와 명예욕만 채우려 한다고는 말 안 하려 합니다.) 아닌가요? 정말, 아닌가요?

공중전단살포금지법이 문제 삼고 있는 것은 '공중살포'가 아니라 '전단살포'입니다. 즉, 전단만 아니면 된다는 겁니다. 풍선에 전단을 매달아 날리는 것에서 전단이 문제이지 풍선은 문제가 없지요. 비눗방울 프로젝트는 전단이 필요 없습니다. 풍선이 터지는 순간 수많은 비눗방울들이 오랜 시간 공중을 떠다니는 겁니다. 법 해석에 여지가 있다면 그 비눗방울에 습3의 참혹한 얼굴들이 새겨진다는 건데, 그건 전단이 아니거든요. 아니, 그걸 전단이라고 우기는 패들이 있을 수도 있지만, 그건 풍선이 날아가 터지는 곳에서 직접 본 사람들만 아는 내용이라 아무도 전단이라 우길 수가 없는 거지요. 실은 요즘 제 딸과 함께 비눗방울에 습3의 딸 얼굴을 넣는 것을 논의하고 있었습니다. 딸이 웬일로 그림작업을 하다가 자꾸 우울한 표정을 짓는 바람에 머뭇거리고 있었지만. 사실, 제 입으로 말하기는 그렇지만 그건 정말 획기적인 기획입니다. 이젠 다 지난 일이 되었네요.

망설이다 원고 두 개 첨부합니다. 이번에는 참으려 했는데 기왕 인공지능과 싸움하듯 해서 만든 글이라 그냥 버리기 아깝기도 해서 함께 보냅니다. 저를 이해시키려는 뜻도 조금은 있지만, 어쩌면 표 선생님이 지금 처한 현실을 되돌아보게 하는 데 도움이 되겠다 싶어서요. '78수는 어디에'라는 글은 일종의 바둑 칼럼이라 해야겠지요. 표 선생님이 제 딸을 의심하시기에 바둑계의 치팅 사건을 조사하다가 2016년 3월 이세돌과 알파고의 대국이 끝난 직후 문제의 수 78수에 대해 어떤 칼럼리스트가 쓴 글이 있었다는 걸 알게 됐습니다. 근데 그게 다른 몇 사람의 글에 조금씩 설명만 돼 있을 뿐 도무지 검색이 안 되더군요. 제 바둑교실 강의자료를 정리하는 겸 해서 모은 이런저런 기사를 넣어서 인공지능한테 칼럼 식으로 재미있게 써보라고 했더니 이와 같이 됐습니다. 뭐, 제가 손댔다고 해봤자 몇 문장 주어에서 대명사를 뺀 것 정도. 아무튼 알파고 이후 인공지능 바둑이 이미 인간을 가르치는 수준이 된 상황에서 앞으로도 치팅 사건은 계속 일어나지 않을까 합니다. 그런데 국내 바둑 프로기사가 치팅을 한 것이 문제된 사건이 실제 있었던 모양인데, 그 당사자가 잠적했다는 기사는 확인되지 않았어요. 아니, 그때 치팅사건의 주인공은 징계를 받고 복귀한 뒤 상승세를 타고 국내 기전에 우승까지 한 김아무개 기사 아닌가요? 이미 말씀드렸듯 제 딸은 한국에 간 적이 없습니다. 바둑 실력도 제가 보기에 그런 정도 수준까지는 아니고요. 제 딸은, 더 많은 설명이 필요하지만, 적어도 바둑에 관련한 일로는 더 오해 받을 일 없습니다.

함께 첨부하는 글 '끌림과 울림'은, 아 그러고 보니 제 딸 얘기를 이어서 해야 할 내용이네요. 그러니까 제 딸의 친부모는 제 친구들로서 6년 전 남캘리포니아 지진 때 많은 사람들과 함께 죽었습니다. 딸은 그 잿더미에서 건져졌고요. 딸은 그때 많은 기억을 잃었는데 저만은 분명히 알아봤지요. 친구 부부가 살아 있을 때 저를 딸의 후견인으로 지정해 둔 덕에 나는 딸을 제 집으로 들였지요. 딸은 부모 기억을 많이 회복했지만 저를 아빠로 여기고 사는 데는 아무 무리가 없습니다. 다만, 뿌리 뽑힌 사람들은 어쩔 수 없다 할까요. 딸과 저는 딸과 아빠로 살고는 있는데 때때로 알 수 없는 그리움에 먼 곳을 바라볼 때가 많습니다. 고백하자면 언젠가부터 표 선생님의 얼굴이 제가 오래전부터 찾아온 사람을 닮은 듯했습니다. 이를테면, 어릴 적 한밤중에 우리 집을 방문해 제 부모를 모질게 추궁하고 사라진 뒤로 한번도 찾아온 적이 없는….

길어졌군요. 이제 제가 표 선생님을 찾을 일이, 아니 표 선생님이 저를 찾을 일도 더 없겠습니다. 이 이메일 계정은 오늘부로 완전히 삭제합니다.


## 8. 흰 산 기슭

어떤 여행이건 눈에 꼭 담아 가야지 하는 그런 풍경 하나쯤은 만나게 마련이다. 일정이 촉박하지만 않다면 가능한 만큼 오래오래 보아서 마음깊이 새겨보기도 한다. 하지만 그곳 하나를 목표로 가서 오래 머무는 여행이 아닌 다음에야 그게 생각만큼 쉽지가 않다. 실은 어쩌다 그 한 곳을 오래 볼 기회가 생긴다 해도 그냥 그 한 번의 경험일 뿐이라 그게 의식의 심층을 파고드는 정도에 이를 수는 없다. 나중에, 그저 들뜬 상태로 찍어온 사진을 보며 그때의 느낌을 웬만큼 되살리기만해도 대체로 그 여행은 성공이라 하겠다. 아니면 진정한 명소는 깊이 새겨오지 못한 아쉬움의 감정을 되살리려는 의식의 결과인지도 모른다.

북미권 교회 순방단에 끼어 캘리포니아 샌디에이고로부터 태평양 해안으로 캐나다 밴쿠버까지 북행하는 동안 국경 도시 시애틀에 이틀 머물렀다. 운 좋게 그중 하루가 관광일정이어서 레이니어산 국립공원에 가게 되었다. 중턱까지는 전세버스 안이었고, 그 다음은 내려 반시간 정도 걸어 올랐다. 여기저기 봄 나무가 운을 틔우는구나 싶었는데 어느새 눈을 뒤집어쓴 침엽수 군락들이 이어졌다. 흰 눈이 반사하는 빛이 여간 눈부시지 않아서 선글라스를 단단히 눌러쓰고 있어야 했다. 일행들의 말이 눈판에 부딪쳐 쩅쩅, 소리를 냈다. 인간 세상을 한눈에 내려다보는 그런 시원한 장관은 없었다. 산허리들이 겹을 이루는 그 뒤로 다시 산봉우리들이 첩첩으로 둘러쌌다. 여행사에서 미리 예약한 산장에서 한식 간이비빔밥으로 점심을 해결하고 한 시간 정도 주변을 산책했다.

만년설 속에 내가 이렇게 살아 있구나, 하는 감격이 차오르곤 했다. 사진으로 보던 데를 실제로 체험한다는 기쁨도 컸다. 눈에 넣고 싶은 풍경이었다기보다 그 실감을 간직하는 것으로 충분한 보상이 될 만했다. 다만 나이 탓인지 감각이 부족해서인지 어휘력이 달려서인지 뭔가 깊이 있게 마음에 새겨지는 것 같지는 않았다. 뒤늦게 한기가 옷섶을 파고들었다. 그래도 실감을 연장하고 싶은 욕심은 있어서 전문가들이 뷰포인트에서 찍은 제법 큰 크기의 사진 몇 종과 유화로 된 산봉우리 그림 한 장을 하산하면서 샀다.

"이곳 만년설을 우리 한인들은 흰 산이라고 불러요."

작은 쇼핑센터 앞에서 내가 사 든 사진 속 만년설 산봉우리 한 곳을 가리키며 가이드가 한 말에 귀가 번쩍 트였다.

"그래요? 언제부터요?"

얼마 전 일이 생각난 것은 별 뜻 없이 묻고 난 다음이었다.

같은 교회를 다니는 통일운동가 표창대 씨 문병을 간 적이 있다. 표창대 씨는 지난 세기의 마지막 해에 탈북해서 한국에 정착한 1세대 탈북민이었다. 지렁이 분변토를 활용한 액비를 생산 보급해 온 혁신 사업가이자 농업연구가로 꽤나 이름이 난 분이었다. 같은 교회에 다닌 인연으로 취재차 사업장에 가 보니 탈북민들 다수가 그곳에서 일하고 있어서 '먼저 온 통일'을 실천한 사연으로 기사를 썼다. 표창대 씨가 그것과는 별개로 대북 전단살포 기구를 연구 개발해 실제 북한으로 띄워 보내는 작업을 계속하고 있었다는 사실은 그 뒤에 알았다. 병상에 누운 표창대 씨의 얼굴은 어둠이 그득했다. 연전에 대북 전단살포가 이슈가 되면서 꽤 속을 썩인 모양이었다. 게다가 누구 소행인지 그 기구 창고에 화재사고까지 났다. 소문 내지 말고 몰래 해야 할 일을 홍보행사처럼 세상에 다 알리면서 날려 보내는 전단살포 집단이 늘어나는 바람에 반대세력에 빌미를 줬다며 안타까워했다. 이젠 병이 깊어져 더 하려야 할 수도 없는 일이 됐다고 고개를 젓더니 웬 재미동포 얘기를 하면서 기회 닿으면 한번 취재해 보라고 했다.

"풍선이 터지면 그 안에서 수만 개의 비눗방울이 뿜어 나와. 그 비눗방울에는 독재자 얼굴이 인쇄돼 있어. 그런 비눗방울이 평양거리에 몇날 며칠 둥둥 떠다녀. 자기 장군 얼굴이니 터뜨리지도 못해. 게다가 그걸 터뜨리는 순간, 거기서 다시 비눗방울 수백 개가 또 뿜어 나오는 거야. 시애틀에서 자기 딸하고 바둑교실을 운영하고 살면서 취미로 그런 아이디어를 생각해 봤다고 내게 제안을 해 왔어."

실행 가능성이 전혀 없는 허황한 아이디어에 한동안 많이 웃고 다녔다고 했다. 그 동포가 보내 온 비눗방울 생산기기 도면은 애들 낙서 같아서 도저히 봐줄 수 없는 수준이었지만 그것마저 귀엽게 보이더라 했다. 그런 사람을 왜 찾아보라 하는 거지, 하는 의문을 내 표정에서 읽은 표창대 씨가 말을 이었다.

"신기하잖아. 그 먼 곳에서 한국의 통일을 꿈꾸는 사람이 있다는 거. 만년설을 쳐다보면서 고향의 흰 산을 그리워한다느니, 죽은 친구 딸을 데리고 사는데 그 딸한테 아주 특별한 재능이 있다느니, 나더러 자기 아비를 닮았다느니 하는 소리까지 하면서 말이야."

그날 표창대 씨는 병상에 앉은 채로 스마트폰을 열고 시애틀에서 보냈다는 그 이메일을 하나하나 찾아 내 이메일로 전달하다 말고 중얼거렸다.

"인간은 말이야, 어차피 사라질 거면서 아무도 모를 흔적을 뭐 하러 이렇게 남겨두는지 몰라."

그 말은 생전에 고향에 가 보지 못하고 그냥 죽게 될 자기 심정을 드러내려는 뜻이려니 했다. 실제 그 며칠 뒤 표창대 씨는 중환자실로 들어간다는 문자를 보내 왔다. 내가 그 무렵 문제의 그 이메일을 열어본 것은 이제는 영원히 못 만나게 될 표창대 씨에 대한 예의였다고 할 수 있다.

흰 산.

그때 그 이메일에서 강력하게 느낀 표현이었다.

가이드가 바로 그 말을 하는 거였다. 나는 숙소에 돌아와 피곤한 눈으로 그 이메일을 찾아내 하나하나 들여다봤다. docx 파일로 첨부한 것들은 의외로 잘 정돈된 데 반해 따로 몇 차례 보낸 그림파일은 한눈에 보기에도 엉성했다.

이튿날 밴쿠버로 떠나기 전 시내 교회를 탐방하는 버스 안에서 가이드한데 이메일의 주인공에 대해 물었다.

"아, 그 사람… 알아요. 아, 저기 저 시내공원 근처에서 조그만 바둑교실을 하던 사람이에요."

가이드가 버스가 막 지나가는 공원을 돌아보며 말을 이었다.

"바둑교실이 한류바람 타고 꽤 잘 된 걸로 아는데, 그걸 다 접고 저기 저 산 기슭에 들어가 살겠다고 떠난 지 일이년 됐나 그러네요. 딸하고…. 딸이 장애가 있어서 좀 어눌했는데 바둑을 잘 둬서 한인 2세들한테 꽤 인기가 있었지요. 저 산 밑에 가서 실제 사는지는… 모르겠네요, 가서 본 적이 없어서.”

가이드가 버스 창 옆으로 보이는 산 귀퉁이를 가리켰다. 바로 어제 산 유화그림 한 장과 엇비슷한 구도로 흰 산 옆구리가 보였다. (2023)

# 무너진 사람들, 그 배후

## 김유림
(문학평론가)

※ 이 글은 작가 박덕규와 여러 차례 대면/비대면 인터뷰를 진행하면서 완성한 것이다.

## 1. 아우름과 넘나듦

박덕규는 1980년대 초반 등단한 시인이자 문학평론가다. 소설가로 등단한 것은 1990년대 중반으로, 이후 적지 않은 편수의 소설을 발표했다. 1990년 후반 대학교수로 부임한 뒤에는 강의와 연구, 공연 극본 창작, 각종 문화기획, 지역문화 스토리텔링을 병행했고, 21세기 들어서는 해외 문단이나 재외동포들과 소통하는 다양한 프로그램을 적극적으로 진행하기도 했다. 연전에 정년퇴임을 하고 나서도 시와 소설을 비롯한 여러 장르의 창작과 집필, 국내외를 잇는 on—off line 프로그램 운영, 연구 프로젝트 진행 등으로 바쁜 일정을 소화하는 것으로 알고 있다. 40년이 훌쩍 넘는 문단 경력에 이렇듯 여러 분야를 아우르고 넘나드는 활동을 펼친 작가 박덕규에게 '문학 노마드' 또는 '하이브리드 문학인'이라 이름 붙이면 어떨까 생각해 본다.

이 소설집은 오래전에 낸 소설집 『날아라 거북이!』(1996) 와 『포구에서 온 편지』(2000), 그 외 탈북 소재만 모은 2종의 소설선 『함께 있어도 외로운 사람들』(1998)과 『함께 있어도 외로움에 떠는 당신들』(2012)이나 번외 편 소설집 『고양이 살리기』(2004) 외에 무척 오랜만에 만나는 박덕규의 신작 단편집이다. 수록 작품의 발표 연대로 보면 가장 이르게는 21세기 첫해 「지렁이, 지렁이떼」(2000)로부터 「싸락눈」(2002), 「비밀의 방」(2005), 「조선족 소녀」(2014), 「구부러진 물길」(2014), 「사람의 별」(2015)을 거쳐 근작 「흰 산 기슭」(2023)에 이르는 단편 일곱 편이다. 25년 동안 단편 일곱 편이면 어쩌면 소설창작을 소홀히 한 게 아닌가 싶은데, 그 사이 이 소설집에 싣지 않은 다른 단편도 몇 있고 또 장편소설 『밥과 사랑』(2004), 『사명대사 일본 탐정기』(2010), 『토끼전 2020』(2018) 그리고 소설창작 실기론에 해당하는 『단편소설 독작술』(2013)까지 낸 걸 보면 그건 아닌 것 같다. 이 소설집은 지난세기 종반 "우리 자본주의적 세계의 비속화된 삶을 해부적으로 그려"[1] 온 작가로서 21세기의 첫 4반세기에도 실제로 그

---

1  방민호, 「냉정한 세계 논리 위에 놓인 위태로운 삶」, 박덕규 소설집 『포구에서 온 편지』(문이당, 2000) 해설 239쪽.

시대적 변모 양상을 변함없이 추적하고 있었음을 확인하게
한다. 이 시기 중년을 지나 노년의 문턱에 이르는 자연적 시
간 경과에 따른 작가의 원숙 과정을 함께 느낄 수도 있다.

　이 소설집의 소설들은 한국사회가 분단 이후 산업화와 민
주화를 연이어 구가하던 때로부터 21세기 현재에 이르는 동
안의 시대 현실을 밑바탕에 두고 있다. 가령, 일반 단편소설
의 두 배 분량인 「구부러진 물길」은 청·장년기를 1970~80년
대 대학가의 시공간에서 보낸 인물들의 일대기적 삶을 2010
년대 현재 시점에서 되살리는 내용이다. 표제작인 「흰 산 기
슭」은 남북분단과 연관해 출생비밀을 품은 듯한 인물이 21세
기 문명기기를 다채롭게 활용하며 통일 방안을 모색하는 상
황을 보여준다. 「비밀의 방」은 1988년 서울올림픽과 2002년
한일월드컵으로 상징되는 한국의 비약적인 경제성장 과정
의 이면에서 출세지상주의를 삶의 지표로 삼은 인물들이 명
멸한다. 「싸락눈」은 세기 말 세기 초 사회 전반의 경제위기로
몰락한 형제들의 비탄을 담고 있다. 「지렁이, 지렁이떼」 역시
정보화시대에 가치 혼란에 빠진 인물들의 방황을 그린다. 또
「조선족 소녀」는 작가가 1990년대 후반부터 집중해 온 탈북
문제를 내면화하고 있고, 황순원의 명단편 「소나기」의 이어
쓰기 기획으로 집필한 짧은 소설 「사람의 별」은 생태 위기를
주목하는 시대적 화두를 SF 양식에 담아 보인다.

범박하게 이해하면 박덕규의 소설은 이처럼 한국사회가 분단 상황에서 지속적인 개발독재와 그 모순의 극복과정으로 괄목할 성취를 얻는 그늘에서 삶의 정체성을 잃은 개인의 내면을 부각하고 있다고 할 수 있다. 개인의 생존 문제를 분단 이후 민족의 현안이나 사회현실의 여러 난제와 결합해 주목한다고나 할까. 그런데 개인과 사회 간의 관련에 대한 이런 태도는 사실 작가 박덕규만의 독자적인 것일 수는 없다. 우리가 박덕규 소설에서 주목해야 할 것은 그 주제만이 아니다. 박덕규의 소설은 캐릭터 창조나 서사적 구조, 화자와 시점 운용 등에서 예상을 뒤엎는 상상력으로, 한국 사회의 문제를 지적하는 흔한 리얼리즘적인 주제를 새삼 뜻밖의 일로 환기하는 데 능통하다. 극단적인 예를 들면 「사람의 별」에서 원작 「소나기」의 소녀를 '생태계 파괴의 위기를 맞은 어느 별에서 오염되지 않은 지구의 시골마을 농부 자식으로 파견된 인물'로 설정한 것과 같은 '기상천외함'이 박덕규 소설에 있다. 혼자 일방적으로 기이한 통일운동을 제안하다가 갑자기 종적을 감춘 듯한 시애틀 동포(「흰 산 기슭」), 자신들이 파멸시킨 당사자에게 정자를 제공받아 임신하고 출산에 성공한 부부(「구부러진 물길」), 한국의 젊은 여성과 결혼하기 위해 상당 재산을 걸고 공개모집을 하는 벨기에 부호(「비밀의 방」), 개강을 앞두고 갑자기 종적을 감춘 대학 겸임교수나 폭력과 돈으로 장악한 여고생에게 순정을 다 바치는 경찰관(「지렁이, 지렁이떼」), 위조한 여권으로 탑승한 비행기가 공중 폭파되어 영원한 실종자가 된 사업가(「싸락눈」), 거주할 곳을 얻지 못해 중국의 어느 산속 닭장에서 살고 있는 탈북자 가족(「조선족 소녀」) 등의 뜻밖의 인물설정도 바로 그렇다. 재미동포(「흰 산 기슭」), 탈북민과 재중동포(「조선족 소녀」), 국제 미아(「싸락눈」), 히말라야 여행자(「구부러진 물길」), 지구 여행자(「사람의 별」) 등 노마드 인물이 편편이 등장하는 것도 이색적이다. 서사적 지위가 다른 여러 시점인물을 릴레이로 연결하면서 중심서사와 주변서사를 혼재하는 서사 구축 방법도 매우 남다르게 느껴진다.

　이즈음 한국사회는 전 지구적인 인터넷시스템을 기반으로 인공지능 시대를 크게 열고 있다. 지난세기 말까지 개인 간의 소통은 직접적인 대면을 제외하면 종이편지나 전화를 매개로 하는 게 일반적이었다. 세기가 바뀌면서 전화를 휴대전화로, 종이편지를 전자우편으로 대체하더니, 어느덧 스마트폰 기기의 보편화, SNS와 동영상 공유 플랫폼 상용 등으로 개인과 개인, 개인과 사회를 다각적으로 연결하는 디지털 문화가 일상화되었다. 이제 여기에 인공지능을 얹어 정보소통의 양과 질과 속도를 획기적으로 증폭하는 중이다. 4반세기 동안의 이번 일곱 편은 이런 변화를 보여주는 걸로도 읽힌다.

새 세기 초반 박덕규 소설의 인물들은 휴대전화 메시지, PC 방 기기, 실시간 채팅(「지렁이, 지렁이떼」, 「비밀의 방」 등) 또는 "인터넷 구글 사이트의 엉성한 번역 프로그램"(「조선족 소녀」)을 활용하는 정도에서 소통의 새로운 편리를 누렸다. 그로부터 이제 인공지능을 적극 활용해서 능숙하게 글을 쓰고 도면도 작성하며 번역이나 통역도 한결 손쉽게 하는 단계(「흰 산 기슭」 등)에 이르렀다. 이들 소설은 그 내부에 동화, 영화, 연극, 칼럼, 기사 등의 내용과 형식을 적극 수용한 매체적 자유로움을 보이기도 한다. 근대소설의 전통에서 볼 때 박덕규의 소설은 우리가 겪는 사회 변화를 비판적으로 드러내는 매우 낯익은 '사회비판 유형'에 가깝지만, 주제와 소재를 직조하는 다채롭고 다각적인 시도를 통해 그러한 현실의 반영과 비판을 상당부분 낯설게 행한다는 점에서 '포스트모던 양태'로 이해할 수 있다. 이 글은 그 낯익음과 낯섦으로 얼킨 아우름과 넘나듦의 세계를 비집고 들어가 박덕규 소설만의 것을 더욱 꼼꼼히 새긴다는 시도로 진행한다.


## 2. 없는데 압도하는

소설은 무엇보다 '인물의 삶'을 다룬다. 특히 단편소설은 한두 명 정도 인물의 사연을 집약적으로 드러낸다. 그때 그 인물은 대개 그 소설의 주인공이며 또한 서사의 중심에 놓여 서술의 주체 또는 적어도 서술의 주 대상이 되기 마련이다. 박덕규의 소설도 예외는 아니다. 그런데 박덕규는 여러 소설에서 그런 핵심인물을 작중의 현재나 서술의 중심에 두지 않고 있다. 가령 「구부러진 물길」에서 '나'는 청년기부터 두텁게 우애를 나누어 오다 사망한 후배(차동하)의 행적을 이해하기 위해 그 딸임에 분명한 한 여성(송란)을 찾으러 히말라야에 와 있다. 이때 차동하는 현실에서는 죽고 없지만, '나'의 회상에서는 물론이고 '송란'과의 만남에서도 핵심적인 지위를 점유한다. '나'의 회상과 여행과 만남은 결국 작중의 '나' 아닌 다른 핵심인물 차동하의 삶과 죽음의 의미를 밝히는 주변부의 사연인 듯 읽히기도 한다. 이렇듯 차동하는 작중의 현재적 정황에서는 '없는' 인물이면서도 서사의 맥락에 압도적인 영향을 주는 인물로 부각돼 있다. 박덕규의 소설에는 유독 이런 인물이 많다.

「구부러진 물길」에서 작중의 현재에 죽은 상태의 인물인 차동하의 기법적 지위는 「지렁이, 지렁이떼」의 김하근, 「싸락눈」의 중세, 「비밀의 방」의 정균, 「흰 산 기슭」의 동진 등에게서도 유사한 것으로 확인된다. 「지렁이, 지렁이떼」에서 '환경과 문화' 등의 교양강의를 맡아 온 겸임교수 김하근은 신학기가 시작되자 사라져 나타나지 않는 인물이다. 학교 측은 '개인사정'이라고 이유를 밝히지만, 최근 학내의 교수 임용 비리 사건과 관련이 있는 것으로도 비친다. 소설은 학생들이 김하근이 강의에서 주요 텍스트로 활용한 소설 한 편을 낭독 영상으로 만드는 과정을 중심으로 전개되고 있다. 이때 김하근은 작중의 현재에는 '없는' 그러나 압도적으로 서사 전체를 지배하는 인물로 부각된다.

「싸락눈」은 영어학원 전무로 일하고 있는 문세가 맏형 경세가 사는 고향 도시를 방문했다가 함께 만나는 가족 상봉을 중심으로 현재적 스토리를 전개한다. 중년을 넘기고 있는 두 형제는 상당한 경제적 타격에서 헤어나기 힘든 상태인데 그 근원에 둘 사이의 형제 중세의 삶이 개입해 있다. 사업을 하던 중세는 부도를 내면서 두 형제의 집까지 '날리게' 했고, 이후 해외로 피신해 신분을 위장해서 살다가 여객기 폭파사고로 사망했지만, 보상을 받기는커녕 신원확인조차 불분명한 상태다. 주로 문세를 시점인물 격으로 앞세우고 맏형 경세와 조카 원준을 상대역으로 삼아 스토리를 전개하던 이 소설은 점차 중세를 화제의 핵심에 둔다. 작중의 현재에는 '없는' 중세가 후반부 들면서 서사에 압도적으로 영향을 주는 인물이 된다.

「비밀의 방」은 모두 3장 구성으로, 1장은 수도권의 한 후발 대학에 재학 중인 미란이 참석한 학과 신입생 환영회 장면을, 2장은 결혼정보회사를 경영하고 있는 진석이 후배 정욱의 도움을 받아 회사 홍보에 상당한 효과를 얻는 내용을, 3장은 정욱이 진석 회사를 통해 얻은 신붓감 귀옥에게 '비밀의 방'에 유폐된 형 정균의 정체를 밝히는 사연을 각각 드러낸다. 이는 1장에서 미란의 애인으로 잠시 거론된 정욱이 2장에서 진석의 회사 일을 돌봐주는 부인물로 등장했다가 3장에서 새로운 상대자인 귀옥과 결실을 맺는 과정의 주인물이 되는 과정이기도 하다. 얼핏, 정욱이 어린 애인(미란)을 버리고 새 배필(귀옥)을 찾는 스토리로 이해함 직한데, 이 소설은 실은 결코 그런 러브스토리가 아니다. 가장 주목할 것은 정욱의 변심에 결정적인 영향을 주는 인물인 정욱의 형 정균의 사연이다. 일류대학에 진학하지 못한 좌절감에 자살을 시도했다가 뇌사 상태가 된 정균은 정욱 본가의 '비밀의 방'에 유폐된 상태의 '없는' 인물로서, 작중 상황에 직접 출현하지 않는데도 제목에서부터 서사 전반에 이르기까지 상당한 영향을 주고 있다.

「흰 산 기슭」은 재미동포로서 미국 남 캘리포니아에 살던 동진이 지진으로 죽은 친구 부부의 딸 수잔을 데리고 시애틀로 이주해 바둑교실을 운영하고 있는 정황을 서사의 전면에 배치했다. 전 8장의 이 소설은 마지막 장을 빼면 모두 동진이 인공지능의 도움을 받아 쓴 것으로, 모국에 사는 탈북민 통일운동가 표창대에게 보낸 이메일 내용만으로 드러나 있다. 그런데 마지막 8장은 그 이메일을 표창대에게서 전해 받은 기자 출신 '나'가 시애틀을 방문했다가 동진과 같은 인물이 그곳에서 살다 만년설이 보이는 산기슭으로 이사했다는 소문을 듣는 내용으로 정리된다. 이때 동진이 그동안 표창대에게 보낸 이메일 내용을 실제 일어난 일로 믿으면 이 소설은 동진이 경험하고 글을 쓰는 모든 행동의 주체자인 것으로 이해할 만하다. 그러나 동진의 일은 모두 표창대에게 전한 이메일에 든 것뿐 실체는 알 수 없다. 그 알 수 없음에 의존하면 이 소설에서 주인공 동진은 작중 현재에는 '없는' 인물, 즉 '없는데' 소설의 서사를 압도하는 인물로 이해된다.

박덕규의 여러 편 소설은 이처럼 서사의 현재적 정황에서는 '없는' 인물인데도 서사적 전개에 압도적인 영향을 주는 인물이 작동하고 있다. 그 인물은 현재 실종 또는 사망 또는 은둔을 한 상태이고 다른 주인공이나 주변인물은 그를 추적하고 회상하거나 크게 의식하는 상태를 유지한다. 그 과정에서 박덕규 소설은 사소하고 자잘한 일상적 사건과 현실에서 부딪히기 어려운 충격적인 사건이 뒤얽히는 서사를 구축해 보인다. 이 사소함과 중후함의 뒤얽힘은 얼핏 불협화음을 일으켜 독자의 편한 독서를 방해하곤 한다. 그러나 그것은 일차적으로 독자가 서사상황을 쉽게 수용하는 것을 지연시키고 나아가 결국은 재독하게 만드는, 작가가 노린 일종의 소격효과라 할 수 있다.


## 3. 몰락과 거세


박덕규의 소설이 실종 상태이거나 은둔해 있거나 사망한 인물을 다른 주요인물이나 주변인물이 들춰내는 과정을 서사의 축으로 삼는 특징이 있음을 앞에서 이해했다. 서사의 현재 상황에는 출현하지 않으면서도 서사 전개에 상당한 영향을 주는 '없는데 막강한' 인물의 효과가 특별하다는 점도 밝혔다. 또한 이런 방식이 '의도적으로 감춰놓은 것을 추적해서 조금씩 찾아내는' 추리물 패턴과 매우 닮아서 '미스터리한 효과'마저 얻는다는 점도 아울러 새길 만하다고 생각한다. 그런데, 당연한 것이지만 박덕규 소설의 이런 인물관계나 그 효과는 단지 기법적인 데서만 그칠 리 없을 것이다.

앞에서 말한 대로 박덕규 소설에서 '없는데 막강한' 인물은 「구부러진 물길」의 차동하, 「싸락눈」의 중세, 「지렁이, 지렁이떼」의 김하근, 「비밀의 방」의 정균, 「흰 산 기슭」의 동진 등으로 이들은 작중 현재 각각 사망, 사망 추정, 실종, 유폐, 은둔 상태다. 그 상태의 원인은 다 다르다. 가령 차동하와 중세의 사망은 사고사다. 또 김하근의 실종은 결과적으로 자의적 선택인 것으로 이해할 수 있고, 정균의 유폐는 가족의 선택이며, 동진의 은둔은 자발적인 행동의 결과라 하겠다. 여기서 주목되는 것은 이러한 '없음'이 지니는 공통된 어떤 것이다.

중세는 분명 1년 반 전 남태평양 상의 비행기 폭파 사고 때 죽었다. 인도네시아 항공사 여객기였고, 정황상 중세는 355명의 승객 중 한 사람임에 틀림없었지만, 중세를 대신해서 공식 발표된 이름은 신원을 알 수 없는 재일동포였다. 빚쟁이를 피하기 위해 다른 사람 이름으로 살고 있다는 얘기를 전해들은 지 얼마 지나지 않아서였다. 중세는 존재하지도 않은 재일동포가 되어 인도네시아에서 비행기를 타고 미국으로 가던 중에 비행기 폭파 사고로 죽은 것이 분명했는데, 그것을 사실로 인정시킬 만한 그 어떤 자료도 얻을 수 없었다. 미국에서 변호사 생활을 하고 있는 친구의 조사 결과를 끝까지 기다려 보고 있지만, 아마도 중세는 자신의 식구와 형제에게 떠넘긴 부채를 목숨 바쳐 해결할 기회마저 잃고 영원히 사라진 인물이었다. ―「싸락눈」에서

「싸락눈」에서 중세는 '식구와 형제에게' 상당한 부채를 떠넘기고 해외 도피 중인 상태였다. 가족은 이미 해체되었으며 형제도 그 부채를 온몸으로 감당하고 있다. 중세는 해외 도피중 항공기 폭파로 사망한 것이 분명한데 안타깝게도 "존재

하지도 않은 재일동포가 되어" 신원을 인정받기 요원한 상태다. 그것은 남은 사람에게 그 죽음을 추모할 수 없는 안타까움 외에 아무런 보상이 없는 현실적인 곤란까지 그대로 넘겨준다. 남은 이에게 가장 확실한 보험이 될 '비행기 폭파 사고사'를 당하면서도 "떠넘긴 부채를 목숨 바쳐 해결할 기회마저 잃고" 영원한 절멸로 봉인되는 비극의 아이러니! 「싸락눈」의 중세의 죽음은 바로 그것에 가 닿는다.

돈이 없는 남자는 삶이 곧 죽음이겠지. 그럼 돈을 잘 벌기 위해 사는 삶은 뭐냐, 그건 노예라. 온몸이 발가락뿐인 지렁이지. 캬, 이건 죽이는 시 구절인데…. 이 세상 남자들, 지상으로 잘못 나와 땅 속으로 돌아갈 길을 잃은 지렁이 꼴 아니야? 여러분 아빠, 군대 간 오빠, 애인… 다 생각해 보라구. 아, 이렇게 되면 얘기가 자꾸 빗나가는 건데… 그런데 실은 말이지, 원래 지렁이는 어떤 존재냐 하면, 그 가치와 실용성 면에서 최고의 생명체지. 일명 지구의 허파라 불리는 존재야…."

지렁이는 땅 속에서 유기성 폐기물과 가축 분뇨를 먹어치우고… 그 몸에 필수 아미노산이 다량 함유되어 있으며… 그런 얘기는 필기를 하고도 금세 다 잊어 버렸지만, 재기발랄하고 자리분별이 뚜렷한 지구인 김하근 교수의 입에서 흘러나오는 슬픈 지구인 얘기만은 정실은 지금도 잘도 기억하고 있다.

— 「지렁이, 지렁이떼」에서

「지렁이, 지렁이떼」에서 김하근은 새 학기를 시작하는 대학에서 갑자기 휴직한 상태다. 김하근의 행방을 찾던 학생들은 김하근의 강의를 기억하며 그 내용을 의미 있게 재생해서 널리 퍼뜨리려 하고 있다. 그중 한 학생 정실은, '돈이 없는 남자의 삶'을 '온몸이 발가락뿐인 지렁이'(이 소설 프롤로그의 시 구절)에 비유하다가 갑자기 지렁이의 생태적 가치를 설명하는 김하근의 재치 있는 강의 내용을 기억해 낸다. 여기서 '남자를 목숨 바쳐 돈을 벌고는 있지만 갈수록 상태가 악화됨으로써 돈을 벌려 하면 할수록 죽음과 가까워지는 존재'라는 말로 '지구생태의 자본화'를 희화적으로 비판한 김하근은 그 스스로 그 자본화에 희생된 상태임이 감지된다. 즉 김하근은 자신이 비하해 온 자본논리 그대로 함몰된 상태라 할 수 있다.

차동하의 처가 나를 찾아온 것은 정확히 8년 전, 그러니까 차동하가 교통사고로 죽은 지 2년 하고 6개월이 지난 때였다. (…) 내 앞에 나타난 차동하의 처는 불과 2년 반 새 표 나게 야위었고 그래서 그런지 행색도 초라해 보였다. 날이 꽤 추울 때이긴 했지만 좁은 커피숍 실내에서 그리 떨 일은 없을 듯했는데 유난히 안쓰러워 보이는 몰골이었다. 그나마 내게 보여주려고 차동하의 원고를 넣어온 큰 핸드백만은 유행에 그리 뒤처져 보이지는 않았다.

"그런 것도 발표하면 안 되나요?"

결국 느낌대로였다. 차동하 처가 한 한 마디 말에 나는 금세 싸늘하게 얼어붙어 버렸다. 차동하 처의 얼굴에는 죽은 남편의 묵은 원고가 어떤 내용을 담고 있는지에는 조금도 관심이 없다는 게 그대로 드러나 보였다. 발표를 해서 돈이 되기만 하면 그만이라는 표정! 차동하 처가 넘긴 원고를 받아든 나는 기대하지 말라고, 잘라 말해 버렸다. (…) 궁금증도 연민의 정도 끊어져 버렸다. 차동하의 처는 실망하는 눈빛이면서도 끝내 미련을 버리지 않았다.

― 「구부러진 물길」에서

「구부러진 물길」의 차동하는 촉망 받는 시인으로 일찍 대학교수가 되었다가 불미스러운 일에 휘말려 사직했고 이후 고등학교 교사가 되었다가 또 다른 구설로 물러났으며, 또한 뒷날 연구소 연구원으로 일하던 중에 교통사고로 사망했다. 같은 지면 등단 동기로서 실직한 차동하에게 몇 차례나 취업을 알선할 정도로 깊은 우정을 나누던 '나'는 차동하의 죽음에 책임을 느껴 유족에게 혜택이 돌아갈 수 있게 최선을 다했다. 그런데 다시 나타난 차동하 처는 "돈이 되기만 하면 그만"이라는 태도다. '나'는 그 행태에 크게 분노하는데, 이는 차동하의 삶이 철저히 자본의 논리로 귀결되는 데 대한 반감의 표현이라 할 수 있다.

가족이 아닌 사람들은 모두 정균이 죽었다고 알고 있었다. 정균은 대학 입시에 한 번 실패하고 재수한 뒤에 이듬해 시험에 또 낙방했다. 후기 대학에 들어가서 1년 있다가 이번에는 편입을 노렸다. 그마저 실패로 돌아갔고, 군 입대를 눈앞에 둔 때에 자살을 기도했다. 사경을 헤맨 시간이 너무 길어 모두의 기억 속에 잊힌 존재가 되었지만 실은 죽지 않았다. 정균은 식물인간으로 지금껏 목숨을 부지했다.

— 일류가 아닌 생은 의미가 없다.

이게 정균이 글자로 남긴 마지막 말이었다. 정욱은 정균이 쓴 유서 얘기를 들으며 청년 시절을 보냈다. 술에 취한 아버지가 고시공부 중인 정욱의 방에 들어와 주먹을 불끈 쥐고 그 말을 외치다가 한참 소리 내어 울다 나가곤 했다. —「비밀의 방」에서

「비밀의 방」에서 정균은 대입에 연이어 실패하고 "군 입대를 눈앞에 둔 때에 자살을 기도했다"가 "식물인간으로 지금껏 목숨을 부지"한 인물로 설정돼 있다. 정균이 남겼다는 "일류가 아닌 생은 의미가 없다"라는 격언에서 '일류'는 단순하게 입시의 목표인 일류대학인 것만은 아니다. 그것은 대학, 직장, 결혼 등 모든 것에서 '일류 계층'을 의미한다. 그런 가치관에서 일류대학 진학 실패는 곧 그 싹을 잘린 것과 같은 절망을 안긴 것이라 할 수 있다. 뇌사상태가 된 정균을 십수 년 '비밀의 방'에 둔 어머니 배 여사가 정균의 두 동생에게 "너희가 정균이를 지킨다고 생각하지 말고, 정균이가 너희를 지킨다고 생각해라."라고 한 말 또한 정균의 가치관에서 한치

도 벗어나 있지 않음을 증명한다. 정균은 유폐된 채로 '자본화된 세계'를 상징하는 인물로 이 소설을 짙게 채색하고 있는 셈이다.

박덕규의 이번 소설에서 '없는데 막강한' 인물들은 대개 이처럼 '자본논리에 빠져 비속화한 삶'의 당사자이거나 희생자로 연루한다는 공통점이 있다. 그 인물들은 작중 서사에서 가족 등 다른 인물에 상당한 영향을 미친 상태이며, 그 가족이나 친지 등은 몰락이나 해체, 위기, 혼란 등을 겪고 있다. 이런 면모는 소설가로서 우연히 쓴 동화 몇 편으로 인연이 깊어진 조선족 소녀와의 교감을 다룬 소설 「조선족 소녀」에도 그대로 드러난다. 이 소설에는 작중 실제 소설가인 일인칭 주인공 '나' 외에는 앞의 소설에서 보는 실종, 은둔, 사망 등을 한 특별한 인물이 등장하지 않는다. 대신 다른 소설의 숨은 핵심 인물이 겪는 '몰락'을 경험하는 이가 있으니 그게 '나'다. '나'는 "경매로 넘어간 집에서 혼자 살다가 요양원에서 마지막 1년을 보낸 어머니의 유품"조차 둘 곳이 없어 함부로 '넘겨버린' 상태다. "남매들은 뿔뿔이 흩어져서 살았고" '나'는 "단칸방에서 질 낮은 수면으로 밤을 견디고" 자주 '즉석밥'으로 끼니를 해결하면서 "원치 않는 글"을 쓰고 "강의를 여러 개 열어 이런저런 인맥을 유지하면서 낮은 강사료라도 끌어모아야" 하는 처지로 지낸다.

여기서 흥미로운 것은 몰락한 그들 대부분이 일차적으로 남성, 그것도 대개 가부장시대의 관점에서 보면 모두 가장 또는 그에 준하는 지위의 인물이라는 사실이다. 중세(「싸락눈」), 김하근(지렁이, 지렁이떼), '나'(조선족 소녀」), 차동하(「구부러진 물길」), 동진(「흰 산 기슭」)은 모두 한 집안의 가장이고, 정균(「비밀의 방」)은 집안 장남으로서 장차 집안을 이끌어야 할 존재였다. 출세를 하지 못한 가장으로서 게다가 몰락한 상황이라면 그것으로 가계에 미칠 영향이 빤하다 할 수밖에 없다. 따라서 이들 소설이 그린 가장의 몰락은 그 자체에 그치지 않고 산업화 시대 이후 한국사회에 나타나는 '남성성의 거세'라는 사회적 의미로 확산되기에 이른다.


## 4. 겉과 속의 혼성적 지향


이 소설집의 소설들은 대개 물질이 가치를 결정하는 세태에 대한 강한 비판을 그 세태의 조력자이거나 피해자로 '사라진' 인물에 대한 추적 서사로 완성하고 있다고 할 수 있다. 그러다 보니 전체적으로 '출구 없는 암울한 현실' 자체를 소설적으로 재구성해 제시한 것으로 이해되기도 한다. 그럼에도 불구하고 각 작품들은 미래의 삶에 대한 희망의 빛을 지우지 않음으로써 새로운 해석의 장으로 독자를 이끈다. 가령 「지렁이, 지렁이떼」는 함몰해 버린 김하근의 가치를 되살리려는 학생들의 자기 세대다운 '영상적 행동'은 서사의 중심에 시종 생동감을 불어넣는다. 또는 「싸락눈」에서 중세의 몰락과 더불어 남은 가족이 "이곳이 지옥이라면 내가 곧 지옥에 떨어진 인간이지 않을까"라는 절망에 빠진 상태에서 원준이 보여주는 "격의 없는 폭소"나 「조선족 소녀」에서 "연길에서 조선족의 딸로 태어나 한국에 유학 와서 여러 가지 문화적 차이와 심각한 따돌림을 겪으면서 적극적으로 학교생활에 임하고 있는 대견한" 용옥의 태도 또한 각 작품에 남다른 윤기를 더해 준다.

> 처음에 어 아저씨는 매일 밤 와서 정실의 몸을 올라타고 학대하듯 했지만, 갈수록 그런 일은 줄어들었다. 찾아오는 일이 준 것이 아니라 정실의 몸을 학대하듯 하는 일이 줄었다. 정실이 임신한 것 같다는 말을 듣고 나서였을 것이다. (…) 남자의 등허리 한 가운데 척추 줄기를 따라 난 손가락 한마디 길이만 한 까칠까칠한 털을 만지작거려 보기도 했다. "이거 꼭 물고기 지느러미 같잖아." 정실이 그런 말을 했을 것이다. ─「지렁이, 지렁이떼」에서

「지렁이, 지렁이떼」에서 정실은 여고생 시절 자신을 죄책감 없이 감금 폭행하고 학대하는 경찰관에게 연민을 느끼며

그 몸에 난 '물고기 지느러미' 같은 털을 기억하며 '어 아저씨'라는 별명을 붙인 바 있다. 삶의 규율이 무너져 막장에 가 있는 듯한 인간의 몸에 난 '물고기 지느러미'는 도대체 무슨 의미일까? 그것은 인간이 원죄처럼 거느리고 있는 '그림자'일까, 아니면 인간이란 그 어떤 원리로도 규정할 수 없는 존재로서 함부로 그 가치를 평가해서는 안 된다는 가르침의 상징적 기호일까? 바로 이런 질문을 낳는 '난데없는 신선함'[2] 같은 게 박덕규 소설 곳곳에 들어 있다.

> 울컥, 하는 소리가 송란의 것이었을까, 아니면 내 몸에서 나는 소리였을까. 잠깐 사이 전등이 밝아졌다 다시 어두워졌다. 송란의 눈빛은 그 사이에 더 그윽한 형광을 드러냈다. 어둠 속으로 긴 강물이 펼쳐지고 있었다. 그 강물을 따라 내 몸이 구부러져 간다는 느낌이 들었다. 나는 더 살 수밖에 없었다. 더 많은 여행지를 다니고, 더 깊은 수렁에 빠져야 할 것이다. 내 삶의 마지막은 이제 다시 고쳐 써야 할 한 편의 소설에 달려 있었다.
>
> ―「구부러진 물길」에서

「구부러진 물길」에서 송란은 자신의 이름 '란'에서 실제의 아버지 차동하로부터 이어온 정신적 맥락을 이해하고는 "울

2. 김윤식, 「담배를 물고 길을 걷다」, 『오늘의 작가 오늘의 작품』, 문학사상, 2002, 179쪽.

컥, 하는 소리"로 받아 낸다. 송란의 "그윽한 형광"의 눈빛은
그걸 더욱 내재화한다는 뜻이며 그 이미지다. 박덕규 소설의
도처에서 빛나는 이런 이미지야말로 박덕규 소설을 주제나
의미를 넘어서 보게 하는 신선함이 아닐까 한다. 「흰 산 기
슭」에서 동진이 개발해 양딸 수잔과 함께 준비한 '비눗방울
프로젝트' 또한 그 실행 가능 여부와 상관없이 아주 '신선'하
다. 어린 시절 한밤중 급습하듯 집에 찾아온 불청객에게서 혈
육의 이미지를 느끼고 그걸 표창대에 대입하는 동진의 감성
또한 그렇다. 이런 이미지들은 때로, 「소나기」의 '소녀'가 외
계의 별에서 사람 몸을 빌려 태어난 거라거나(「사람의 별」),
가짜 대학생이 후발 대학 신입생 환영회에 참석했다가 갑자
기 쓰러진다거나, 뇌사자가 된 아들을 집채의 한가운데 '비밀
의 방'에 두고 평생 받들게 하는(「비밀의 방」) 등의 다소 충격
적인 설정과 어우러지면서 '암울한 서사'에 활력과 생기를 불
어넣어 준다.

　이런 '난데없는 신선함'과 더불어 이 소설집 전반에 나타
나는 특징적인 면모를 집약적으로 보여주는 작품이 「흰 산
기슭」이 아닌가 한다. 앞에서 말한 대로 「흰 산 기슭」의 줄
거리는 이렇다. 동진은 지진으로 사망한 친구 부부의 딸 수
잔의 후견인으로 재산을 승계 받아 수잔을 데리고 시애틀
에 와서 살면서 모국의 통일운동가 표창대에게 '비눗방울 프

로젝트'라는 이색적인 통일운동을 구체적으로 제안한 상태다. 표창대가 처음과는 달리 그 제안에 의혹을 표하자 동진은 표창대가 '그동안 "돈벌이와 명예욕"으로 통일운동을 해 온 것이 아니었느냐'고 일방적으로 비난하고는 더 이상 연락을 취하지 않고 종적을 감춘 것으로 서술돼 있다. 표창대는 병이 악화되자 이런 내용을 '나'에게 설명하며 그동안 받은 이메일을 넘겨준다. '나'가 미 서부 순방 중에 동진의 이메일에 등장하는 만년설의 도시 시애틀에 왔다가 동진을 찾지만 찾을 수 없게 된 상황이 이 소설의 현재적 정황이자 서사 전개의 마무리가 된다.

겉으로 드러난 스토리만으로 이해하면 「흰 산 기슭」은 조국의 통일을 기원하는 한 재미동포가 딸과 함께 만든 통일운동 기획안을 자신의 실제 아버지를 닮은 통일운동가에게 제안했다가 한계를 느끼고 자신이 좋아하는 만년설 산기슭으로 들어가 숨어 살게 되는 이야기다. 그러나 이 소설은 이런 스토리를 매우 다층적인 구성 양식으로 나누고 연결하면서 남다른 독서를 체험하게 한다. 그 구성 내용은 다음 표로 정리할 수 있다.

| 장 | 제목 | 형태/서술자 | 내용 |
|---|---|---|---|
| 1 | 만년설 | 소설/<br>동진(현재) | 동진이 딸 수잔과 함께 만년설이 잘 보이는 카페 장소에 찾아 앉으며 '흰 산'을 새김질하는 과정. |
| 2 | 불청객 | 소설/<br>소년(유년의 동진) | 동진의 출생에 의혹을 품고 있는 방문객에게 부모가 추궁당하는 정황, 그 이후의 성장사. |
| 3 | 슘3의 체제 | 회곡 | 세습독재자를 응징하는 연극 무대 정황. |
| 4 | 멀리서 바라보고 | 이메일/<br>현실의 동진 | 1, 2, 3장의 배경을 설명하는 과정에서 동진 자신의 일상을 드러냄. |
| 5 | 78수는 어디에 | 칼럼 | 이세돌이 인공지능에게 패한 바둑시합을 중심으로 인공지능 시대의 도래를 전망함. |
| 6 | 끌림과 울림 | 소설/<br>'나'(동진) | 동진이 수잔의 엄마와 하룻밤(지진 나기 전날)을 같이 지내며 고국의 분단 역사와 관련해 대화 나눔. |
| 7 | 비눗방울 프로젝트 | 이메일/<br>현실의 동진 | 동진이 제안한 '비눗방울 프로젝트'가 어떤 것인지 표창대에게 다시 설명하면서 더는 연락하지 않겠다고 선언함. |
| 8 | 흰 산 기슭 | 소설/<br>기자 '나' | 시애틀에 와서 표창대에게 전해 받은 동진의 이메일을 읽은 '나'가 뒤늦게 동진을 찾지만 동진은 이미 '흰 산 기슭'으로 이사한 상태임. |

이 표에서 보는 대로 1~7장은 모두 표창대에게 자신의 상황을 알리는 동진의 이메일 전달 글이다. 8장은 1~7장의 이메일 내용을 표창대에게 전달 받은 '나'가 시애틀을 지나다가 이메일의 주인공인 동진을 찾으려 하는 내용이다. 이점에서 보면 「흰 산 기슭」은 1~7장의 상황을 속 이야기로 두고 8장의 겉 이야기로 에워싼 액자구조로 읽힌다. 게다가 1~7장의 상황은 모두 이메일로 받은 일방적인 내용으로 8장의 상황에서는 진위를 알 수 없다. 즉 이메일 내용에 나오는 동진의 성장사 또는 친구 부부나 그 딸과의 관계를 실제 사실이라 할 수도 없다.

1~7장(속 이야기)와 8장(겉 이야기)의 액자구성인 「흰 산 기슭」이 1~7장 내에서도 같은 패턴을 보여준다는 점도 주목할 만하다. 동진이 표창대에게 보낸 각각의 이메일 서신인 1~7장은 그 내용을 보면 두 묶음으로 나뉘는데 1~4장이 그 하나요, 5~7장이 그 둘이다. 즉 동진이 상당 기간 동안 표창대에게 제안서를 보낸 사실을 언급하며 더 이상 연락하지 않겠다고 선언하는 내용이 1~4장, 그리고 다시 연락을 취하면서 '이메일 계정을 삭제한다'고 밝히는 내용이 5~7장이다. 이때 1~4장에서 1~3장은 속 이야기, 4장은 겉 이야기가 되고, 5~7장에서 5~6장은 속 이야기, 7장은 겉 이야기가 되는 각각의 액자구조가 된다. 즉 「흰 산 기슭」은 겉 이야기 안에 속 이야기를 품고 있는 액자구성(8장/1~7장) 안에 다시금 두 개의 액자구성(4장/1~3장, 7장/5~6장)을 품고 있는 중층구조로 되어 있다.

　　「흰 산 기슭」의 중층구조는 여기에 그치지 않는다. 이 작품은, 작중인물(동진)이 밝힌바 인공지능을 적극 활용한 소설, 희곡, 칼럼 등의 글쓰기를 이은 것이다. 또 소설 안에 여러 개의 장을 거느리고 그 장마다 화자와 시점을 달리하고 있다. 이는, 하나의 텍스트 안에 서로 다른 표현 양식, 장르, 이념적 요소를 섞는 '혼성모방(混成模倣, hybrid imitation)', 서사적 전통을 따르지 않고 실제와 허구의 경계를 허물어뜨리는 '메

타픽션(metafiction)' 등의 기법을 혼용한 것이라 할 수 있다. 우리는 이미 앞에서 박덕규의 소설이 전반적으로 이러한 혼성적인 기법을 즐겨 사용한 것을 이해했다.

이 지역 한인들은 그 산에 흰 산이라는 이름을 붙였다. 'L Mountain'이나 'snow mountain', 'white mountain' 식으로 말하다가도 꼭 한번은 '흰 산'이라 또랑또랑 발음한다. 흰 산. 동진은 그 말을 들을 때마다 어떤 그리움에 가슴이 먹먹해진다. 수잔 또한 한번도 가 본 적 없는 어머니 나라의 산들을 연상하며 동진과 엇비슷한 감정에 젖는다.

"히언 산, 휘인 산⋯."

둘이 이 도시에 와서 산 지 3년이고, 이 패스트푸드점을 드나든 지 1년 반째다. 수잔에게는 여전히 흰 산이라 발음하는 경로가 복잡하다.

"an icecap⋯, 만년설⋯, 흰 산."

동진은 수잔을 위해 설명하고 발음해 준다.

"희인 산."

수잔의 발음이 정확해지고 있다.

— 「흰 산 기슭」에서

「흰 산 기슭」은 미국에서도 보기 드물게 겨울에도 눈이 녹지 않는 만년설의 산 'L Mountain(레이니어 산)' 근처에서 수양딸과 함께 살던 동진이 결국 그 기슭으로 들어가 살게 되는 과정을 '혼성적으로' 담고 있다. 동진은 현실에서는 비록 모국의 통일운동에는 기여할 수 없이 멀어졌지만 실제 몸은 '한인들의 산' 흰 산과 더 가까운 곳으로 살게 된다. 그 산은 혼혈인 수잔에게마저도 '어머니 나라의 산'이다. 동진에게 그 산은 고향이며 모국이며 시원이다. 동진은 그곳으로 갔다. 표창대에게 "고향의 흰 산을 그리워한다느니", "자기 아비를 닮았다느니" 하면서 통일운동을 제안한 동진의 꿈은 그렇게 성취된 것이라 할 수 있다. 현실에서는 갈 수 없는 길인지 모르지만 마음의 길에서는 얼마든지 가 닿을 수 있는 길, 그 길을 가야 한다는 것이 작가 박덕규가 하려는 말이 아닐까 싶다. 이쯤 되면 박덕규가 왜 그토록 사라진 인물들을 사라진 그 자리에 두지 않고 끝까지 들춰내 온 것인가를 이해할 만하다. 즉, 이 소설집은 자본주의적 세계가 막아놓은 진정한 삶의 세계를 온몸의 무너짐이라는 극적 서사로 복원하려는 신선한 시도의 연속이라 하겠다.

| 수록작품 발표지면 |

「지렁이, 지렁이떼」 : 2000년 『21세기 문학』 겨울호

「싸락눈」 : 2002년 『내일을 여는 작가』 봄호

「비밀의 방」 : 6인 테마소설집 『공포』, 이룸, 2005.8.

「조선족 소녀」 : 2014년 『한국문학』 봄호

「구부러진 물길」 : 2014년 『문예바다』 가을호

「사람의 별」 : 2015년 『대산문화』 여름호

「흰 산 기슭」 : 2023년 『문학사상』 4월호

박덕규 소설집
# 흰 산 기슭

**초판 1쇄 발행** 2025년 3월 5일

**지은이** 박덕규

**펴낸이** 임현경    **책임편집** 홍민석    **디자인** 김선민

**펴낸곳** 곰곰나루
**출판등록** 제2019-000052호 (2019년 9월 24일)
**주소** 서울특별시 양천구 목동서로 221 굿모닝탑 201동 605호 (목동)
**전화** 02-2649-0609
**팩스** 02-798-1131
**전자우편** merdian6304@naver.com
**유튜브채널** 곰곰나루

**ISBN** 979-11-92621-21-0 (03810)

**책값** 18,000원